ローウェル骨董店の事件簿

椹野道流

角川文庫
19568

The Case File of Lowell Antiques

CONTENTS

The Case File of Lowell Antiques

CHARACTERS

デリック・ローウェル

検死官。戦争で左目と右手に傷を負った。一見クールだが、熱くなることも多い。

デューイ・ローウェル

ローウェル骨董店店主。物静かな性格。強い信念のもと兵役を拒否した過去がある。

エミール・ドレイパー

スコットランドヤードの刑事で、兄弟の幼なじみ。妖精のような美少年に見えるが結構な大人。

ケイ・アークライト

デューイの親友の遺児。日本人の母を持つ。父の死のショックから声を失い、デューイと共に暮らす。

一章　ぬかるむ足下

喘《あえ》ぎながら、粘る泥の上を這《は》っている。

湿った土と、硝煙と、血の臭い。

耳をつんざき、全身の骨を震わせる大砲の爆発音の合間に、やけにパリパリと軽快な音を響かせるのは、ドイツ軍の機関銃だ。

砲弾が炸裂《さくれつ》するたび、爆風に吹っ飛ばされないように地面に伏せ、手足を絡め取ろうとする泥を振り払って、目前の敵塹壕《ざんごう》を目指して移動を再開する。

爆音を聞き続けるうち、鼓膜がやられたのか、徐々に聴覚が失われていく。悲鳴も、怒号も、自分の荒い呼吸も、何も聞こえない。

その無音の世界で、土煙が上がり、前方を走っていた兵士が糸の切れた操り人形のように地面に頽《くずお》れ、隣にいた仲間の頭が吹っ飛ばされる……。

ツギハ、オレノバンダ。

そんな予感とも確信ともつかないメッセージが、瞼《まぶた》の裏で繰り返し明滅する。

恐怖で身体が強張《こわば》る。しかし、止まればそこで死ぬだけだ。

絶えず前進しなければ。でも怖い。怖い。怖い。

酸欠の金魚のように唇をパクパクさせて、彼は声にならない悲鳴を上げた。


に・い・さ・ん。

たすけて、にいさん……！


救いを求めるように、彼は虚空に手を差し伸べた。

しかし、その手のひらを、無情にも銃弾が貫いた。噴き出したみずからの鮮血で、べっとりと顔が濡《ぬ》れ、滴り落ちる血が目に入って、視界が赤く染まっていく……。


「…………ッ！」

ガバッとベッドに身を起こし、デリック・ローウェルは荒い息を吐いた。

鼓動が、全力疾走した直後のように速い。指先が小刻みに震えている。春とはいえ、夜はまだ毛布が必要なはずなのに、全身が汗でびっしょり濡れていた。

「……くそっ」

毛布を殴りつけようとして振り上げた右手が、力なくシーツの上に落ちた。

（こんな手で何を殴ろうってんだ、俺は）

握り締めたはずの拳《こぶし》は、人差し指と中指が中途半端に曲がったままになっている。ゆっくりと手を開いても、その二本の動きは酷《ひど》くぎこちない。手の甲には、無残に引き攣《つ》れた傷痕《きずあと》があった。

不自由な右手で、彼は無意識にみずからの顔に触れた。左のこめかみから、瞼を経て頬まで達する長い傷痕を、指先がゆるゆるとなぞる。

「……つっ」

目の奥がツキンと痛んで、デリックは小さな苦悶《くもん》の声を上げた。

角膜に深く刻まれた傷が、未《いま》だにその存在を主張する。主治医はすっかり瘢痕《はんこん》化したと言うが、身体のほうはそう感じていないらしい。

「あれから四年も経つのに……畜生」

やるせなく呟《つぶや》いて、デリックはベッドを降りた。カーテンを薄く開けてみたが、外はまだ暗い。とはいえもう眠れそうもないので、彼はそのままキッチンへ行った。

なみなみとカップに水を汲《く》み、灯《あか》りも点《つ》けずにリビングへ移動すると、古びたソファーにだらしなく身を預ける。

生ぬるい水を飲んでじっとしているうち、動悸《どうき》は治まってきた。嫌な汗も引き、下着一枚では夜気が身に染みる。

カーテンを取り付けていないリビングの出窓からは、どんよりした夜空が見えた。灰色の厚い雲の向こうに、月があるのだろう。ぼんやりと浮かぶ雲のシルエットは、夢の中で見た戦場の土煙にどこか似ていた。

「……………」

デリックは、鈍い動作でソファーから立ち上がった。壁とソファーの間の狭い隙間に長身を押し込むようにして、冷たい床の上に座り込む。膝《ひざ》を抱え、暗がりでじっとしていると、不思議と気持ちが平らかになってきた。

暗さと、肌寒さと、埃《ほこり》臭さと、閉塞感《へいそくかん》。加えて奇妙な静寂。

それらは彼に、四年前にいた場所……戦場のど真ん中に長々と掘られた塹壕を思い出させた。

土を深く掘って作った狭くて息苦しい空間で、ドイツ軍の奇襲に備えつつ、束の間の休息を貪《むさぼ》った夜。

闇の中で誰もが怯《おび》え、誰もが嘆き、誰もが互いに励まし合った。

戦争はいつか終わる、いや、自分たちが終わらせる。この手で祖国を守り、家族を守り、必ず彼らのもとへ戻るのだと言い合って。

あの陰惨な場所では、恐怖も、悲しみも、怒りも、そして僅《わず》かな希望をも、全員が共有していた。

だが、今はどうだ。

確かに祖国に帰ることはできた。

無傷ではないが、五体満足である。

戦争は終わり、色々あっても基本的に平和な世の中だ。殺した敵兵の数が誉れとなった戦場とは違い、今、彼が暮らすロンドンでは、人が人を殺せば犯罪になる。たとえ運悪く街角で命を落とすことになっても、警察が事件を捜査し、家族が涙ながらにデリックを葬ってくれるだろう。

戦時中のように、誰も知る人のない異国で、誰にも看取《みと》られず死んだ挙げ句、ゴミのように打ち棄てられ、骨すら拾ってもらえない……そんな死に方をしなくてもいいのだ。

「それなのに……」

抱え込んだ膝の上に鋭角的な顎《あご》を載せ、デリックは薄い唇を嚙《か》みしめた。

「それなのに、俺は何だってこんなところに座り込んで、ひとりで震えてなきゃいけないんだ？」

掠《かす》れた呟きに、答える者はない。

「畜生。話が違うじゃねえかよ」

泣き出しそうな声で吐き捨て、デリックは自分の硬い膝小僧に、額を強く押し当てた。

翌日、結局あのままリビングの片隅で朝を迎えてしまったデリックは、寝不足の目をしょぼつかせつつ、出勤の途についた。

混み合う地下鉄を降り、テームズ川に沿って歩きながら、デリックはふと前方を行く人影に気づいた。

いかにも安物のよれたスーツを着込んだ、小柄な男性だ。茶色いボウラー帽の下からは、綺麗《きれい》にウエーブした輝くような金髪が覗《のぞ》く。ちょこまか動くその後ろ姿に、デリックは確信を持って声を掛けた。

「よう、エルフィン！」

「！」

たちまち、その人物は人波の中でつんのめるように足を止め、ギョッとした顔で振り返る。声の主がデリックであると気づくやいなや、彼の顔は真っ赤になった。

「ちょ……デリック！ 往来でその名前はやめてくれよ」

地団駄を踏みそうな勢いで憤慨しているのは、エミール・ドレイパー。

おめかししたティーンエイジャーのように見える童顔極まりない男だが、三十路《みそじ》をわずかに過ぎた、しかもあの首都警察、すなわちスコットランドヤードの刑事である。

少しばかりそばかすのある色白の頰、中性的で優しい輪郭、ぱっちりした空色の瞳《ひとみ》、細い鼻筋に、男にしては小さめの口。まさに、最高級のビスクドールを思わせる顔立ちだ。

おまけに、そんな愛らしい顔を縁取るのが極上のブロンドとくれば、スーツより、むしろドレスを着せたくなってしまう。

声まで男にしてはいささか高めのその男……エミールは、デリックの幼なじみである。

二人の実家はすぐ近所で、しかも父親同士に仕事上の付き合いがあったため、子供たちも、ごく幼い頃から共に遊び、学ぶ仲だった。

エミールはデリックより四つ年上で、デリックの兄のデューイと同級生だった。しかし、デューイは生まれたときから病弱で家に籠《こ》もりがちだったため、エミールはデリックと過ごすことが多かった。

長じて、エミールは家業の家具職人にはならずに警察官になり、こつこつと管区で実績を積み重ね、ついに去年、スコットランドヤードにひき抜かれた。今は、花形部署である犯罪捜査部の一員である。

一方のデリックも、実家のアンティークショップは兄のデューイが継いだため、自分は医師の道へ進んだ。当初は外科医を志していたのだが、先の大戦に従軍中、爆撃を受けて左目と右手を負傷し、挫折《ざせつ》の憂き目を見た。

その後、医学校時代の恩師の勧めで検死官となり、不思議な縁で、またエミールと同じ領域に身を置くこととなったのである。

「悪い。けど、刑事連中がこぞってあんたをエルフィンって呼ぶもんだから、ついな。おはよう」

悪びれない笑顔で謝るデリックに、エミールも機嫌を直したのか、苦笑いで挨拶《あいさつ》を返してきた。

「おはよ。ったく、そのあだ名、ヤードじゅうにすっかり広まっちゃって困るよ」

エルフィンというのは、小さいとか、不思議な魅力があるとかいう意味合いの、早い話がエミールの容貌《ようぼう》が「妖精《ようせい》っぽい」ことからつけられたあだ名である。

むくつけき男ばかりが揃う犯罪捜査部において、愛らしい容姿と素直な性格を持ちあわせたエミールは、まさにアイドル的存在であるらしい。

まだ昨夜の重苦しい気分を引きずったままだったデリックも、幼なじみの笑顔に相好を崩した。

「仕方ねえだろ、実際あんたは可愛いんだから。ま、ガキの頃と違って、さすがに女には見えなくなってきたけどな」

「当たり前だろ！　僕はもう大人だよ。それより今日はどうしたの？」

「ああ、ちっとヤードに用事があってな。追加で鑑定したいことができて、サンプル採取の許可をもらいに来た。検死官といえども、無断で死体をほじくるわけにはいかねえし」

デリックの答えに、エミールは少し心配そうに小首を傾げた。

「ああ、なるほど。検死官も大変だね。……っていうか、君、大丈夫？　目が赤いし、瞼《まぶた》も腫《は》れぼったいよ。もしかして、また眠れなかったの？」

どうやら、レンズに淡い褐色を入れた眼鏡越しでも、結膜の充血は隠しおおせなかったらしい。それとも、幼なじみならではの観察眼だろうか。デリックは、苦笑いで鼻の下を擦《こす》った。

「いつものこった。気にすんな」

「いつものことだから気にしなきゃいけないんだろ！　顔色も悪いし。……やっぱり前に言ってたみたいに、戦争のときのこと、まだ夢に見るんだ？」

「……ん、まあ、な」

デリックが曖昧《あいまい》に肯定すると、エミールはすまなそうな困り顔をした。

「そっか……。ごめん、何も力になれなくて。僕も戦争に行ってれば、一緒に思い出話ができて、少しは気持ちが軽くなるかもしれないのにさ」

「ばーか。あんたはここで、警察官としてお国を守ってたんだろうが。謝られる覚えはねえよ。朝っぱらからそんな顔すんなって」

「それはそうなんだけど……。君の心の傷については、僕もデューイもわかってあげられないから」

「わかってくれなんて、頼んだことはねえだろ？」

心底つらそうに呟《つぶや》くエミールの言葉をいささか乱暴に遮り、デリックは切り口上で言い放った。

「俺は俺の意志で戦争に行った。あんたはもっと大事な仕事があるから行かなかった。兄貴は行きたくないから行かなかった。そんだけのことだ」

「うう……」

「別に、あんたが戦争に行かなかったことを責めようなんて思っちゃいねえし、兄貴のこともどうでもいい。とにかく、気にすんな。これは、俺の問題だ」

口ごもるエミールから視線を逸《そ》らし、デリックは腕時計を見下ろした。

軍の支給品だったその腕時計は、戦場でデリックと死線をくぐり抜け続けた、いわば戦友である。文字盤を覆う金属製のカバーはベコベコに凹《へこ》み、布製のバンドには血のシミが残っているが、どちらも取り替える気にはなれないらしい。いつもはスーツの袖《そで》に隠れているが、こうして全容が見えると、どうにも異様な感じだった。

「それよか、こんなに呑気《のんき》にしてていいのか？　出勤途中に俺と出くわす時点で、あんた、今朝はずいぶんゆっくりなんだな」

「！」

そう言われた途端、文字通り、エミールは小さく飛び上がった。どうやら友達を心配するあまり、時刻のことをすっかり忘れていたらしい。

「今何時⁉　うわ、やばい。今朝、雨漏りで目が覚めてさ。大家さんを呼んで、業者の手配を頼んでたら、すっかり遅くなっちゃって、それでっ……」

その場で足踏みをしながら、それでもきちんと状況を説明しようとするエミールに、デリックは笑いながら片手を振った。

「いいから早く行けよ。伊達《だて》男の上司《ボス》によろしくな」

「うん。ごめんね、また今度ゆっくり！」

そう言うが早いか、エミールは凄《すご》い勢いで走り出した。目の前の、赤と白の煉瓦《れんが》造りが鮮やかかな、ヴィクトリアンゴシック調の壮麗な建物……二代目のスコットランドヤード本部へと、小さな背中は吸い込まれていく。

「元気なもんだ。駿足《しゅんそく》は、ガキの頃と変わらずか」

眩《まぶ》しげに目を細めてその後ろ姿を見送ってから、デリックは片手で中折れ帽を被《かぶ》り直し、右手に流れるテームズ川に目をやった。

四月になってようやく春めいてきたものの、この国の天候は目まぐるしく変わる。よく「一日のうちに四季がある」と言われるとおり、今日は快晴だと喜んでいると、あっという間に灰色の雲が立ちこめ、雨が降り始める。強い風まで加わって、突然の嵐になることも珍しくない。

もし、今の晴れ間が午後まで続くようなら、あちこちの公園に、日光浴を楽しむ人々が溢《あふ》れかえることだろう。とにかくイギリス人は、散歩と日なたぼっこが大好きなのだ。

「俺も、チャンスがあったらちょっとオフィスを抜け出して、久々に日の光でも浴びに行こうかね。ずっと解剖室じゃ、黴《か》びちまいそうだ」

雲ひとつない空を仰いで目を細め、デリックはそんな呑気な独り言を口にした。数時間後には、彼自身の心のありようまで大きく揺さぶるような事件に巻き込まれることになるなど、そのときの彼には知る由もなかったのである。

一方同じ時刻、同じローウェルの姓を持つもうひとりの男……デリックの兄、デューイは、まだベッドの中にいた。

カーテンから漏れ入る光は白いリボンのように毛布の上で揺らめき、デューイをまるで水底《みなそこ》にいるような気分にさせる。

穏やかな、あまりにも穏やかな、明るい朝だ。

春の日差しというのは、どうしてこうも柔らかく、優しいのだろう。

そのまままどろんでいたい気分だったが、今日だけはそういうわけにはいかない。

経営するアンティークショップは定休日だが、夕方には大事な客人をチャリングクロス駅まで迎えに行かなくてはならないし、それまでに、長らく物置と化していた客間を片付け、人が暮らせる空間にする必要がある。

「残念だけれど、二度寝としゃれ込むわけには……いかないな」

寝起きの嗄《しわが》れた声でぼやき、デューイはゆっくりと身を起こした。乱れたヘーゼル色の長い髪を片手で撫《な》でつけ、両足をベッドから下ろす。

「…………」

確かに両方の足の裏が床に着いているはずなのに、冷たい木肌を感じているのは左足だけだった。右足は、まるでそこに存在しないかのように、何も感じられない。

もうすっかり慣れっこになった異状に対応すべく、デューイは無感情のまま、ベッドに立てかけた杖《つえ》を手にした。

三年前に終わった「大いなる戦争」……後の世で言うところの「第一次世界大戦」は、イギリスが、いや世界じゅうが初めて経験した近代的な戦争だった。

多彩な銃器や戦車、それに爆撃機といった新しい兵器が次々と戦場に投入され、これまでの戦争では予想だにしなかった大量殺戮《さつりく》が可能になると、兵士たちはみるみる消耗していった。

そのため一九一六年三月、イギリス政府は国を挙げての総力戦を謳《うた》い、ついに徴兵制の運用に踏み切った。

父から受け継いだアンティークショップを経営する傍ら、画家として創作活動をしていたデューイは、断固として徴兵を拒否し続け、ついには逮捕された。

一般人でありながら軍法会議にかけられた結果、彼は刑務所に送られ、二年近くも過酷な獄中生活を送ることとなった。今、右足の感覚がほとんどないのは、服役中に患った重い神経炎の後遺症である。切断こそ免れたものの、彼の右足が、再び彼の意のままに動く日は二度と来ないだろう。

「仕方がない。これは……罰、なのだから」

すべてを諦《あきら》めたような眼差《まなざ》しで呟き、デューイは痩《や》せた身体を杖で支え、ふらつきながら立ち上がった……。

＊　　＊

オフィスの扉を開けるなり、エミールに向かって怒号が飛んだ。

「こらッ、エルフィン！　てめえ、上司の俺より遅く出勤たあ、いいご身分じゃねえか！」

「ひゃッ」

耳慣れた声だが、あまりの音量にエミールは思わず首を縮こめた。

目の前に仁王立ちになっているのは、彼の直属の上司であり、パートナーでもあるジョージ・ベントリー主任警部だ。

今年四十七歳になるベントリーは現場叩《たた》き上げで、エミールと同じように所轄の巡査から主任警部にまで出世した百戦錬磨の刑事である。長身でガッチリした身体つきの彼は、煙で燻《いぶ》したようなタフな面構えをしており、声も野太く貫禄《かんろく》たっぷりだ。

だが、鬼軍曹のようなベントリーも、小柄で華奢《きゃしゃ》なエミールに対してだけは無意識に若干の手加減をしてしまうらしく、脳天に落とされたゲンコツは予想したほど痛くはなかった。

「何だ、どっかの女にベッドで引き留められでもしたのか？　それともママのおっぱいでも吸ってたってか？」

「す、すみません警部。女性は無関係なんですけど、実は、朝から雨漏りが……」

「雨漏りだろうが寝小便だろうが、言い訳にはならん！」

「はいっ、申し訳ありません！　あ、あと、遅まきながらおはようございます！」

恐縮しきりで謝りながらも朝の挨拶《あいさつ》を欠かさない部下に、ベントリーは苦笑した。二人のやり取りに聞き耳を立てていた同僚たちからも、笑い声が上がる。

「ったく、家具職人の倅《せがれ》ってなぁ、みんなそんなに礼儀正しいもんなのか？　実はお前、やんごとなき家のご落胤《らくいん》とかじゃねえだろうな。まあいい、行くぞ。現場検証だ」

そう言うが早いか、ベントリーは中折れ帽をヒョイと頭に載せ、大股《おおまた》にオフィスを出て行く。エミールも大慌てで自分の席から現場検証用の道具が入った革鞄《かばん》を取り、上司を追いかけた。

「どんな事件なんです？」

「昨夜、ステップニー区のテームズ河畔で、女の死体が見つかった」

廊下を物凄《ものすご》いスピードで歩きながら、ベントリーは簡潔に説明してくれる。エミールはベントリーに遅れまいと小走りになりながら、声のトーンを落とした。

「ステップニー区、ですか」

ロンドンを斜めに横切るテームズ川は、古くから物流と交通の要であり、市民の生活区域を分ける役割をも果たしている。

川の北側にあるシティは金融と商業の中心地で、ロンドンの心臓部とも言うべき旧市街地区だ。その莫大《ばくだい》な富を用いて「シティ警察」という独自の警察組織を擁しており、スコットランドヤードといえども、シティでの事件に単独で関与することはできない。

その西側には、ロンドン市民の憩いの場であるハイドパークが広がっている。周辺にはかのウエストミンスター寺院や大英博物館などの有名な建物があり、町並みは小綺麗《こぎれい》で、治安もかなりいい。こうした地区はまとめてウエストエンドと呼ばれ、行政や文化を担うエリアだ。

それに対して、テームズ川周辺、及びシティの東側や南側のイーストエンドには工場や港湾施設や卸売市場が多く建ち並び、そこで働く比較的貧しい人々が暮らしている。

裕福な商人で、敢《あ》えて職場の近くに立派な居を構える者もいるが、ほとんどの地区では、細い路地を挟んで小さな家が隙間なく建ち並び、室内には真昼でも日光が十分に差さない。下水もすぐに詰まって溢れ、お世辞にも生活環境や衛生状態がいいとは言えない現状だ。

おまけに労働者相手のパブやいかがわしい宿屋、果ては未《いま》だに非合法のアヘン窟《くつ》まであり、治安はすこぶる悪い。

死体が発見されたというステップニー区は、テームズ川沿いに広がる、昔から移民の多い土地柄だ。テームズ川沿いは「ドックランズ」と呼ばれる港湾地区に含まれ、船着き場や倉庫、造船所が所狭しと並んでいる。

そうした船着き場では、正規の交易品だけでなく、非合法品も密《ひそ》かに積み降ろしされる。自然と、密売組織の人間ややくざ者が多く集まり、カタギの人間にはとても近づけない禍々《まがまが》しい雰囲気を醸し出している。女性がひとりで歩けるような場所ではない。

「あんな物騒なところで女の死体なんて……。殺されたのは、娼婦《しょうふ》ですか？」

そうエミールが訊《たず》ねると、ベントリーは広い肩を小さく竦《すく》めた。

「ただの娼婦がひとり殺された程度で、うちに出動要請が来るわけがなかろう。被害者はまあ、元有名人ってところだな」

「元有名人……？」

「話は、移動しながら聞かせてやる。とっとと車を回してこい」

「はいっ！」

新米刑事は、フットワークが命である。返事と同時に、エミールは車庫へと走った。

戦時中に急速に広まった自動車は、首都ロンドンでは今や馬車に代わる主要な交通機関となった。ヤードにも自動車が何台も常備されている。

エミールが広い車寄せに車を停めるや否や、待ちかまえていたベントリーが助手席に乗り込んでくる。扉を閉めると、彼の上着に染み付いた煙草の臭いが車内に漂った。

「じゃ、出します」

一声掛けて、エミールはアクセルを踏み込んだ。早速紙巻き煙草をくわえ、慣れた仕草でマッチを擦りながら、ベントリーはニヤリと笑う。

「俺と組んだばかりの頃は、車を出すたび、口から胃袋が飛び出すほどガックンガックン揺さぶってくれたもんだが、ずいぶん運転が上手《うま》くなったもんだ。これなら、刑事をクビになっても、どこかのお屋敷で運転手の職にありつけるぞ」

そう言って、くぐもった笑い声を漏らしながら煙草に火を点《つ》ける上司を、エミールは決まり悪そうにちらと見ながらハンドルを切った。

「仕方ないでしょう、管区の警察官には車を運転するチャンスなんてなかったんですから。それより、被害者はいったい……」

「ヴェロニカ・ドジソン。知ってるか？」

ベントリーが口にした名前を何度か口の中で転がし、エミールは小さく首を傾げる。

「ヴェロニカ・ドジソン……どこかで聞いたことがあるような。あっ、もしかして、あのドジソン姉妹のどっちかですか？」

ベントリーは、くわえ煙草のままで答えた。

「姉貴のほうだ。さすがに知ってたか」

「はい。確か一昨年《おととし》くらいでしたっけ。ドジソン卿《きょう》の令嬢二人が家を飛び出したって新聞で大騒ぎになったのは」

「そうだ。貴族のご令嬢が姉妹揃って、しかも女優を志すと来りゃあ、大したスキャンダルだ。おまけに姉のヴェロニカは、アーチボルト卿との婚約を破棄しての出奔だったからな。父親のドジソン卿は激怒して、二人を勘当したって話だ」

「そりゃまあ、そうなるでしょうね。僕、あんまりその手のゴシップに興味がなくて、詳しいことは知らないんですけど、ホントに女優になったんですか、二人とも」

ベントリーは肩を竦め、窓の外に煙草の灰を落としながら答えた。

「ああ。ただしウエストエンドには無縁で、小劇場《フリンジ》で時々小さな役が貰《もら》える程度の下積み生活だったらしいがな。当然、まだまだ女優じゃ食えなくて、他の仕事もしていたん

「他の仕事って……その、そんなところで死ぬくらいですから、やっぱり娼婦、とか？」

「女優になれるほどの器量だ、可能性は十分にあるだろうな。ま、それはこれから調べるこった。おっと、そこを左だ。適当に路肩につけろ」

「うわあ、はいっ」

突然の指示に焦りつつ、エミールは急ハンドルを切った……。


自動車を降りると、早くも悪臭が鼻を突いた。いわゆる「ドブの臭い」だ。ロンドン市民の水瓶《みずがめ》でもあるテームズ川だが、流れが澱《よど》むドックの水質は、決して良好とは言えない。川の水は緑褐色に濁り、水面にはおびただしい数のゴミが浮いていた。

「やっぱり港湾地区に来ると臭いますね」

「四月になって、水温が上がってきたからな。夏になると、もっと臭《くせ》ぇぞ」

「はあ……この辺りで働く人たちは大変だ」

「もう慣れっこだろうよ。俺たちが、死臭に慣れちまうのと一緒だ」

「……僕はまだちょっと慣れきってませんけど」

二人はそんな会話をしながら、現場に向かって歩き出した。ベントリーは驚くほど歩くのが速いので、小柄なエミールはいつも駆け足である。

事件現場となったのは、ドックランズの一角、クォーターデッキ近くの倉庫街だった。

高い煉瓦《れんが》造りの建物がズラリと並び、地面にほとんど日が差さない薄暗い空間である。地面は昨夜の雨に濡《ぬ》れたままで、ゴミの饐《す》えた臭いがした。

現場の周囲一帯には野次馬避《よ》けのテープが張り巡らされ、管区の制服警官たちがズラリと立ち並んで警備している。通行人を牽制《けんせい》、あるいは誘導するためのホイッスルが時折、鋭く響き渡った。

「ほい、どいたどいた」

「見世物じゃないですよ！　下がっていてください」

事件現場を一目見ようと押しかけた港湾労働者たちを慣れた動作で掻《か》き分け、ベントリーとエミールは現場に近づいた。顔見知りの警察官たちが、敬礼しながらテープを持ち上げ、二人を迎え入れる。

「おはようございます、ベントリー警部。ご足労いただいてすみません。ドレイパーも、ご苦労さんだね」

他の制服警官より多少立派な肩章をつけた初老の男性が、二人に歩み寄って挨拶をした。この地区を担当するダンパー巡査部長だ。

ダンパーは、ベントリーやエミールのような出世コースには乗らず、管区の治安維持や後進の育成に半生を捧《ささ》げてきた人物である。

「よう、ダンパー。お呼びに従い、参上したぜ」

ベントリーは片手を上げて鷹揚《おうよう》に挨拶したが、エミールは緊張して、まだどこか不格好な敬礼をした。

「おはようございます、ダンパー巡査部長。よろしくお願いします」

実は、エミールは管区の警察官時代、この地区に配属され、ダンパーの部下だったことがある。エミールの反応は無理からぬことだったが、ダンパーは日焼けした顔で、少し困ったようにホロリと笑った。

「おいおい、ドレイパー。いつまでもこんな年寄りに敬語なんぞ使っちゃいかんよ。もう、同じ階級の巡査部長、しかもお前さんはヤードの刑事になったんだからな」

「でも……」

「世間話をしてる場合じゃないな。被害者はこちらです、ベントリー警部」

「よし。行くぞ、エルフィン」

「うう……は、はい」

元上司と現在の上司、二人を前にして心穏やかでいられるはずがない。エミールは、傍目《はため》にも哀れなほど強張《こわば》った顔とギクシャクした動きでベントリーに従った。

問題の遺体は、倉庫と倉庫の間の細い通路にあった。エミールの差し出した薄手の手袋をはめるベントリーに、ダンパーは声を掛けた。

「現場はそのままにしてあります。警部さえよろしければ、被害者を明るい場所に移しますが」

「いや、まずはこのままでいい」

エミールは胸ポケットから小さな手帳を取り出し、ベントリーに続いた。後ろから、ダンパーが死体発見時の様子を説明しながらついてくる。

「発見は今朝五時頃。倉庫の中の荷物を出しに来た港湾労働者の連中が見つけました。倉庫脇の暗がりから、女の足が白く浮き上がって見えたんだそうで……」

三人が近づくと、若い制服警官が、機敏な動きで死体を覆っていたシートを外した。

「なるほど。このアングルか。そりゃ、朝からいいもん見たな」

ベントリーは小さな口笛を吹き、死体の脇に片膝《ひざ》をつく。エミールもベントリーの傍らに立ち、遺体を見下ろして、思わず息を呑《の》んだ。

(なんだ……これ)

刑事になって一年あまり、それ以前からも死体はずいぶんとたくさん見て来た。だが、表現は奇妙かつ不謹慎だが、こんなに「素晴らしい」亡骸《なきがら》は初めてだったのだ。

ヴェロニカ・ドジソンは、冷たく固い地面の上に仰向《あおむ》けに横たわっていた。雨に濡れ、ぐっしょり濡れそぼった全身は、まるで朝露を帯びた百合《ゆり》の花のようだ。

(なんて綺麗《きれい》な人なんだろう。死体っていうより、マダム・タッソーの蠟《ろう》人形みたいだ)

エミールは、この場にそぐわない感嘆の色を青い瞳《ひとみ》に滲《にじ》ませ、彼女を凝視した。

彼女は何か訴えるように、両目をカッと見開き、唇を半開きにしたままで息絶えていた。

蠱惑《こわく》的な深いブルーの瞳は虚空を見上げ、ふっくらした唇は今にも犯人の名を囁《ささや》きかけてきそうだ。苦痛に歪《ゆが》む頬やギュッと寄せられた眉根《まゆね》も、彼女の華やかな美しさを損なってはいない。

強張った頬は青ざめ、頬には泥がベッタリついていたが、それでもベントリーは「別《べっ》嬪《ぴん》さんだな。惜しいこった」と呟《つぶや》いた。

ささやかなフリルが襟元についた象牙《ぞうげ》色のブラウスに、シンプルな紺色のスカート、そして踵《かかと》の低い足首までの編み上げ靴。着衣は極めて質素だが、こざっぱりとした上品なものばかりだ。

膝のあたりまでスカートがめくれ上がっていて、無残に破れた靴下の合間から見える下腿《かたい》は雪のように白かった。

「こいつぁ、娼婦《しょうふ》なんぞしてねえな。勘当されて貧乏暮らしをしてたようではあるが、まだ心根は本物のお嬢様だ」

ベントリーの言葉に、エミールも無言で頷《うなず》いた。

ヴェロニカのフリルのついた象牙色のブラウスの胸元には小振りのナイフが深々と刺さっており、その周辺が淡い紅色に染まっていた。布地に染みた血液が雨で滲《にじ》み、薄められて、やけに綺麗なグラデーションが出来上がっている。

右の二の腕もブラウスごとざっくり切り裂かれ、暗い赤みを帯びた筋肉が、ちらりと覗《のぞ》いていた。地面に垂れた長い髪は金色に輝き、煤《すす》で黒ずんだ石畳の上に、とびきり上等の布を広げたようだ。

「ここには、夜間の見回りは来ないのか？」

ベントリーの問いかけに、ダンパーはすぐさま答えた。

「倉庫に値の張る物が入ってるときは、頻繁に見回るそうですがね。今は中身が大したものじゃないらしく、見回りはなかったと。ただ、午後十一時過ぎ、倉庫番が、施錠だけは確認してます。で、そのときにここを通り掛かったときには、騒ぎもなかったし、勿論《もちろん》女の死体なんぞなかったと思う、と」

「……ふん。で、ダンパー、今のところ、管区の調べでわかっていることは？」

「まだ、あまり。何しろ、こんな場所です。目撃者は期待できませんし、おまけに昨夜はけっこう雨が降ったでしょう。手がかりはほとんど、流されちまったでしょうな」

「この哀れなブロンド美人の足取りは？」

「今、家族関係も含め、昨日の行動を調べに部下を走らせてます。当然、実家にも報《しら》せましたが、勘当した娘がどこでどんなふうに死のうと知ったことではないと」

「そんな……！」

皆が仲良しの家庭で育ったエミールは、信じられなくてつい声を上げたが、ベントリーは冷ややかに肩をそびやかした。

「けっ、お貴族様の矜持《きょうじ》ってなぁ、凄《すご》いもんだな。おい、遺体を調べるぞ」

「は、はい」

エミールは慌てて気を取り直し、手帳をいったんしまい込んで手袋をはめた。ベントリーの傍らにしゃがみこみ、すぐに手伝えるように身構える。

「死後硬直が全身にがっつり来てるな」

ベントリーがヴェロニカの細い手首を引っ張ると、見るからに強い抵抗を示しながら、腕全体が棒のように伸びた状態でついてくる。

「死後、半日以上ってとこか。今が午前九時過ぎだから、午後九時までに殺されたってことに……いや、そりゃ変だな。午後十一時の見回りのときには、死体はここにはなかったんだしな」

「ええ、それに地面を見てください、警部」

エミールは、ヴェロニカの背中を片手で支えて浮かせ、下の地面をもう一方の手で指した。

「うん？」

「昨夜、雨が降り始めたのは真夜中過ぎでした。僕、夜更かしして本を読んでいたんで覚えてるんです。だけど、見てください。死体の背中も、背中が触れてた地面も、濡れてます」

ベントリーも、エミールにそう言われ、遺体の下にある地面を覗き込む。

「おっ。確かにそうだな。もし、雨が降り出すより先に死んでいたなら、背面もその下の地面も乾いてるか、せいぜい周囲から水が染みて軽く湿ってる程度のはずだ。どっちもぐっしょり濡れてやがる……ということは」

「死亡時刻は真夜中以降、しかもよそから運んできたんじゃなく、ここで殺害されたってことになりますね。……だけど、それじゃ、もっと死体硬直が弱いはず……」

「ふむ。奇妙な矛盾って奴か。まあ、そこは専門家の見立てに任せるとしようや」

そう言って立ち上がったベントリーは、ヴェロニカの全身を見回し、手袋を外した。

「殺人はほぼ確実だな。あとは、このお嬢さんが、何だって深夜にこんな物騒な場所で殺される羽目になったか……そのあたりから手を着けるか」

「はいっ」

「とりあえず、俺たちがこれ以上死体をいじくり回さず、できるだけ早く検死官に渡したほうがよさそうだ。エルフィン、お前、死体をバーツへ運んで、解剖してもらえ。検死官オフィスには、俺から連絡を入れておく」

ベントリーから受け取った手袋を鞄《かばん》にしまい込みながら、エミールは返事をした。

「わかりました。警部は？」

「俺はもう少し、管区の連中と現場を漁《あさ》る。ここ数日の被害者の足取りも、早いとこ調べないとな。ダンパー、すまんが遺体の搬送を」

「了解しました。おーい！　担架を持ってこい。死体を隠す布もだ」

ダンパーは手を上げ、若い部下たちを呼び集める。

（どうしてこんなに綺麗な人が、こんな酷《ひど》いところで死ななきゃいけなかったんだろう）

いったい、この驚くほどの美人に何があったのか……心優しいエミールは胸塞《ふさ》ぐ思いで、無造作に担架に乗せられるヴェロニカの死体を見つめていた……。

＊　　　＊

「ああ、ローウェル君、いいところに帰ってきてくれた」

スコットランドヤードから、自分の職場である聖バーソロミュー病院、通称バーツに戻ってきたデリック・ローウェルに廊下で声を掛けたのは、彼の上司であるロウ医師であった。

ちょうど自分のオフィスから出て来たところだったらしいロウは、いつもの白衣姿ではなく、きちんと上着を着込み、帽子とステッキを手に持っていた。

長らく検死官として活躍してきたロウは、もう六十歳を過ぎ、見事な白髪を後ろに撫《な》でつけ、立派な口ひげと綺麗に整えた顎《あご》ひげを蓄えている。体格もガッチリしており、偉丈夫とはこういう人物を言うのだろう。

「ただいま帰りました。ええと、何かご用でも？」

こちらも大事な書類の入ったバッグを提げたまま、デリックはロウの前に立った。

「いや、さっきスコットランドヤードのベントリー警部から、検死の依頼が来たんだ。だが、わたしはこれから別件の検死審問に行かねばならん。君に頼みたい。いや、もう君に託すと返事をしてしまったんだがね。もしや今、取り込み中の案件があっただろうか」

落ちくぼんだ灰色の目をパチパチと瞬かせて、ロウは茶目っ気のある口調でそう言った。やや強引な上司の性格をよく知っているデリックも、笑顔で快諾する。

「いえいえ。書類さえ貰《もら》っておけば分析はさほど急がないんで、構いませんよ。で、どんな事件……」

「詳しくは、警部の部下が来て、説明するそうだ。じきに、遺体と一緒に到着するだろう」

「わかりました。任せてくださいよ。ロウ先生は、検死審問を楽しんできてください」

「……何が楽しいものかね。今日のは厄介な事件だから、長引くかもしれない。まあ、行ってくる。後はよろしく頼む」

そう言うと、ロウはいかにも使い込まれた風合いの帽子を頭に載せ、しっかりした足取りで出掛けていった。

デリックも自分のオフィスに入り、壁のフックに帽子を引っかけ、執務机に革鞄を置くと、来客用のソファーにどっかり腰を下ろした。

ロウのオフィスに比べれば半分程度の広さしかないが、それでも個室が貰えるだけありがたい。備品はすべて、前任の検死官が置いていったものをそのまま使っている。デリック自身は、あまり物に執着がないのだ。

「やれやれ。日光浴の暇はなさそうだな」

そんな泣き言を口にするが早いか、扉がノックされ、検死官室秘書のヘザーが顔を出した。こちらも勤続三十五年の大ベテラン、色々な意味でたっぷりした女性である。

「先生、おはようございます。お茶でもお持ちします？」

一応、若いデリックにも敬語を使ってくれるものの、その口調は「お母ちゃん」そのもので、デリックは思わずだらけていた姿勢を正す。

「あ、いや、今はいい。じきにヤードの刑事さんが来るらしいから、そうしたらここに通して、お茶を頼めるかな」

「わかりました。あと、ついさっき、先生宛《あて》のお手紙が」

「ありがとう」

ヘザーは白い封筒をデリックに手渡すと、迫力のある足音を立てて出て行く。何しろボリュームたっぷりの体軀《たいく》なので、立てる音がいちいち大きいのは致し方ない。

再びだらしなくソファーにふんぞり返ったデリックは、封筒の表書きを見て、薄い唇をへの字に曲げた。

「何の真似だよ、職場宛に手紙を送りつけるとか……」

見事なカリグラフィーで記された自分の名と、その斜め上に記された差出人の名……それは、彼の実の兄、デューイの名前だった。

デスクにレターオープナーを取りに立つのも面倒で、デリックはせっかくの綺麗《きれい》な封筒を、ビリビリと指で破いた。白い便箋《びんせん》を抜き出して広げ、万年筆の流麗な文字に素早く目を走らせるうち、彼の表情はみるみる険しくなっていく。

「………」

読み終えた手紙を片手に持ったまま、デリックはソファーにごろんと横たわった。両足をでんと肘《ひじ》置きに載せる。頭をクッションに沈め、眼鏡を押し上げて、デリックはもう一度、兄からの手紙を読み返した。その口からは、嗄《しわが》れた呟《つぶや》きが漏れる。

「何を考えてるんだ、あいつは。自分の面倒を見るのに、精いっぱいじゃないのかよ。くそ、それとも自分だけは余裕綽《しゃく》々《しゃく》だってか」

その悪態には、どこか羨望《せんぼう》の色が滲《にじ》んでいる。だがそのことに、デリック自身は気づいていなかった。

ほどなくオフィスにやってきたのは、デリックの予想していたとおり、エミールだった。

「よう。ずいぶんとお早い『また今度』だったな。ベントリー警部から連絡があったって聞いて、あんたが来るだろうと思ってた」

「僕も、何となく今回の担当は君じゃないかって気がしてたよ。一緒に仕事をするのは、ちょっと久し振りだね」

「だな。遺体は？」

「もう、解剖室に運び込んでもらった。とりあえず、今、わかってることを話すね。これが書類。ああ、いつもすみません」

最後の一言は、お茶を運んできたヘザーに対する感謝の言葉である。いいえ、とビジネスライクに返して、ヘザーは出て行く。既にたっぷりミルクの入ったお茶に砂糖を一掬《すく》い入れて掻《か》き混ぜてから、エミールは愛用の手帳を取り出した。

「被害者はヴェロニカ・ドジソン。二十七歳、女性……」

デリックも、手渡された書類を見ながら早速口を挟む。

「あのドジソン家の美人姉妹か。一度だけ、イーストエンドの小劇場に、二人が出てる芝居を見に行ったことがあるな」

「へえ。どうだった？」

「貴族令嬢のお遊びかと思ったけど、なかなかどうして、頑張ってたぜ？　脚本は陳腐だったが、彼女たちはいい芝居をしてた。そうだな。俺の印象としては、姉さんのほうが美人だが、演技は妹のほうが上手《うま》かったような」

「へえ。……いや、それはともかく、死体発見現場はステップニー区、クォーターデッキ近くの倉庫街だよ。発見時刻は午前五時頃。前夜午後十一時頃の見回りの際は、死体はなかったと見られてる」

「ふむ。発見時は仰向《あおむ》け、胸部と右腕に刺創あり、と。現時点ではそんなところか」

「うん。遺体にはほとんど触れてない。そのままで君に視《み》てもらったほうがいいだろうって、警部が」

「いい心がけだ。じゃあ、仕事に掛かりますか。ああ、お茶を飲んでからでいい。手をつけないと、ヘザーが気分を害する。俺は着替えるから」

そう言うと、デリックは上着を脱いだ。ワイシャツの袖《そで》を肘の辺りまでまくり上げ、その上から白衣を着る。

言われたとおりにソファーでお茶を飲みながら、エミールはデリックの背中に向かってちょっと悪戯《いたずら》っぽい口調で声を掛けた。

「もてる検死官は、お母さんみたいな歳の秘書さんにも優しいんだ？」

白衣のボタンを留める手は休めず、デリックはちらと振り返った。

無残な傷痕《きずあと》はあるものの、デリックの顔はとても端整である。やや面長なシャープな輪郭線に、すっと通った鼻筋、そして理知的で、謎めいた湖か深い森のような緑色の瞳《ひとみ》、そして、いつも微《かす》かに笑みを湛《たた》えた薄い唇。

子供の頃から、ハンサムで明るい性格のデリックは、女子によくもてた。本人もそれは重々承知していて、学生時代は派手に遊んだものだ。ただ、戦争から戻って以来、そんな無軌道なふるまいは影をひそめ、それがまた、別の魅力を彼に与えている。

「おいおい、人聞きの悪いことを言うなよ。俺は、誰にだって優しいだろ？」

おどけた口調でデリックは言ったが、エミールは曖昧《あいまい》な笑顔で数秒躊躇《ためら》い、こう返した。

「そうだね。デューイ以外には」

「……」

　思わず絶句したデリックに、エミールはやはり歯切れの悪い口調で言い足した。

「こんなときに何だけど、戦争から帰って以来、君、家族にほとんど会ってないんだろう？　ご両親はイーストボーンに隠居してしまったから仕方がないけど、お兄さん……デューイはすぐ近くに住んでるのに」

「……仕事が忙しいからな」

「嘘だよ。僕と飲みに行く暇はあるじゃないか」

　エミールは、いつになく強い口調でそう言い、幼い頃から生意気だった年下の友人を軽く睨《にら》んだ。憤慨しているのに、どこか半泣きに見えるエミールの童顔に、デリックはすっきりした眉《まゆ》を情けなくハの字にして両手をゆるゆると上げた。

「……悪い。降参だ。昔から弱いんだよ、あんたのその顔。大昔、調子に乗って駄々こねて困らせて、とうとう泣かせちまったときのことを思い出す」

　過去の恥ずかしい思い出を持ち出され、エミールはたちまち赤面した。

「やめてくれよ、そういうのは忘れてていいんだって。それより……昔はデューイと君は仲のいい兄弟だったじゃないか。そのことを思い出してほしいよ」

　エミールは悲しげに言う。デリックの手は、ボタンを半分留めたところでダラリと垂れてしまっていた。

「昔のことは昔のことだ。……別に今だって、憎み合ってるわけじゃない。ただ大人になれば、兄弟だってそれぞれの生活ができて疎遠になる。それだけの……」

「ことじゃないだろ？　君が一方的に、デューイを避けてるんだ。僕はこうして仕事で君に会えるし、休みが取れれば、たまにデューイの店にも行く。デューイは君に会いたがってるし、寂しがってるよ？」

「俺に会って、兄貴はどうしたいってんだよ！　俺に何を期待してるんだ！」

怒声と共に凄《すさ》まじい音を立てて、デリックは開けっ放しだったクローゼットを閉めた。

「……ッ」

その行動と口調の荒々しさに、エミールは息を呑《の》み、危うくティーカップを取り落としそうになる。それに構わず、デリックは左手をクローゼットの扉に叩《たた》きつけた。

「俺が戦地から戻って一年後、デューイも出所した。心配した両親がイーストボーンから駆けつけて、久し振りに家族で食事をしたよ。あの愁嘆場を、あんたにも見せたかったぜ」

「……デリック……」

滅多に戦争のことも家族のことも語ろうとせず、いつも楽しげに振る舞うデリックが突然吐き出した本音に、優しいエミールは凍り付く。それをすまないと思いつつも、デリックはまくし立てるのをやめることができなかった。

戦争のことは、もう忘れようと何度も思った。

せっかく生きて帰れたのだ、これからの人生は、できる範囲で面白可笑《おか》しく暮らそう。

そう思うからこそ、時折、酷い悪夢に苛《さいな》まれつつも、デリックは半ば意地になって呑気《のんき》に過ごしている。

戦争で傷を負ったけれど、あの人、とっても幸せそうでよかったわ……そう言われる自分でありたいと願っているのだ。

けれど時々、こんなふうに、普段は押し殺している感情が溢《あふ》れ出し、自分ではどうにもできなくなる。特に、相手が心を許せる数少ない友人のエミールだと、言葉も態度も、容赦なく尖《とが》ってしまうのだ。

「戦争に行かずに、足を悪くしてムショから出てきた長男と、戦争に行って、顔と手を怪我して帰ってきた次男を前にして、両親に何が言える？」

「……戦争の話をすれば、君かデューイ、どっちかが肩身の狭い思いをするってこと？」

エミールは、沈んだ声で問いかける。デリックは、頷《うなず》く代わりに強張《こわば》った顔で話を続けた。

「戦争でよく頑張ったと俺に言えば、徴兵を拒否した兄貴を責めることになる。よく自分の意志を貫いたと兄貴を褒めれば、喜び勇んで徴兵に応じた俺を貶《けな》すことになる。二人とも、生きていてくれてよかった……ってのが、親が言える精いっぱいの言葉だったよ。聞いていて、つらかった。兄貴も、きつそうだったな」

「…………」

「レストランで食事中、だいたいが沈黙でさ。たまーに目が合うと、みんな、何となく視線を逸《そ》らすんだ。兄貴は俺の顔の傷を見るたびに、申し訳なさそうに目を伏せた。拷問みたいな食事だったぜ。あんなにデザートが待ち遠しかったことは、人生で一度もねえ」

激しい思いを吐き出し、デリックは深く息をついた。

「それ以来、家族には会ってない。会えば悲しくさせるだけだ。俺のこの顔は、どうしようもないからな。まともに動かない右手も。……ずいぶん左手を使うのに慣れてきたけど、片手でボタンを留めるのすら、未《いま》だに難しいんだよ」

「……あ。手伝うよ」

断る間もなく、エミールはティーカップを置いて立ち上がり、デリックに歩み寄った。手際よく残った白衣のボタンを留めながら、自分よりずいぶん長身のデリックの顔を見上げる。

「ごめん。家族の問題なのに、余計なこと言った。しかも、ここは職場で、僕ら二人とも仕事中なのにね。僕が無神経だったよ。本当にごめん」

自分も酷《ひど》く動揺していることは明らかなのに、一生懸命笑顔を作って自分を落ちつかせようとしているエミールに、デリックはハッとした。

幼い頃、兄が病気で寝込むたび、寂しくて泣くデリックを、その頃はまだ自分より背の高かったエミールがギュッと抱き締めてくれたものだ。

『大丈夫、僕がいるよ。デューイほど頼りにはならないだろうけど、僕がずっと傍にいるからね？』

自分も十分に子供のくせに、保護者のような顔で慰めてくれたエミールの今よりずっと幼い笑顔が思い出されて、デリックの荒れた心が、不思議なほどあっさり静まっていく。それと同時にこみ上げる自己嫌悪に、反省の言葉が口を衝《つ》いて出た。

「俺こそ……悪い。昨夜、寝不足だったこともあって、ちょい荒れてた。酷い八つ当たりしちまったな」

「いいんだよ。ほら、できた」

途端にホッとした様子のエミールの肩を叩き、デリックは照れ笑いした。顔の傷痕がわずかに引き攣《つ》れるが、その非対称は、彼の笑顔に不思議な魅力を与えている。

「ありがとよ。とにかく、今はお互い仕事に専念しようぜ。美女がお待ちだ。行こう」

清潔を保つため、余計なものが何一つない殺風景な解剖室には、大理石の解剖台が二つ並べてある。

二体同時に解剖を行うことも珍しくないが、今日は片方がまだ空いている。窓際の明るいほうの台に、ヴェロニカ・ドジソンの死体が着衣のままで横たえられていた。

「ローウェル先生、手伝いますか？」

朝一番の解剖で使った器具を片付けていた解剖助手のアディントンという名の青年が声を掛けたが、デリックはかぶりを振った。

「いや、いい。今日は急がないから、俺がひとりでやるよ」

「わかりました。でも必要になったら、呼んでくださいや」

イーストエンド育ちのアディントンは、きついコックニーでそう言い、気のいい笑顔で部屋を出て行く。飄々《ひょうひょう》としていても、仕事には真摯《しんし》で、意外と生真面目なデリックの性格をよく知っているのだ。

「……さて」

白衣の上からゴム引きのエプロンを身につけたデリックは、まず少し離れたところから死体を見回し、それから近づいて、彼女の全身を子細に観察した。薄手のゴム手袋をはめ、顔面に乱れかかっていたヴェロニカの金髪を左右に振り分けて顔面を露出させる。

現れた白い顔の美しさに、デリックは素直な賛辞を口にした。

「ふむ。さすが女優、おとぎ話の姫君みたいに綺麗《きれい》な顔だ。清楚《せいそ》な美女が濡《ぬ》れそぼってるってのは、何とも扇情的だよなぁ」

エミールは渋い顔で、そんな軽口を窘《たしな》める。

「またそんな不謹慎なこと言って。真面目にやりなよ。……僕等が現場へ行ったのは今朝九時過ぎ。死後硬直は全身に来ていたけど、彼女の背中もその下の地面もびしょ濡れだった。おかしいと思わないかい？」

もたらされた情報に、デリックの顔からふっと笑みが消える。軽口を叩いていたときの緩んだ雰囲気はどこへやら、検死官の鋭い目つきで、彼はエミールを見た。

「おかしい、とは？」

「死後硬直が全身に強く出るってことは、死後十二時間以上経っていたはずだろ？　でも昨夜、雨が降り出したのは真夜中過ぎだ」

「ははあ、つまり、地面と彼女の背中の両方が濡れてるってことは、彼女は雨が降り出してから、全身ずぶ濡れの状態で、そこに倒れて死んだ。だとしたら、最長でも死後九時間以内、そこまで死後硬直は強くないんじゃないかってことか？」

エミールも刑事らしい引き締まった面持ちで頷いた。

「そう。所見が矛盾するよね？　だから現場で、ベントリー警部と首を捻《ひね》ってた」

「はは―ん。なるほど、確かにガチガチに硬直が来てるな。けど、それは矛盾でも何でもねえよ。門前の小僧の知恵じゃ、わからないのも無理はないけどな」

「何だよ、それ。法医学には門外漢のくせにって意味？　そりゃそうだけど、だったらちゃんと教えておくれよ。どういうこと？」

やや失礼な言い回しに唇を尖らせつつも、興味津々の眼差《まなざ》しでエミールは問いかけてくる。デリックはヴェロニカの右腕の硬直を解き、握り込んだほっそりした指を両手で一本ずつ開きながら答えた。

「即時性死後硬直ってのがあってだな」

「即時性……死後硬直？　何それ」

首を傾げるエミールに、デリックは歯切れよく指摘した。

「彼女の姿を見ろよ。左の靴の踵《かかと》が取れている。走ってる最中に折れたんだ。服のあちこちにも、雨でも流されないくらいこっぴどい泥はねがあるだろ？　しかも、泥の色が微妙に違う。あちこち走り回った証拠だ」

「あ……なるほど！」

デリックはヴェロニカの首の硬直を解くと顔を横向きにし、後頭部からうなじのあたりに高い鼻を近づけた。

「胴体は濡れちまってわからないが、あまり濡れていない後頭部からは汗の臭いもする。この時期、まだ汗だくになるほど暑かない。つまりこのお嬢さんは、犯人にずいぶんと追っかけ回された……と考えるのが妥当じゃないか？」

「凄《すご》いな。刑事顔負けだね」

素直に感心するエミールに、デリックは苦笑いした。

「感心してんじゃねえよ。で、今のところ、俺の見立てには諸手《もろて》を挙げて賛成か？」

「大賛成。この人、深夜にあんな物騒な場所をウロウロするようには見えないだろ。たぶん犯人から逃げようとして、うっかり港湾地区に迷い込み、あの倉庫街の現場で追い詰められたんだと思うんだよね。今、警部や管区の人たちが捜査中だから、もっと詳しいことがわかると期待してるんだけど。それと、その即時性何とかと関係があるわけ？」

まだ要領を得ない顔をしているエミールに、デリックは教師めいた仕草で、左の人差し指を立てた。

「大ありだ。人間は個体として死んでも、体内に残った酸素や栄養を使い果たすまで、組織や細胞はしばらくの間、生き続ける。それはわかるか？」

「ああ……うん、何となくイメージできるよ」

「だからこそ、死後硬直は、死んでからある程度の時間を経過して、ジワジワ起こってくるんだ。人間が死んだ後も生き続けてた組織が、いよいよピンチだって証拠なんだよ」

「ふむふむ」

エミールは、盛んに頷《うなず》きながらメモ帳にペンを走らせる。

「だが、こんな風に逃げ回って消耗した挙げ句に死ぬと、既に、体内の酸素も栄養も、あらかた使い果たされてるわけだ。そういう場合、普通より早く死体現象が出てくることがある。特に死後硬直は顕著に出やすい」

「つまり彼女の場合、普通の人より早く死後硬直が出た可能性があるってこと？」

「そうだ。極端な場合だと、マラソン中に急死した奴なんかじゃ、ぶっ倒れた瞬間に全身がカチカチになってることもあるそうだぜ」

「へええ……！」

「だから、他の条件や症状を合わせて判断しないと、死亡時刻は推定できねえな。まあ、昨夜のうちちってのは確かなんだろうが。……目撃証言は？」

「今のところはないみたい。港湾地区の桟橋のほうなら、深夜でも荷物の積み降ろしをする人たちがいるから、目撃者がいたと思うんだけど……。倉庫街じゃ、ね」

「惜しいな。俺だったら、こんな美人が追われてりゃ、何をおいても駆けつけて助けるけどな。で、見返りにいっぺんくらいデートしてもらう」

くだらない話をしながらも、デリックは苦労しつつ、今度はヴェロニカの固く握り締めた左手を開きにかかった。

「右の手のひらには、防御創があった。だが、ずいぶん浅くて数も少ない。さんざん追われて力尽きたところを、ナイフでとどめを刺されたんだろう。犯人は、ずいぶんねちっこい奴だな。左手は……うん？」

「どうかした？」

エミールも、デリックの手元を覗《のぞ》き込む。ヴェロニカの左の手のひらにも、右と同様、犯人に最後の抵抗を試みた証拠、防御創と呼ばれる浅い切創が数条走っていた。

おそらく、迫り来るナイフを、両手を上げて防ごうとしたのだろう。

だが、デリックの興味を惹《ひ》いたのは、血だらけの左手にしっかりと握り込まれた、小さな丸いものだった。

「これは……なんだ？」

デリックはそれを注意深く水洗いし、親指と人差し指の間に挟んでしげしげと見た。

エミールも、デリックの傍らで軽く背伸びする。

「ボタンだよ、デリック！」

「ああ、そうみたいだな。表に、『A』って字が彫りこまれてる」

エミールは、手帳にガリガリと書き込みをしながら、首を捻った。

「イニシャル……だとしたら、被害者のものじゃないね。ヴェロニカ・ドジソンだから」

デリックも、ヴェロニカの胸元や袖口《そでぐち》を確かめ、同意した。

「ふむ……。ヴェロニカのブラウスのボタンも、いちばん上が取れてるな。けど、このボタンとは違う」

「いちばん上だけ、飾りを兼ねて違うボタンってことはないかな」

食い下がるエミールに、デリックはちょっと嫌な笑い方をした。

「おや？　童顔で油断させといて、意外と遊んでんのか、あんた。女のブラウスに、やけに詳しいじゃねえの」

すると、エミールはたちまち赤面して両腕をバタバタさせた。

「ち、違うよ！　うちの母親が、そういうブラウス持ってたから！　いちばん上だけ、金色のボタンで綺麗だったから、覚えてただけで！」

「あーはいはい。まさかのお母さんかよ。けど、これは違うな。ボタンホールの大きさが、全然合わない。この『A』のボタンのほうが一回りでかいぜ」

「ああ、そうだね。……ってことは、犯人の服からむしり取ったものかも！」

その仮説には、デリックもすんなり同意した。

「そうなりゃ、まさしくダイイングメッセージって奴だ。女優らしいことをするじゃないか。新聞記者が大喜びしそうなネタだぜ」

「まだ、そうとは限らないけど、大事な証拠品だ。……ここに入れてくれる？」

エミールはポケットから、証拠品を収めるための小さな布袋を取り出した。デリックは、袋の中に小さなボタンを落としてやる。そしてそのまま、ヴェロニカの頭のほうに移動した。両手で長い髪を梳《す》くようにして、頭のあちこちに損傷がないかを確かめる。

「ふむ。やはり死の寸前、犯人は彼女の髪を掴《つか》んで強く上に引っ張ったみたいだな。生え際から頭頂部にかけてけっこう髪が抜けて、頭皮が赤らんでるだろう。生前に、強い刺激を受けた証拠だ」

デリックの口調は世間話でもしているように軽やかだが、その動きには欠片《かけら》も無駄がない。不自由な右手を庇《かば》い、本来なら利き手ではない左手を駆使して、検案を進めていく。

エミールも、彼の言葉を聞き漏らさず、重要な所見を見逃さないように、耳をそばだて、目を皿のようにした。

「ってことは、犯人は男？」

「とは、限らない。まあ、この娘を追いかけ回して、その挙げ句殺したんだから、体力はあるだろうが……何ていっても戦時中から、女も強くなったからなあ」

やけにしみじみとそう言って、デリックは肝心の刺創へ視線を移した。

「現場の出血はどうだった？」

そう問われて、エミールは、数時間前の記憶を辿《たど》りながら答えた。

「胸の刺し傷のほうはわりに出血が少ないけど、右腕の切り傷は、かなり深かったのかな。地面にも血が流れてたよ。ああ勿論《もちろん》、昨夜の雨が混じって、だいぶ薄まってはいたけどね」

それを聞いたデリックは、胸部の刺創、次にブラウスの右腕の裂け目を指先で無造作に開き、その下にある傷口を確かめてこともなげに言った。

「このナイフを胸部に刺されてほどなく、彼女は仰向《あおむ》けに倒れたんだろう。胸腔《きょうくう》内に出血していても、表には血液はろくすっぽ出てこないさ。腕の傷は、早い段階で犯人に負わされていたんだろう。スカートの右サイドに血がついてるだろ？　おそらく右腕を伝い、指先から滴った血が、スカートに落ちたんだ」

「あ、ほんとだ。つまり、傷を負ってから一定の時間、逃げ回ってたってことかな。着衣のあちこちに血が染みてるのは、激しく動いた証明だよね？」

我が意を得たりと、デリックは右目をつぶる。

「大当たり。おまけに、動くと血の巡りがよくなる。当然、傷からの出血も多くなるってわけだ」

「なるほど」

「腕の傷だけでも、かなりの失血量だったと思うぜ。血液は、いったん布に染み込むと、雨に濡《ぬ》れた程度じゃ落ちないからな。あんたたちには、ありがたい手がかりになるだろう」

「殺人は間違いないよね？」

「逆に、こんなやり方で自殺する奴がいたら、俺は是非ともお目に掛かりたいな。無論、不慮の事故でこんなことになる奴もいない」

そう言いながら、デリックはヴェロニカの靴を、続いてストッキングを、やけに手際よく脱がせた。

「……随分慣れてるね」

「まあな。男の甲斐性《かい》って奴だ」

さっきの仕返しで、君こそいかにも女性と遊んでいそうだと言いたげなエミールの視線と言葉をしれっと肯定して、デリックはあくまでも検死官としての意見を述べる。

「踵《かかと》が折れたとき、バランスを崩して転んだな。ストッキングが派手に破れてるし、膝《ひざ》小僧も擦り剝《む》いてる」

「ああ、うん」

「足首も腫《は》れてるな。可哀想に。いったいどこをどのくらいの時間追われたのかは知らないが、ずいぶんと恐怖を味わったことだろうよ。……さてと、外表からの所見はこんなもんだ。解剖も見ていくか？　何なら、手伝っていってくれても……」

「い、いや、僕は」

刑事になって、血を見ることにはそれなりに慣れたエミールだが、解剖となると未《いま》だに及び腰である。思わず両手を振って後ずさったそのとき、解剖室の外で、誰かが言い争う声と、激しい物音、そしてこちらに近づいてくる高らかな足音が聞こえた。

「何だ？」

ヴェロニカの服を脱がそうとしていたデリックは手を止め、エミールは驚いて咄嗟《とっさ》に身構える。

たちまちバタンと扉が開き、弾丸のように解剖室に飛び込んできたのは、ひとりの若い女性だった。乱れ放題のブルネットの髪と、酷《ひど》く焦燥した顔をしているが、それでも十分に美しい。

「き、君は誰？　ここは立ち入り禁止……」

「どいて！」

「うわッ」

シンプルな白いブラウスに紺色のストンとしたスカートを身につけた彼女は、立ちふさがろうとしたエミールを鬼のような形相で突き飛ばした。そしてそのままの勢いで、解剖台の上のヴェロニカの死体に縋《すが》り付こうとする。

「おっと。それは駄目だ、お嬢さん」

だが、すんでのところで、デリックは自分の身体を盾にして彼女を制止した。

「放して！　ヴェロニカ！　私の姉さんなのよ！」

金切り声を上げてなおも死体に突進しようとする彼女を、デリックは両腕で抱き締めるようにして拘束する。ほっそりした身体からは想像もできないほど、彼女は力が強かった。あるいは、それだけ必死だということなのかもしれない。

「邪魔しないで！　放してったら！　私は身内よ！」

耳がきーんとなるような声で怒鳴りながら、彼女はデリックの腕を振り解《ほど》こうとした。でたらめに振り回した彼女の手がデリックの顔に当たり、眼鏡が床に落ちる。綺麗《きれい》に磨いた爪が、彼の口の脇に一筋の傷を付け、さすがのデリックも声のトーンを上げた。

「いてッ、おい、暴れるなって！　ここは解剖室だぞ」

「だから暴れてるのよ！　誰が姉さんを解剖なんてさせるもんですか！」

身をよじる彼女をズルズルと引きずるように死体から離しつつ、デリックは落ちついた声で言い聞かせようとした。

「諦《あきら》めろ。検死解剖が終わるまで、死体に触れることは許可できない。たとえあんたが、死者の身内であろうともな」

「こっちこそ、解剖なんて許可しない！　姉さんは女優よ。女優の身体に傷を付けるなんて、そんな酷いこと……」

「おい。あんたの姉さんは、殺されたんだぜ？　誰にどうやって殺されたかわからないまま腐っちまうほうが、酷いんじゃねえのか？」

仕事場に踏み込まれ、一方的に罵倒《ばとう》された苛立《いらだ》ちが、デリックの言葉を辛辣《しんらつ》にした。

その言葉に鞭《むち》打たれたように、それまでパニック状態で暴れていた女性の動きがピタリと止まる。

「そんな……こと……でも」

なお早鐘のように打つ彼女の鼓動を服越しに感じつつ、デリックはその背中を上手《うま》く動かない右手で撫《な》でた。

「俺は、検死官だ。これから、あんたの姉さんの死因を調べ、犯人に繫《つな》がる手がかりを一つでも多く見つけるために、解剖を行う」

デリックの声は、よく女性たちに「色気がある」と評される。低くてどこか甘い、深みのある声音だ。それが今、動揺し、興奮しきった女性の心を落ちつかせるのに、少なからず役立っているようだった。

「でも……！」

「俺は何も、姉さんの身体をバラバラにするために解剖するわけじゃねえ。姉さんはもう言葉を喋《しゃべ》れない。だから、検死官にしか聞こえない死体の声を聞くために、俺は姉さんの身体にメスを入れるんだ。それでも、納得いかないか？」

「…………ッ」

真摯《しんし》なデリックの言葉を聞くうち、ガチガチになっていた彼女の全身から、徐々に力が抜けていく。デリックが腕を緩めると、彼女は糸の切れた操り人形のように、ペタンと床にへたり込んだ。

「姉さん……。どうして、こんなことに……っ」

切れ切れに声を振り絞り、彼女は両手で顔を覆った。そのまま、全身を震わせて啜《すす》り泣き始める。

「それは、スコットランドヤードの刑事さんたちが、しっかり調べてくれるさ」

痛ましい姿に同情する風もなく素っ気なくそう言うと、デリックは口元の傷に触れた。ピリッとした痛みと共に、指先に血が滲《にじ》む。それをペロリと舐《な》めて、彼は眼鏡を拾い上げ、壊れていないことを確かめて掛け直した。

「だ……大丈夫かい、二人とも」

突き飛ばされた拍子に尻餅《しりもち》をつき、そのまま二人のやり取りを息を殺して見守っていたエミールが、そろそろと立ち上がり、彼女を刺激しないよう、慎重に近づいてくる。

「俺は大丈夫だ。その、自称妹のお嬢さんを、ここから連れ出して、落ちつかせてやってくれ。俺のオフィスを使えばいい」

乱れた息を整えながらデリックがそう言うと、エミールはホッとした様子で頷《うなず》いた。

「わかった、そうさせてもらうよ。……大丈夫かい？　立てる？」

エミールは自分より背の高い女性を助け起こし、支えてやりながら、解剖室から連れ出そうとする。戸口から覗《のぞ》き込んでいたデリックの同僚たちは、波が引くようにそそくさと道を空けた。

「……………」

扉の向こうに消える寸前、彼女は、涙に濡れて血走った目でデリックを睨《にら》みつけた。

いい加減なことをしたら、絶対《ぜったい》に許さない。

そんな、言葉よりも雄弁な恫喝《どうかつ》の視線を、デリックも無言のまま、眼鏡越しに真っ直ぐ受け止める。

（……なんだろうな、これは）

デリックの心は、奇妙なほど空虚だった。

彼女が飛び込んできたときは確かに多少驚いたが、今、彼はまったくの平常心である。

何故か、彼女が憎悪に近い激情を剝き出しにすればするほど、デリックの心は不思議なほどに醒《さ》めていった。

彼女が本当にヴェロニカの妹ならば、姉が突然殺されて、その遺体が解剖されると知ったら、驚き、心乱れるのは当然のことだ。

乱入は御免被りたいが、彼女の気持ちは理解できる。気の毒に思うべきだ、と彼の中の「常識」は告げているが、実際、どんな感慨も彼の中にはなかった。

「行こう。静かな場所で、きちんと説明するからね」

どこかぼんやりした顔で二人を見ているデリックに素早く目配せして、エミールは彼女を連れていく。静けさの戻った解剖室で、デリックは再びヴェロニカの死体に向き直った。深呼吸してから、おもむろに口を開く。

「おっかない妹がいるんだな、あんた。そういや、俺が見た芝居でも、あんたはお姫さん、妹は下町育ちのじゃじゃ馬役だったっけ。あんときゃ化粧が濃すぎて、妹の素顔が思い出せないんだが……あんな顔だったかな」

物言わぬ亡骸《なきがら》に、デリックは語りかけた。ガラス越しに差し込む陽光が、ヴェロニカの白い頬を、ギリシャの彫像のように輝かせている。

解剖前の死体に話しかけることなど、これまで一度もしたことがない。

何故そうしようと思ったのかは、デリック自身にもわからなかった。

あるいは、知り合いではないにせよ、そしてただ一度だけのことにせよ、彼女が舞台の上で生き生きと活躍している姿を見たことがあるせいかもしれない。

ずいぶん多くの死体を見てきたが、生前の姿を知っている相手は初めてなのだ。

馬鹿馬鹿しいことをしていると思いつつも、デリックはヴェロニカの頬に触れ、虚《うつ》ろに見開かれたままの青い瞳《ひとみ》を見下ろして告げた。

「俺はもともと、外科医になりたかったんだ。でも、戦争でヘマをやって、挫折《ざせつ》した。だからあんたの、夢半ばで死ななきゃならなかった悔しさは、よくわかるつもりだ。つまり、なりたくてなった検死官じゃないが、今はあんたのためにベストを尽くす。協力してくれ」

答えはない。だが、独り言のような調子で語りかけるうちに、デリックの気持ちは、いつものように平静、かつ冷静になっていた。

「よし、始めよう」

誰にともなく宣言し、デリックは、死者の身体から衣服を取り去り始めた……。

＊　　＊

三時間後、解剖を終えたデリックがオフィスに戻ると、ソファーにはエミールがひとりで座っていた。ヘザーが出してくれたのだろう、テーブルには、さっきとは違うティーカップが置かれている。

「お疲れ様。意外と早かったね」

労《いたわ》るように声を掛けられ、デリックは片手を上げて挨拶《あいさつ》を返しながら室内を見回した。

ここにいるのは、エミールだけだ。あの若い女性は、どうやらここから連れ出されたらしい。

「ああ。……あの獰猛《どうもう》なお嬢さんは？」

するとエミールは、情けない顔で答えた。

「ごめんよ、迷惑かけちゃって。ここでお茶をご馳走《ちそう》になって随分落ち着いたから、ヤードに連れていった。どのみち、事情聴取しなきゃいけないからね」

「ってこたぁ、本物の妹か？　ええと名前は……」

「アンジェラ・ドジソン、二十五歳。正真正銘、被害者の妹さんだよ。ベントリー警部と事情聴取をしてたんだけど、解剖結果を聞いてこいって言われてさ。途中で抜けてきた」

「そりゃ、あんたもお疲れだったたな。……ああ、ありがとう、ヘザー。昼飯を食いそびれた身の俺としては、今、あんたの背中に白い羽が見えるよ」

紅茶にクランペットを添えて持って来てくれた秘書のヘザーに、デリックは派手なウインクを投げた。だが、他部署の若い秘書たちならポッと頰を染めてくれるその気障《きざ》な仕草も、彼女にはまったく通用しないらしい。

「馬鹿馬鹿しい。クランペット四つぽかりで天使になれるんなら、今頃ロンドンは天国ですよ」

小馬鹿にしたようにそう言うと、お代わり用のティーポットをテーブルの真ん中に置き、ニコリともせずに出ていってしまう。

「へえ、君の魅力も、万能じゃないんだ。あの秘書さんにはまったく通じないんだね」

「うるせえ。人を見境なしみたいに言うんじゃないよ」

クスクス笑うエミールの頭を軽く小突いてから、デリックはエミールの隣にどっかと腰を下ろした。

「俺、解剖でお疲れなんだけど。右手の分まで働いた左手を、これ以上酷使したくねえなあ」

そう言って胸を突き出すと、エミールははいはいと笑いながら白衣のボタンをプチプチと外す。長い付き合いだけに、この手の小さなおふざけは以心伝心である。

白衣を脱ぎ捨てると、デリックはティーカップになみなみと紅茶を注いだ。ミルクをたっぷり、砂糖も二掬《すく》い入れ、溢《あふ》れる寸前のカップに口を付ける。

「はー、生き返ったぜ！」

続いて彼は、ヘザーが持って来てくれたクランペットに手を伸ばす。

熱々に温められた丸いクランペットは、表面に小さな穴がたくさん開き、見るからに旨《うま》そうだ。がぶりと齧《かじ》ると、きつね色に焼き上げられた底面はカリッと香ばしく、ふんわりした生地からは、溶けたバターがじゅわっとしみ出してくる。

ガツガツと二つ目のクランペットを平らげながら、デリックはふと気づいたようにエミールを見た。

「あんたも食べれば？」

まるで育ち盛りの少年のようなデリックの食べっぷりを感心したように見ていたエミールは、そう言われてニッコリした。

「いいの？　嬉《うれ》しいな。いい具合にお茶の時間だしね」

エミールも嬉しそうにやや小振りなクランペットを手に取る。バターの香りを小犬のようにくんくん嗅《か》いでから頰張り、彼は笑みを深くした。

「うん、美味《おい》しい。久し振りだよ、クランペットなんて。……それより、怪我、大丈夫？」

「怪我？　ああ、あのヤマネコみたいな女に引っかかれたとこか」

すっかり忘れていたらしい。口元の傷口に軽く触れ、デリックはニヤリと笑った。

「ベッドで引っかかれるのは嫌いじゃないが、解剖室じゃちょっとな。けど、大したことはないよ。あとで顔を洗っとく」

「念のため、消毒もしたほうがいいよ。ごめんね、遺族をこんなところに来させてしまって。ベントリー警部からも、よくお詫《わ》びを言ってくれって言付かってきたよ」

エミールに謝られて、デリックは口の中のクランペットを紅茶で飲み下し、口を開いた。

「別に、あんたたちが謝ることじゃない。けどあの女、何だってここに姉さんの遺体があるって知ってたんだ?」

「それがね、僕はもうこっちに遺体を搬送してたから知らなかったんだけど、妹さんは、お姉さんが死体で発見されたって近所の人に聞いて、現場に駆けつけたらしいんだ。そこで管区の若い警官が、死体はもうバーツに搬送されてここにはないって、口を滑らせちゃったみたいなんだよね」

デリックは片眉《まゆ》を上げて、気障に笑った。

「あー、そりゃ仕方ねえ。突撃してくるわけだ」

「うん。それにしても、気性の激しい妹さんだね。解剖室からここに連れてきてしばらく、彼女、可哀想なくらいずっと泣いてたよ。ヤードに着いてからは、素直に事情聴取に応じてくれてホッとしたけど」

「……何にせよ、羨《うらや》ましいこった。姉貴が死んで、あんなに素直に半狂乱になれるんだからな」

何の気なしに放った自分自身の言葉に、デリックはギョッとした。

数時間前、女性……アンジェラ・ドジソンが取り乱すさまを目の当たりにし、さらに彼女に摑《つか》みかかられても、少しも動じなかったばかりか、どんどん気持ちが冷えていった理由に、ようやく気づいたのだ。

（そっか……。そういうことか）

急に苦々しい面持ちになったデリックを、エミールは何とも複雑な表情で見る。

「羨ましいって……。僕は兄弟がいないからわかんないけど、君だって、その……縁起でもないけど、デューイにもしものことがあったら……」

「あんな風に、泣き喚《わめ》いて大騒ぎできるかって？　解剖室のドアを蹴《け》破って、兄貴を返せと叫べるって？」

デリックは、二人のカップにお茶のお代わりを注ぎながら、やけに冷ややかにそう言った。エミールは、戸惑って曖昧《あいまい》に首を傾げる。

「まあ、女性と男性の違いはあるだろうし、君は検死官だから、そこはぐっとこらえるかもしれないけど……取り乱すのは当然だろ？」

むしろ願望を語るようにエミールはそう言ったが、デリックは曖昧に首を捻《ひね》った。

「どうだろうな。俺は……正直、自信ない」

「ええっ？」

予想外の答えに、エミールは目を剝《む》いた。

「だって、二人きりの兄弟だよ？　いくら今は疎遠だからって、そんな……」

そんなつもりはなくても、エミールの声には、ほんの少し非難めいた響きがある。デリックはつらそうに眼鏡を外し、鈍く痛む目頭を揉《も》んだ。

「責めるなよ。俺だって今、自分の言葉にショックを受けてるんだぜ、これでも。だけどさ。今、兄貴が死んだとして……俺は、あんな風に動転できるかな。今だって、俺はもう、おおかた兄貴を失ったようなもんだ」

「え……ええ？　どうして、そんなこと……」

余計に混乱して、エミールはミルクピッチャーを持ったまま固まる。俯《うつむ》いて左の親指と人差し指で眉間《みけん》を押さえ、目をつぶったまま、デリックは低い声で言った。

「なんてーの。あんただから言うんだけどさ。ガキの頃、俺、けっこうお兄ちゃんッ子だったろ？」

エミールは戸惑いながらもハッキリ肯定する。

「うん。君、よちよち歩きの頃から、デューイのこと大好きだったよね。ずっと後をついていって、学校に一緒に行くって駄々をこねて大泣きしたこともあったっけ」

さらりと過去の恥ずかしい出来事を暴露され、デリックは啞然《あぜん》として顔を上げる。

「……それはさすがに覚えてねえけど……マジで？」

「うん。お母さんに羽交い締めにされて、泣きながら大暴れしてた。デューイは凄《すご》く困った顔で、何度も何度も振り返りながら学校へ行ったんだよ？」

「…………」

「デューイが病気をするたびにベッドに張り付いて、やっぱりお母さんに引き剝《は》がされて泣いてさ。君、基本的に泣き虫だったからね」

「……それは、何となく覚えてる」

懐かしそうに、エミールは微笑んだ。

「君は、デューイと僕のすることは何だって一緒にやりたがって、真似したがって……。小さい頃の話だからもう時効だよね？　正直なところ、僕はほんとにたまに、君のこと、めんどくさいなあと思ったことがあったよ」

「……これまたマジかよ」

「うん。ごめん。だけど、デューイは絶対にそんなこと言わなかったし、そんな態度は取らなかった。君のこと、凄く可愛がってた。……ずっと、仲のいい兄弟だったじゃないか」

「……うん」

「戦争が……徴兵制度が、デューイと君の仲をおかしくしたんだってことは、二人ともから聞いて知ってる。だけど、まさか一生、このまま会わないでいるつもりじゃないだろ？」

「……うう」

肯定も否定もしないで、ただ顰《しか》め面になったデリックに、エミールは焦《じ》れてソファーの座面を叩《たた》く。

「うう、じゃなくて！　よくないよ、こんなの。君はデューイに会おうともしないし、デューイも、君のことを気にして会いたがるわりに、どうも積極的になれないみたいだし。そんなの、何だか悲しいよ。勝手な願いだけど、僕はまた、デューイと君が昔みたいに笑い合えるようになればいいと思ってるんだ。もし僕にできることがあるなら、何か……」

ちょうどいい機会だと思ったのだろう、エミールは勢い込んでそう言ったが、デリックは軽く右手を上げ、彼の話をやんわり遮った。

「その話はまたにしよう。仕事中はお互い、プロフェッショナルとしての話を……だろ？」

「あ……ご、ごめん。またやっちゃった。はあ、駄目だな僕。ヴェロニカ・ドジソンの解剖結果を聞きに来たのに」

思わずガックリ肩を落としたエミールは、それでもすぐに気を取り直し、手帳を広げてペンを持った。

「よしっ、仕事仕事！」

その立ち直りの早さに呆《あき》れつつ、デリックも、脳裏に甦《よみがえ》った幼い兄と自分の姿をどうにか追い払い、咳払《せき》いした。

「そうだな。まあ、正直言って、解剖の結果としては、凄《すさ》まじくエキサイティングなものはない。よくある感じの他殺体だ。ただ一つ、被害者にとって……たぶんあの妹にとっても不幸中の幸いだったのは、強姦《ごうかん》の形跡はなしってことだな」

「結局、命を落としてるわけだから、よかったとは言いにくいけど……でもまあ、うん。そうだね。それで、死亡推定時刻は？」

エミールは複雑な面持ちで、それでも熱心に万年筆を走らせる。デリックは、ソファーに深くもたれ、長い脚をゆったりと組んだ。解剖中のことを思い出しながら語るその瞳《ひとみ》は、虚空をぼんやりと見ている。

「他の死体現象と合わせて考えると、彼女が殺されたのは午前一時から四時ってとこだな」

「それってつまり、真夜中過ぎから夜明け前までってこと？　ずいぶん大雑把だね」

ちょっと不満げなエミールの指摘に、デリックは大袈裟《おおげさ》な身振りで肩を竦《すく》める。

「無茶言うなよ。考えてもみな。死後硬直は死亡直前の消耗のためにあてにならず、雨のせいで体温の低下も普通より早い。出血のせいで死斑《しはん》もほとんど出てない。ぶっちゃけ、今回はこれが精いっぱいの見立てだぜ」

「それもそっか……」

「しかしまあ、致命傷ははっきりしてる。胸部の刺創だ。心臓の左心室を見事に切り裂いて、刃先は肺まで届いてた」

デリックは、ヴェロニカの胸部にナイフを刺す仕草を、自分の手で再現してみせる。

エミールは眉をひそめた。

「それって、犯人はかなりの手練《てだれ》ってこと？　心臓をひと突きだものね」

だが、デリックはあっさりその予想を否定する。

「そうとは限らない。さっきも言ったろ？　ヴェロニカの手足には、多くの新鮮な擦過傷や皮下出血があった。犯人に追われている間に、何度も転んだんだ。途中、腕を切りつけられ、かなりの出血もあった。現場にたどり着く頃には、もうヘトヘトだったはずだ」

「手のひらに残った抵抗の痕《あと》も、弱々しかったね」

「そうだ。殺人現場に追い詰められる頃には、満足に立っていることもできなかっただろう。そんな彼女の長い髪を摑《つか》んで、強く上へ引き上げたとすると……」

「顔が、嫌でも仰向《あおむ》く」

「そうだ。そうすると、胸が反り気味になる。肋骨《ろっこつ》が開いて隙間が大きくなり、刃物が通りやすい。しかも凶器は、細身のナイフだ。そうした条件が重なって、刃先が心臓に達しただけだ。犯人のテクニックの問題じゃねえよ」

「そんな、刺しやすい姿勢を知ってるってことは、やっぱり殺し屋の犯行なんじゃ……」

なおも食い下がるエミールに、デリックはシニカルに笑った。

「あんたもまだまだな。殺しに慣れてる奴は、胸なんか狙わねえ。それこそ、左心室か大動脈でもヒットしない限り、即死はしないからな。やり損じて、悲鳴を上げられでもしたら厄介だろうが」

「むむー……」

口を尖《とが》らせるエミールに向けて、デリックは手刀で自分の側頸部《そくけいぶ》を切る仕草をしてみせた。

「髪を引っ摑んで上向かせるところまでやったんだ。プロなら頸部を狙う。喉《のど》を掻《か》き切って声を出せなくしてからのんびり仕留めるか。あるいは大量出血を厭《いと》わないなら頸動脈を一息に切り裂くか……どっちにしても、見えない心臓を狙うよりよっぽど確実性が高い。俺たちも、戦場で古参兵に、見張りの敵兵を背後から襲うときは首を狙えと教わった」

「……うえっ……」

「ああ、忘れないうちに凶器を返しておく。現場で調べたんだろ？　凶器から指紋は出たのか？」

そう言って、デリックは解剖室から持ち帰った布包みをエミールに渡した。デリックの質問に、エミールは力なくかぶりを振る。

「試みたんだけど、駄目だった。さほど高価じゃないありふれたナイフだし、ここから犯人の特徴を摑むのは、難しそうだ」

筆を握った。

小さく溜《た》め息をついたエミールは、ナイフを大事に鞄《かばん》にしまい込んでから、再び万年筆を握った。

「じゃあデリック、むしろこれは素人の犯行って印象？」

「と、思うね。先に腕を切りつけて怪我をさせてるあたり、かなり鈍くさいぜ。雨が降らなかったら、地面に点々と血が落ちて、彼女の足取りが明らかになっちまう。襲撃し慣れてなくて、いきなり背後から襲いかかって失敗した、そんな印象だな」

「なるほどね。……他には？」

「実は、とっときの奴がある」

「ええっ？　何！」

エミールは目を輝かせる。デリックはどこか芝居がかった仕草で、戻ってきたときテーブルの隅っこに置いたガラスの蓋《ふた》付きシャーレを手にした。中には、ガーゼで包んだ何か小さなものが収められているようだ。

「何だよ、勿体《もったい》付けて」

「まあまあ。見ろよ」

デリックは蓋を開け、一緒に持ち帰っていたピンセットで、ガーゼを丁寧に開いた。ワクワクした顔で見守っていたエミールは、おもむろに現れた物に、小さな悲鳴を上げた。

「わっ。な、何、それ。まさか……」

「皮膚片」

簡潔に説明し、デリックはすぐ、一センチ角にも満たない小さな欠片《かけら》をガーゼで包み直し、蓋をした。エミールは青い顔で、それでも刑事根性を振り絞り、デリックに問いかける。

「心の準備をしてなかったから、ちょ、ちょっとビックリした。……それ、どういうものなの？」

一方のデリックは、鼻歌でも歌い出しそうな調子で、軽やかに説明した。

「ヴェロニカの、口の中から見つけた。彼女のものとは考えにくいから……あるいは」

「殺される前に、犯人を嚙《か》んだ⁉」

「その可能性がある。まあ、血液型を調べてみないと、何とも言えないけどな。楽しみだろ？」

「凄《すご》い……！　よく見つけたね、あんな小さな欠片」

「それがプロってもんだろ」

手放しで褒められ、照れ臭いと誇らしいが入り交じった顔でニッと笑ったデリックは、両の手のひらを上に向けた。

「今のところは、そんなとこだな。……今、ベントリー警部は妹の事情聴取中として、管区の連中には、現場周辺をあたらせてんのか？」

再びティーカップに手を伸ばし、デリックはそう訊《たず》ねた。エミールは、こっくり領《うなず》く。

「うん。現場は倉庫街だから、目撃証言は難しそうだけど、とにかく、片っ端から近くの道路やパブをあたってもらってる。妹さんから、昨日のお姉さんの行動は聞けるだろうから、明日《あした》の朝からは、もっと効率のいい捜査ができるかも」

「そっか。まあ、追加で検査やサンプルの採取が必要になるかもしれん。可能なら、ヴェロニカの遺体の返却は、一、二日待ってくれ」

「わかった。それは、ベントリー警部と相談してみるよ。妹さんの意向もあるだろうしね」

「だな。まあ、とりあえず血液やら毛髪やら、ひととおりのサンプルはとってある」

「ありがとう。じゃあ僕、さっそくヤードに戻って、警部に伝えるよ」

エミールは張り切ってソファーから立ち上がった。そのままオフィスを出て行こうとするエミールを、デリックは半ば反射的に呼び止める。

「あ、ちょっと待った、エミール」

「うん？　何？」

呼び止めたものの、どう切り出していいかわからず、デリックは片手を上げて口をパクパクさせた挙げ句、その手で頭をバリバリと掻いた。エミールは、いつもはクールなデリックの奇妙な困惑ぶりに、優しい眉《まゆ》をひそめる。

「えっと……なんだ、その、さっき渡したボタン、どうした？」

エミールはキョトンとした顔で答えた。

「えっ？　あ、ああ、ヴェロニカが左手に握り締めてた、『A』のボタン？」

「そう。あれ、どうするんだ？」

妙に歯切れの悪く要領を得ない質問に、エミールはますます訝《いぶか》しげにデリックを見る。

「どうって、今のところは、別に。ただ、重要な証拠品として、大事に保管してるけど？」

「んー……そっか」

ソファーに腰掛けたままのデリックは、ちょっと決まり悪そうに鼻の下を擦《こす》り、何とも言いにくそうにこう切り出した。

「いや、俺が言うのも変だけどさ、ああいうの、いくら警察官でも、あんた、詳しくないだろ？　あのボタンが、どんな材質で、男物か女物か、とか、そういうの」

「う……うん、まあ、そりゃ」

「だったら、あいつに見せてみちゃどうだろうな」

「あいつ？　誰？」

デリックの意図がわからず、困惑しきりのエミールに、デリックは思いきったように、けれど口の中でモゴモゴとその名を口にした。

「デューイの奴に」

途端に、エミールの青い目がまん丸になる。

「デューイに!?」

デリックは、視線を落ちつきなくあちこちに彷徨《さまよ》わせ、いかにも不本意といった様子で頷く。

「うん。あいつ、仮にもアンティークショップの店主だからな。服飾品にもけっこう詳しいぜ。見せりゃ、思わぬ情報が得られるかもしれねえし」

エミールはまだ驚きを隠せないまま、デリックのどうにも奇妙な百面相や動きを見守る。

「それは、確かに。だけど、君がそうやってデューイの名前を口にするなんて……」

「だから、明日あたり、ちょっくら行ってみろよ。な？　時間見つけてさ」

「それは……うん、可能なら」

「是非、可能にしろ。そんで、ついでにこう……見てきてくんねえかな」

「何を？」

「だから、兄貴の、様子、とか」

「……デリック。君、僕に何か隠してるだろ」

エミールはムスッと唇を引き結び、再びデリックの隣に腰を下ろした。明後日《あさって》のほうを見ようとするデリックの視線を強引に捉《とら》え、彼にしては最大限の怖い声を出す。

「幼なじみを誤魔化そうったって、そうはいかないよ。何かあったのかい、デューイに」

するとデリックは、背もたれに掛けてあった白衣のポケットから、数時間前に届いた封筒を出し、軽く振ってみせた。

「実はさ。兄貴から手紙が来たんだ。しかも、ここに」

「へえ。どうしてオフィスに？　まさか、下宿の住所、教えてないってことは……」

「さすがにない。けど、オフィスに送りつけりゃ、受け取ってないふりはできないからだろ」

「受け取ってないふりって！　まさか……そんなこと、したんだ？」

「してねえよ。ただ、筆まめな兄貴が寄越す手紙に、返事を書くのが面倒で放ってあるだけだ」

「まったくもう。デリックってば、几帳面《きちょうめん》そうな顔して、けっこう無精だよね。それで？　職場にまで送ってくるってことは、大事な内容なんだよね？　何て書いてあったの？」

するとデリックは、今度は苦虫《にがむし》を噛み潰《つぶ》したような顔つきで言い放った。

「今日、ガキを引き取るっていうんだよ」

またしても、エミールは驚いて軽くのけぞる。

「子供？　誰の？」

「親友の遺児だってさ。是非お前に会ってほしい、できるだけ早く訪ねてきてくれ……って書いてあった」

呆《あき》れ返ったエミールは、思わず膝《ひざ》を打った。

「だったら、君が行かなきゃだめだろ！　僕が代わりに様子を見てどうするのさ！」

「だってよ……。ガキとか、苦手なんだよ。面倒事もご免だし」

どこか陰のある色男……そんな世間の評価とはかけ離れた、まるで駄々っ子じみたデリックの態度に、エミールはつい苦笑いしてしまいそうな自分を窘《たしな》め、怖い顔を保ったままで宣言した。

「駄目。今度こそ、デューイに会う立派な理由ができたじゃないか！　それに、僕に行かせようとしたってことは、君だってデューイのことが気になってるんだろ？　だったら、このチャンスを逃す手はないよ。よーし、こうなったら僕も行く！」

「は？　あんた、も？」

「そう、僕も！　確かに、あのボタン、デューイに見せたら、何かわかるかもしれない。昔から、アンティークだけじゃなくて、デューイは色んなことに詳しいから。だけど、僕と一緒に君も行くんだよ。君ひとりじゃ、いつになっても理由をつけて行かないだろうから」

「……いや、だから俺はいいって」

「絶対駄目！　いいかい、時間を合わせて、一緒に行くんだ。いいね？　明日、絶対オフィスに電話する。逃げたりしたら絶交だからね！」

そう言いながら、エミールは立ち上がった。

「おい、俺は別に、あいつが引き取ったガキに会いたくなんか……」

バタン！

それ以上デリックの抗弁に耳を貸さず、彼はそのままオフィスを出て行ってしまう。微妙に腰を浮かせた姿勢で数秒固まっていたデリックは、やがて吐息と共に、どすんとソファーに沈み込んだ。

「くそ、何だよ。こんな勝手な手紙を送りつけてきやがって。俺は、自分のことだけで精いっぱいなんだっつの」

鼻先にぶら下げた封筒に悪態をつき、そのままテーブルの上に放り投げる。

「ああ……行きたくねえ……」

ズルズルとソファーに倒れ込みながら、デリックは嗄《しわが》れた声を出した。

(だって……怖いだろ、兄貴も、知らないガキも)

そんな情けない本音は、一人きりでも声に出せず、ただ、彼の胸の奥底へと沈められていった。


その夜、デリックの兄、デューイ・ローウェルは、骨董《こっとう》店二階の居間にいた。

兄弟が幼かった頃、両親は二階と三階を下宿人に貸し、自宅は近所に別に構えていた。デューイとデリックは、その「実家」で育ち、七軒向こうには、エミールの実家があった。

だが、独り身のデューイには、店の上階で十分である。店を継ぐと同時に、彼は実家を出て、住まいを店の二階に移した。右足が不自由になった今では、職場と住居が同じという今の環境が何よりありがたい。

「……すっかり、遅くなってしまったな」

ダイニングテーブルの上を片付けた彼は、そこに布を敷き、店から持って上がった紙箱を置いた。蓋《ふた》を開け、取り出したのは、金色のブローチである。

一週間前に仕入れ、じっくりリストアしてから店に並べようと思っていたのだが、店の作業台に置いてあったのが客の目に留まり、昨日の午後、買い手がついてしまった。

幸い、客がその品物を必要とするのはまだ先のことだったので、きちんと手入れしてから手渡すことになったのだ。

まずは、長年の埃《ほこり》がこびりついたブローチを綺麗《きれい》に拭《ふ》き上げようと布を取り上げたとき、奥の扉が開き、寝間着姿の少年が姿を現した。

年の頃は、十歳前後に見える。ほっそりした華奢《きゃしゃ》な体格で、まっすぐな黒髪と、つぶらな黒い瞳《ひとみ》が印象的だ。明らかに東洋人の血が入った、エキゾチックで繊細な顔立ちをしている。

「やあ、ケイ。水でも飲むかい？」

デューイが声を掛けると、少年は小さくかぶりを振り、おずおずと近づいてきた。

そう、彼が今日、チャリングクロス駅に迎えに行った「客人」とは、その少年なのだった。

彼の名前は、ケイ・アークライト。今年十二歳になる。

彼の父親のジョナサン・アークライトは、かつて美術学校でデューイと同級だった。デューイは絵画、ジョナサンは彫刻と分野は違っていたが、互いに不思議と気が合って、ルームシェアしていたこともある。

デューイは学生時代、コンクールに出品した水彩風景画が高評価を得て、「次代のターナー」と注目されたが、ジョナサンのほうはさっさと自分の才能に見切りをつけ、退学して郷里に帰った。

彼の実家はケント州の旧家で、広い果樹園やホップ園を所有している。彼はアークライト家の長男として、いずれは父親から土地や財産を受け継ぎ、家を守るべき立場だったのだ。

まったく違う人生を歩み始めた二人だが、交友はずっと続いていた。

デューイがアークライト家に滞在してケント州の美しい風景を描くこともあれば、商談のために上京したジョナサンが、デューイの家に泊まり込むこともあった。会うと芸術や互いの生活について語り明かし、会えないときは、手紙をやり取りした。

仕事で訪れた日本で、ジョナサンが現地の女性と知り合って恋に落ち、連れ帰ってしまったときも、結婚に猛反対する両親を彼と共に説得したのはデューイだった。

だが、そんな二人の繋《つな》がりを断ち切ったのは、先の戦争だった。

徴兵拒否したデューイとは対照的に、ジョナサンは家の名誉を背負って戦場へ行き、ベルギーで戦死したのである。

服役していたデューイは、獄中で親友の死の報せを受けた。当然、葬儀に出席することはできず、遺《のこ》された彼の家族がどうなったかも、知る術《すべ》がなかった。出所してからも、前科者となった彼としては、名誉を重んじるジョナサンの実家を訪ねる勇気がどうしても出なかった。

だが今……デューイは、ジョナサンの妻の頼みを聞き入れ、遺児を預かることとなった。

正直、勇気の要る決断ではあったが、デューイが承知しなければ、ケイは施設に送られると聞き、腹を括《くく》るしかなかったのである。

傍らに立ち、じっと自分の手元を見下ろしているケイに、デューイはブローチを見せながら説明してやった。

「これは、かなり古いブローチなんだ。とあるお屋敷のご主人が、奥方のために作らせたものなんだよ。……残念ながら今は傷みが激しくて、美しいとはとても言えない代物だけど、きちんと手入れすれば、きっと元の輝きを取り戻すと思う」

するとケイは、やや緊張した様子で、手帳を取り出し、何ごとか書き付けてデューイに見せた。

『僕がここに来ること、迷惑ではなかったですか？』

実はケイは、言葉を話せない。聴覚は正常だし、もとから話せなかったわけではない。

だが、父の死に大きなショックを受け、そのせいで声を失ってしまったのだ。

筆談で問いかけてくる不安げなケイの顔を見上げ、デューイは穏やかに微笑んでかぶりを振った。

「わたしは、君のお父さんと長い付き合いだ。お母さんとの結婚式にも出席した。君が生まれたときにも、お祝いに駆けつけたんだよ？　迷惑なはずがないだろう」

『本当に？』

「本当だよ。むしろ、君に申し訳ないと思っているんだ。わたしは独身だし、家事も君のお母さんほど完璧《かんぺき》にはできないだろうし、足もこうだし、決して素晴らしく豊かな暮らし向きというわけでもない……。面白い人間でもないしね。君が楽しいと思えることが、ここには何一つないかもしれない」

デューイがそう言うと、ケイはふるふると首を横に振った。こざっぱりと整えた黒髪が、さらさらと輪郭に沿って揺れる。

記憶の中のやんちゃだった十二歳の弟より、ずっと大人しく儚《はかな》い印象のケイにやや不安を覚えつつ、デューイはケイの頰に軽く触れた。

「今日は列車が遅れて、疲れただろう。わたしはここで作業をしているから、安心しておやすみ。明日《あした》は、好きなだけ寝ていていいんだからね？」

そう言うと、ケイはデューイの作業を見ていたそうな素振りを見せたが、邪魔をしてはいけないと思ったのだろう。素直に、『おやすみなさい』と告げて、今日、半日がかりでデューイが片付けた客間へ戻ろうとした。

だが、数歩歩いたところでふと足を止めて振り返り、再び手帳に何か書き付けてデューイに見せる。

『部屋に掛かっている森と湖の絵は、誰が?』

「……………」

デューイは少し困惑した様子で、黙って人差し指で自分を示す。するとケイは、ここに来て初めて、酷《ひど》くはにかんだような顔で小さく微笑み、また手帳に万年筆を走らせた。

『やっぱり。お父さんの書斎にあった絵と、よく似ていました。どっちも好きです。僕の部屋にあれを飾ってくれて、ありがとう』

「……どう、いたしまして。おやすみ」

いくぶん戸惑いながらもデューイが笑みを返すと、ケイはホッとした様子で、今度こそ扉の向こうに消えた。

「……………」

白い扉をぼんやり見ているデューイの、デリックによく似た、けれど弟よりずっと優しい顔から、笑みが徐々に消えていく。

「好きだと言ってくれるのは嬉《うれ》しいけれど……もう、絵はやめたんだ。わたしに、絵筆を握る資格はないのだから」

まるで自分に言い聞かせるように呟《つぶや》いたデューイは、深い溜《た》め息をつき、再びブローチに視線を落とした。

「デリック……。絵を捨てただけでは、まだ足りない。どうしたら、わたしはお前に償えるんだろう」

宝物のようにそっと弟の名を口にして、デューイは切なげに緑色の目を伏せた……。

二章　行き違う視線

翌朝、聖バーソロミュー病院に出勤したデリックは、オフィスのある建物に入ろうとしたところで背後から呼び止められた。

「あの……ローウェル先生……？」

躊躇《ためら》いがちな、けれどよく通る女の声だ。

振り返る前から、それが誰だかデリックにはわかっていた。

どこか所在なげに立っていたのは、昨日、解剖室に殴り込んできた若い女性だった。惨殺死体で見つかった、ヴェロニカ・ドジソンの妹である。

昨日は乱れ髪に素顔、それにたぶん部屋着とおぼしき粗末な服装だった彼女だが、今日はブルネットの艶《つや》やかな髪をうなじで綺麗なノットにまとめ、清潔な白いブラウスとえび茶色のスカートを身につけていた。一夜明け、少しは気持ちが落ちついたのだろう。

昨日の記憶から無意識に身構えたデリックだが、彼女の冷静な様子に警戒を解いた。

改めて明るい場所で見ると、さすが女優だけあって、彼女は息を呑《の》むほど美しかった。ごく薄い化粧が、華やかな美貌《びぼう》をかえって引き立てている。アーモンド型の茶色い目には、見る者を惹《ひ》きつけて放さない強い力があった。

見るからに勝ち気そうな顔立ちなのに、どこか怯《おび》えて緊張しているのが明らかな、ガチガチに力の入った頬や肩を見て、デリックは思わず口元を緩めた。

(まるで、野良猫の子だな。女優なのに、随分と心の中がダダ漏れだ)

そんないささか失礼な印象を抱きつつ、彼はわざと軽い調子で声を掛けた。

「よう、凶暴なお嬢ちゃん。今日は、爪をしまっといてくれよ?」

「……意地悪な人」

鮮やかな口紅に彩られた唇を軽く尖《とが》らせて恨めしげに呟き、それでも彼女はデリックに歩み寄り、ピンと背筋を伸ばして彼の顔を見上げた。女性にしては結構な長身である。エミールより少し高いくらいだ。

「改めて、アンジェラ・ドジソンです。昨日はたいへん失礼しました、ローウェル先生。あのときは動転しすぎて、どうかしていたんです。だから先生に大変な失礼を……」

「ちょっと待った」

デリックは、何ともいえないむず痒《がゆ》そうな顔で片手を上げた。

彼女……アンジェラは、せっかくの礼儀正しい謝罪をぞんざいに遮られ、ギュッと眉《まゆ》根《ね》を寄せる。

「何か?」

「いや、そんなに肩肘《かたひじ》張って言われても、感情が全然こもってないからどうしていいかわかんねえな、と。もっとざっくばらんにいこうぜ」

「ざっくばらんにって……」

戸惑いを隠そうともしないアンジェラに、デリックはニッと笑って右手を差し出した。

「ざっくばらんっていうのは、こういうのだ。デリック・ローウェル。昨日も言ったが、検死官で、あんたの姉さんの検死を担当してる。昨日は非常時とはいえ、貴族のご令嬢に気安く触れちまって、こっちこそ悪かった。レディだけに謝らせるのは、男らしくないからな」

「元、貴族の令嬢よ。今はただの駆け出し女優。……どう考えても悪いのは私だけど、お互い様にしてくれて、ありがとう」

デリックが腹を立てていないことを知り、少しは安心したらしい。アンジェラは、おずおずと握手に応じた。しかし、デリックが自分の手をきちんと握らないことに気づき、怪訝《けげん》そうに視線を上げる。

デリックは、眉をハの字にして、ちょっと情けない顔で詫《わ》びた。

「すまないな、おざなりに握手してるんじゃないんだ。指の動きがちっとばかり悪いもんだから、これ以上握れない」

「あ……ごめんなさい。あの、ローウェル先生」

「おいおい、ローウェル先生とか、そういう気取った呼び方もよしてくれ。デリックでいい。俺だってまだあんたと同じ、駆け出し検死官だからな」

それを聞いて、握手の手を放し、アンジェラは意外そうに小首を傾げた。

「あなた、まだ駆け出しなの？　昨日はずいぶん堂々としてたから、てっきり経験豊かなんだと。……あ、また余計なことを。重ね重ね、ごめんなさい」

正直なたちなのだろう、うっかり本音を口にしてしまい、アンジェラはうっすら顔を赤らめる。顔の瘢痕《はんこん》が引き攣《つ》れるのも構わず、デリックは笑みを深くした。

奇妙な話だが、デリックの顔の傷痕《きずあと》は、彼の生来の魅力を失わせてはいない。確かに見るも無惨な瘢痕ではあるのだが、それは彼の顔から左右対称という美点を奪った代わりに、野性味と何とも言えない人なつっこさを与えたようだった。

「いいんだって。……別に俺ぁ、元から検死官を目指してたわけじゃない。ドジ踏んで目と手をやられちまったせいで本来の仕事ができなくなったから、こっちに来ただけだ」

「……そうなのね」

デリックは言葉を濁したが、それが戦争で負った傷だと推測するのはそう難しいことではない。アンジェラはますます申し訳なさそうに項垂《うなだ》れる。

そんな彼女に、デリックは陽気に声を掛けた。

「で、別に謝るためだけに、ここで待ってたわけじゃねえんだろ？」

「あ……。どうして、それが？」

「顔を見りゃわかるよ。話を聞こう。よかったら、俺のオフィスに来ればいい」

「ありがとう。じゃあ、少しだけお邪魔するわ」

そう言うと、アンジェラは軽やかにエントランスに向から階段を駆け上がる。その足捌《さば》きの優雅さに感嘆しつつ、デリックも彼女に続いた。

「さあ、どうぞ。先生、どうせ朝ご飯を召し上がってないんでしょ。これも置いときますわね。先生には、そろそろお菓子代を別請求しなくちゃだわ」

今朝も大きな足音を立ててデリックのオフィスに入ってきた秘書のヘザーは、体格のわりにテキパキした動きでテーブルの上にお茶のセットとビスケットの入ったジャーを置き、そしてアンジェラを見て「おやまあ」と声を上げた。

「もしかしてあなた、昨日のお嬢さん！　見違えた、今日は綺麗《きれい》にしていること」

「……昨日は、ご迷惑をおかけしました」

ソファーに掛けていたアンジェラは、恥ずかしそうに詫びる。

「いいのよ。ご家族に不幸があったんですもの。取り乱すのは当たり前よ。さ、熱いうちにお茶を召し上がれ。あと、弱った心に悪い男を付け込ませないようにね、お嬢さん」

最後の一言は、あからさまにデリックに向けられている。

「おい、ヘザー。そりゃないよ。俺はこれから検死官として話を……」

「はいはい。しっかりお仕事なさって」

まったく感情のこもらない声で言い残し、ヘザーは出て行く。アンジェラは、二つのカップにお茶を注ぎ分けながらクスリと笑った。

「秘書さんにそんなことを言われるほど、遊んでるのね？」

「馬鹿を言うなよ。死臭が染みついた、傷ものの男がもてるわけないだろ？　しかも、今は勤務時間中で、ここは職場だぜ」

そう言いつつも気取った仕草で眼鏡を押し上げ、デリックはティーカップをアンジェラから受け取り、砂糖をスプーン二杯、それにミルクをカップの縁までなみなみと注いだ。

エミールには、いつも砂糖もミルクも入れすぎだと叱られるが、どうしてもこれだけは自重できないのだ。

いささか行儀悪くカップに顔を近づけて一口飲んでから、デリックはマジョルカ焼きのビスケットジャーの蓋《ふた》を開けた。取り出したのは、ヘザーお手製の全粒粉のビスケットである。大きくてゴツゴツしたそれをボリボリと頬張りながら、デリックはアンジェラにも勧めた。

「あんたも、よかったら。見てくれはアレだけど、なかなか旨《うま》いんだぜ、これ。……で、用件は何だ？　ああ、最初に言っとくが、何でもペラペラ喋《しゃべ》るってわけじゃないからな。警察の捜査の邪魔になるようなことは言えない」

するとアンジェラは、ビスケットをやんわり断り、お茶を一口飲んで口を開いた。

「わかってるわ。ただ、その前に、私がつけてしまった傷、本当に大丈夫なの？　ろくに手当をしてないように見えるけど」

やはり差し向かいに座っているせいで、自分がつけたデリックの口元の傷が気になって仕方がないらしい。心配そうなアンジェラに、デリックはもさもさするビスケットをお茶で喉《のど》に流し込みながら答えた。

「手当なんか必要ないって。猫に引っかかれたんならともかく、女優の爪だろ？　むしろ自慢の種になる」

「もう、そんな冗談を言ってないで」

「あながち冗談でもないさ。それに、顔のど真ん中にこんなでっかい傷痕があるんだ。この上、小さいのが一つ二つ増えたところで、どうってこたぁない。……で、あんたの用事。俺も、いつ検死の仕事で駆り出されるかわかんねえ立場だ。早いとこ、話を済ませよう」

「……そうね。その……これは、警察の人には訊《き》いてないの。姉の死体を直接見たあなたに、はっきり聞かせてほしくて」

「ふむ？」

アンジェラは数秒躊躇《ためら》ってから、キッとデリックを見据え、低い声でこう問いかけた。

「姉は……辱められていたのかしら」

昨日、錯乱状態で解剖室から連れ出される直前、デリックを見据えたときと同じ、嘘を決して許さない強い眼差《まなざ》しだ。だがデリックは、今朝もその視線を真っ向から平然と受け止め、こちらも簡潔に答えた。

「答えはノーだ。性的暴行は受けてない。俺が請け合う」

その返答に、アンジェラはほうっと息を吐いた。よほど気に掛かっていたのだろう。

「そう……なのね。せめてもの慰めだわ。姉は本当にイーリーさんを愛していたから、他の誰かに身を穢《けが》されたりしなくて……よかった」

独り言のような声は、酷《ひど》く弱々しい。刑事ではない自分が、あまり個人的事情に立ち入ってはいけないと思いつつも、デリックはつい質問を口にしてしまっていた。

「イーリーさん？」

無関係な第三者に話すことで、むしろ少しは気が晴れるのかもしれない。アンジェラは、デリックの質問に気を悪くする様子もなく、小さく頷《うなず》いた。

「姉の恋人。もう一年近くおつきあいしているの」

「へえ。確かあんたの姉さんって、ご令嬢時代、同じ貴族の男と婚約してたんじゃなかったっけ？　アーチ……なんとか。当時、新聞で読んだ気がする」

「アーチボルト卿《きょう》。父と年齢の変わらない、しかも前の奥様に暴力をふるって死なせたって噂のある、野蛮な殿方よ。家の格が釣り合うって理由だけで、父が勝手に決めた婚約だった」

「じゃあ、そこから逃げるために家を出たのか？　女優は付け足し？」

「まさか！　失礼なこと言わないで！」

アンジェラは途端に眦《まなじり》を吊《つ》り上げた。デリックは両手を軽く上げ、すかさず降参のポーズを取る。

「おっと悪い、失言だった。けど、それも家出の原因の一つだろ?」

まだ憤然としつつも、アンジェラは渋々同意する。

「確かに、引き金にはなったわ。すぐに逃げないと、姉は嫁がされてしまう。もう二度と、自由になるチャンスはない……だから一緒に家を出たの。一年半前のことよ」

二枚目のビスケットを頬張り、やや不明瞭《ふめいりょう》な口調でデリックは先を促す。

「女優になろうと思ったのは、その前なのか? いつ?」

「戦時中。それまで、私たちに自由に外を出歩く機会はなかったの。家でお習い事、余《よ》所《そ》のお屋敷でお茶会に音楽会にディナー、あとはごくたまに観劇、そして何より、素敵な殿方に見初められるためのパーティ、パーティ、パーティ!」

女優らしからぬ顰《しか》めっ面で、アンジェラは「パーティ」を呪文《じゅもん》のように繰り返す。デリックはへっと笑った。

「黄金の籠《かご》に入れられたカナリアって奴か。羨《うらや》ましいような、めんどくさいような」

「普通の人なら、息が詰まるでしょうね。でも私たちは、それが当たり前だと思ってた。でも戦時中、上流階級の女性の間に、奉仕活動が流行したの。バザーとか、困ってらっしゃる方々への炊き出しや古着の配布、それに色々な場所への慰問、病院や老人ホームでのお世話や……」

「流行、ねえ。やってることはご立派だが、所詮《しょせん》は習い事感覚かよ」

あからさまに毒のあるデリックの発言に、アンジェラは素直な羞恥《しゅうち》の念を言葉にした。

「そう言われても仕方がないわ。実際、私も姉もワクワクしていたんですもの。苦労なさった人たちには、申し訳ないことよね。……でも、生まれて初めて見張りなしに街に出て、自分自身の考えで動けるんですもの。これが本当の意味で生きるということなんだって、初めて知った。これまでの自分たちはただの人形だったんだって、気づいてしまったのよ」

「……なるほど」

デリックの顔から、皮肉の色が拭《ぬぐ》ったように消える。アンジェラは、熱っぽい口調でこう続けた。

「花嫁修業の一つでしかなかったお裁縫の腕が、誰かを冬の寒さから守る服を縫うのに役立った。習い事に過ぎなかった歌やお芝居が、誰かの心を慰められた。嬉《うれ》しかったし、楽しかった。突然、すべてのものが色鮮やかに見えたわ。……戦時中なんて、暗い日々のはずだったのにね」

「戦争で女は強くなったっていうが、本当だな。で、その中でも芝居に目覚めた？」

「ええ。姉も私も、昔から朗読や、令嬢のたしなみって言われてた神話劇のお稽古《けいこ》が大好きだったの。だから……ああでもまた甘いって言われるんでしょうね、こんなことを言ったら」

デリックが混ぜっ返してこないので、アンジェラは先手を打ってみせる。だがデリックは、真面目な顔でかぶりを振った。

「いや。それが、あんたたち姉妹が生まれて初めて、自分の意志でやってみたいと思ったことだったんだろ？　最初は確かに夢見がちなところもあったのかもしれねえけど、今日までそれを貫いてきたんだ。もう、覚悟は本物だろ」

意外そうに目を見張ったアンジェラは、やはり真剣な面持ちで深く頷いた。

「ありがとう。そう言ってもらえるなら、嬉しい。確かに最初は、驚きと戸惑いしかなかったわ。勘当されて、突然無一文になった私たちだけど、それまでお金のことなんて考えたことがなかったの。だから正直、途方に暮れたわ」

「……よく無事で今日まで生きてたな。世間知らずの別嬪《べっぴん》二人なんて、下手すりゃすぐに悪い奴に騙《だま》されて、どっかのスルタンの後宮にでも売られてたかもしれねえぞ」

「ええ。下町の荒っぽい暮らしを知った今は、本当にそう思うわ。だけど、助けてくれた人たちがいたから。……まずは、今の大家さんご夫婦。文無しだった私たちに、部屋は空いているから住めばいい、家賃は仕事を見つけてからでいいって親切に言ってくれたの。家事なんてしたこともなかった私たちに、呆《あき》れながら何でも教えてくれた」

「そりゃ凄《すげ》ぇ幸運だったな。うちの大家なんて、とんだ業突婆《ばばあ》だぜ？　二言目にゃ、家賃の値上げだ。たまんねえぞ。で、他にも助けてくれた人がいるのか？」

「ええ。最初は小馬鹿にしてたけど、同じようにオーディションを受けに来る役者さんたちにも、そのうち私たちの熱意が通じて、だんだん親身になってくれた。お芝居のことを色々教わったわ。……それに、姉の恋人のイーリーさんも」

余計な世間話をしていると自覚しつつも、デリックはつい興味の赴くままに問いを重ねた。

「そのイーリーってのは何してる奴なんだ？」

「会計士よ。彼もまだ駆け出しの部類だけど。もとは、大家さんの紹介で姉が働き始めたチョップハウスに来るお客さんだったの。姉とつきあい始めてから、お金の上手なやりくりを教えてくれるようになって、とても助かったわ。おかげで、どうにか暮らせているもの」

「へえ。ま、みんなが助けてくれるのも、あんたたちの人徳だな」

「私じゃないわ。姉よ。ヴェロニカは本当に優しくて社交的で、誰にでも好かれるの。チョップハウスでも、綺麗《きれい》なお給仕さんが入ったって評判だったみたい。姉も、色んなお客さんに会うのはお芝居の勉強になるって、一生懸命働いてたわ」

「……へえ。じゃあ、あんたもそこで？」

するとアンジェラは、決まり悪そうにかぶりを振った。

「私は、駄目」

「何が？」

「昨日でわかったでしょ？　私、とっても短気なの。愛想もないし、人見知りだし」

「おいおい、女優が人見知りでいいのかよ？」

さすがに呆れ顔になるデリックに、アンジェラはほんのり頰を赤らめる。

「直そうと努力はしてるけど、なかなか難しくて。……だから、きっとお客さんとケンカしちゃうと思って、家でお針子仕事を始めたの。裁断を工夫して余らせた端布《はぎれ》を頂ければ、舞台衣装に使うこともできるし、これはこれで役に立つのよ？」

「なるほどなあ……」

「私たち、そうやって働きながら色んな劇団のオーディションを受けて、貰《もら》える役はどんなに小さくても一生懸命演じて、今日まで来たわ。ずっと姉と二人、励まし合って生きてきたのよ。それなのに……どうして、あんなことを」

アンジェラは、そっと目を伏せた。長い睫毛《まつげ》が、白い頰に淡い影を落とす。

（あんなこと、を？　あんなこと「に」、じゃないのか……？）

ふと、独り言じみたアンジェラの言葉が、デリックの心に引っかかる。だが、それを問い質《ただ》す前に、彼女はデリックを見てこう問いかけてきた。

「姉は、どうしてあんな殺風景な場所で死ななくちゃいけなかったのかしら。何も悪いことはしていないのに」

デリックは口をへの字に曲げ、肩をそびやかす。

「さてね。それは検死官が考えることじゃない。それに戦争中は、何も悪いことをしてない奴が、兵隊として戦地でバタバタ死んだ。理不尽な死に方をしたのは、あんたの姉さんだけじゃない」

「そうだけど……！　でも、戦争中と比べないで。今は平和な世の中よ？」

平和という言葉に、デリックは口元を歪《ゆが》める。

「平和、ねえ。俺にはそうは思えねえけど、まあいいや。そういうことは俺じゃなく、エミール、いや、ドレイパー刑事にでも訊《き》くんだな」

突き放すような口調で言われ、アンジェラもいささか不服そうに言い返す。

「昨日、事情聴取が終わってから訊いたわ。でも、ドレイパーさんも上司の……ええと」

「ベントリー警部？　あのアメリカ映画の伊達《だて》男みたいなおっさんだろ？」

「ええそう。警部さんも、まだ詳しいことは何もわからないって。今日から本格的に、姉の足取りを調べるって言ってたわ」

そんなアンジェラの言葉に、デリックは眉《まゆ》をひそめた。

「足取りって……ああそうか、職場が違えば、姉妹の生活もバラバラになるか」

「ええ。一昨日《おととい》も午後の何時間かだけは一緒にいたけれど、そこからは……」

「あー、いや、俺に詳しく話してくれる必要はないって。そのあたり、どうせ昨日、ベントリー警部に根掘り葉掘り訊かれたんだろ？」

「……ええ、まあ」

曖昧《あいまい》に頷《うなず》いて、アンジェラは紅茶のカップを取ろうとした。だが手元が狂ったのか、ソーサーの縁にカップの底を当て、その拍子にカップを取り落としてしまった。

「あっ」

幸いテーブルの上に大事な物は何も置かれていなかったが、半分ほど残っていた紅茶はあちこちに飛び散り、机の縁から床に滴る。

「ごめんなさい！」

慌てて小さなバッグを探るアンジェラを、デリックは鷹揚《おうよう》に制止した。

「こんなことでハンカチを汚す必要はないって。いい、テーブルも床も、あとで俺が拭《ふ》くから。食器も無事だし、心配すんなよ。……それより、あんたの服に少し飛んでる。そっちをすぐ拭いたほうがいい」

「……あ……」

白いブラウスの左の袖口《そでぐち》に、茶色いシミがくっきりついてしまったのを見て、アンジェラはしまったという顔をした。床に零《こぼ》れたお茶のことは一瞬忘れて、袖口のボタンを外して緩め、ハンカチで表裏を挟み込んでお茶を吸い取ろうとする。

そんな仕草を何の気なしに見ていたデリックは、ふと目を細めた。アンジェラの左手首に、白い包帯が巻かれていたのだ。

「それ、どうした？　怪我したのか？」

するとアンジェラは、ギョッとした様子でブラウスの袖を引っ張った。包帯を隠すようにして、かぶりを振る。

「な、何でもないわ。ちょっと転んで、傷を作ってしまっただけ」

「ふーん……？　女優なんだから、気をつけなきゃな」

「え、ええ、そうね」

不思議そうなデリックの視線を振り切るように、アンジェラはすっくと立ち上がった。

「ごめんなさい、長々と話し込んでしまって。洗面所で、ブラウスのシミ抜きをして帰るわ。……後片付け、本当にお任せしてもいいの？」

「ああ、任せとけ。けど、もういいのか？　他に知りたいことは？」

「あ……あと、姉の遺体はいつ返してもらえるの？　昨日、解剖は終わったって聞いたのに、まだ返せないって……」

「念のためだ。追加検査が必要になったとき、墓を掘り返されるのも嫌だろ？　心配ない。最新式の冷蔵庫に入ってるから、姉さんは綺麗なままだよ」

「……できるだけ早く、返してくださる？　きちんと葬儀をしてあげたいの」

「そのつもりだ。じゃあ、気をつけて。洗面所に行くなら、送っちゃ逆に気まずいな」

「ええ。ここで結構よ。ありがとう、ローウェル先生」

「デリック。……じゃあな、ミス・ドジソン」

「アンジェラ。……姉がお世話になりました」

今度はアンジェラのほうから右手を差し出す。握手を交わすと、彼女は出ていった。

「……ふむ？　何かが引っかかる。あの腕の傷、やけに隠そうとしていた……か？」

閉じた扉を見ながら、デリックは口をへの字に曲げた。アンジェラの言動に、わずかな違和感を覚えたのだ。だがそれを深く考えるのは自分の職分でないと、彼は首を振って気持ちを切り替えた。

「それよか試料の分析……いやその前に、ここを綺麗にしとかなきゃ、ヘザーにどやされちまう。見つからないうちに、何とか……」

長身の検死官は細く扉を開け、秘書が席を外しているのを幸い、そそくさと掃除道具置き場へ向かった。


その頃エミールは、上司のベントリーと共に、ドジソン姉妹、特に被害者ヴェロニカの足取りを追っていた。

アンジェラの供述によると、一昨日の朝、姉妹はバラバラに行動を開始したらしい。妹のアンジェラは急ぎの針仕事があり、夜通し作業をしていたので、一昨日は昼近くまで眠っていた。姉のヴェロニカは、アンジェラが眠っている間にチョップハウスの仕事に出掛けた。

そして午後四時過ぎ、ヴェロニカはいったん仕事を抜け、下宿に戻った。姉妹揃って受けた舞台オーディションの結果が、一昨日の夕方に発表されたのだ。

姉妹は一緒にオーディション結果を見に行き、現地で別れた。ヴェロニカはおそらくチョップハウスの仕事に戻り、アンジェラは自宅に戻って針仕事を再開したという。

そしてその夜、ヴェロニカは待てど暮らせど帰宅せず、アンジェラは夕食を準備し、縫い物をしながらひたすら姉を待ったが、そのうち疲れて寝入ってしまった。

そして翌朝早く、ヴェロニカが変わり果てた姿で見つかった……というわけである。

まず二人は、姉妹が暮らしていた下宿の大家夫婦に話を聞いた。

下宿のあるロザハイズは、ヴェロニカの死体が発見された倉庫街の対岸近くにあたる。いわゆる港湾労働者のために造られた、どちらかといえば荒《すさ》んだ住宅街だ。

装飾一つない殺風景な壁面は煤《すす》に汚れ、下宿の外見はまったくパッとしなかったが、内部は意外なほど居心地よさそうに整えられていた。

夫婦によると、ドジソン姉妹は、実家を出奔してからずっとその下宿で暮らしており、最初の二ヶ月こそ家賃の支払いができなかったものの、それからは滞ったことがないらしい。

家事はからっきし駄目だったが、妻のほうが根気よく教えたので、すぐに身の回りのことはすべてできるようになった。手の掛からない、安心な下宿人だったという。

「可哀想なヴェロニカ。絶対に恨みを買うような子じゃないんですよ。きっと不幸な事故なんです。アンジェラも家で仕事をしているから、あたしたちのことをよく気に掛けてくれてねえ。ちょっと気分屋なところはあるけれど、根は優しい娘なんですよ。ああ、それにしても、何だってこんな酷《むご》いことに」

気のよさそうな妻は、そう言ってエプロンで目元を押さえた。

夫婦は毎晩十時には床に入ってしまうので、ヴェロニカが殺害された夜、彼女が帰宅しなかったことには気づかなかった。朝になって近所の人に事件について聞き、仰天して、寝ていたアンジェラを叩《たた》き起こしたのだという。

ベントリーは、下宿に訪問者はなかったかと訊《たず》ねたが、来るのはアンジェラに仕立てを頼みに来る客か、あるいはヴェロニカの恋人のイーリーくらいのものだったらしい。そのイーリーも決して長居はせず、せいぜい外出の際にヴェロニカを迎えに来たり、帰りに送ってくる程度だったそうだ。

どこまでも堅実で品行方正な姉妹の暮らしぶりをたっぷり聞かされ、二人は次に、下宿から歩いて十五分ほどの場所にあるヴェロニカの職場、「ハワーズ・チョップハウス」へ足を向けた。

そこでも、店主はヴェロニカの人柄を絶賛した。

何しろ、姉妹が家出したときは、新聞や雑誌でずいぶんスキャンダラスに報道されたため、ひと目、元貴族令嬢を見ようと、店には野次馬根性丸出しの客が詰めかけたらしい。

そんな好奇の視線に晒《さら》されても、ヴェロニカは常に笑みを絶やさず、ときに下卑た冗談に赤面しながら初々しく頑張っていたそうだ。

「ホントにいい娘でね。そのうち、興味本位の野次馬は消えて、彼女目当ての常連客がうんと増えましたよ。あの娘は、うちの店にとっちゃ天使だったんですがねえ」

でっぷり太った赤ら顔の店主は、大きな牛肉の塊を捌《さば》きながら嘆いた。ベントリーは、店に漂う生肉の臭いに辟易《へきえき》しつつ、いつものようにくわえ煙草で訊ねた。

「で、一昨日《おととい》のヴェロニカの様子は？　妹の話じゃ、途中でここの仕事を抜けたものの、きっとその後戻って、いつものように閉店まで仕事をしてたんじゃないかってことだったが」

「ふーむ……まあ、それなんですがねえ。ちょっと気になることがないでもないね」

店主は大きな肉切り包丁を置き、意味ありげにチラリとベントリーを見る。ベントリーは小さく舌打ちすると、ポケットを探り、シリング硬貨を店主のほうへはじき飛ばした。牛の血に汚れた手でそれを受け取り、店主はニヤニヤしながら口を開いた。

「チップをどうも、ヤードの旦那《だんな》。いや、夕方に抜けるまでは、いつもみたいに愛想よくキビキビ働いてたんですよ。けど、ちょっとソワソワしてましたねえ。ほら、あの娘、女優志望でしょ？　で、なんだっけ、オーデ……うん？」

「オーディション、ですか？」

一生懸命メモを取りながら、エミールが訊ねる。店主は人差し指をエミールに向ける。

「ああそれそれ。若いもんは、ハイカラな言葉を使うもんだね。その発表が夕方にあって、受かったら初のでかい仕事になるから緊張するって笑ってたっけ。で、頑張っておいでって送り出したんだが、ありゃ六時過ぎだったかな。戻ってきたときにゃ、こっちがビックリするほどしょげかえっててさ」

「しょげかえってた⁉」

ベントリーとエミールの声が、綺麗《きれい》に重なる。店主は、うんうんと数回頷《うなず》いた。

「ああ、目も真っ赤で、可哀想なくらい落ち込んでましたよ。精いっぱい明るく振る舞おうとしてたから、みんな、ああきっとオーデ何とかが駄目だったんだなと思って。気の毒だからそっとしておこうって言い合ったもんです。で、いつもみたいに店をしめて後片付けをして、十時までにはここを出たはずですぜ」

「その後は？」

「さあね。女の子だから、ヴェロニカは他の従業員より早く帰すんですよ。いつもひとりで帰るんで、そっから先のことはわかりませんや」

「……そうか。ところで、ヴェロニカの恋人のイーリーって奴を知ってるか？」

ベントリーのさりげない質問に、店主はまた右手を意味ありげにニギニギしてみせる。

「この欲張りめ」

舌打ちしながらも、ベントリーはもう一枚、硬貨をポケットからつまみ出す。絶妙のコントロールで投げられたそれをこちらも鮮やかな手つきで受け取り、店主は満面の笑みで短く刈り込んだ自分の頭を指さした。

「会計士のイーリーさんだね？　こう、まだ若いのに頭のてっぺんが薄い、丸眼鏡の……」

「いや、どんな奴かはまだ知らん。まあでも、たぶんそいつなんだろう。ここの常連だって？」

「ああ。このあたりの貿易会社がいくつか顧客らしくてね。ちょくちょく来ますよ。ここには荒くれ者が多いから、ああいうひょろっとしたのが来るとよく目立つんだ」

「なるほど。ヴェロニカとのなれそめは？　やっぱり野次馬か？」

「ま、たぶんそうだろうね。あのお人がうちに通い始めたのは、ヴェロニカが来てからでさあ。もう一年くらい前になんのかね。ヴェロニカが、イーリーさんの膝《ひざ》にコーヒーを零《こぼ》しちまってね。それがなれそめって奴らしい。ああ、これは俺じゃなくて、従業員が言ってたんですがね。俺ぁ、自分で見ちゃいねえんですよ」

「ふむ……」

「ま、ヴェロニカほどの器量だ、どんな男だって、謝られて優しくされりゃ、いちころに決まってまさぁ。ヴェロニカがイーリーさんと付き合うことにしたのは……まあ、会計士だってのがいちばんの理由じゃないですかね。ありゃ、決して旦那みたいな男前じゃねえし。それにしても、あんな美人が殺されるなんて惜しいこった。うちの店も、こりゃ商売あがったりになっちまうかもだよ。困ったねえ……」

そんな世知辛い店主の繰り言を背中で聞きながら、ベントリーとエミールは店の外に出た。

まだ店の周囲には人通りが少ないが、昼時になれば、午後からの激務に備え、こってりした肉料理を欲する労働者たちでごった返すことだろう。

「大家夫婦の話は長いばっかりで、俺ぁうっかり居眠りしそうになったが、あの強欲店主の話はなかなかに興味深かったな、エルフィン」

そんな上司の言葉に、エミールも頷いた。

「はい。ちょっと奇妙なことを言っていたように思います」

「ほう？　そりゃどのあたりの話だ。ちょっと言ってみろ」

ベントリーは新しい煙草に火を点《つ》けながら、不明瞭《ふめいりょう》な口調で問いかけてくる。上司の「小テスト」にやや緊張しつつ、エミールは訥々《とつとつ》と答えた。

「妹のアンジェラさんの供述によれば、舞台のオーディションで、姉妹は共にヒロインの最終候補に残っていて、一昨日の発表でヒロインの座を射止めたのはヴェロニカさんだったんですよね。それなのに、職場に帰ってきてしょげてるって、変じゃないですか？　そりゃ、涙は嬉《うれ》し涙の可能性もありますけど、周りが気を遣うほど落ち込むなんて……」

「ヴェロニカはずいぶん優しい性格だったらしい。あるいは、選に漏れた妹に胸を痛めたのかもしれねえぜ？」

「そりゃ、そうかもしれませんけど……でもアンジェラさんも、ちゃんと他の役をもらえたって調書には書いてありましたよね？　僕、そのときいなかったんでわかりませんけど、それならそこまで落ち込むこともないでしょう」

「よっし、合格。ちゃんと調書を読み込んでたな」

ベントリーはニヤリと笑い、歩き出した。どうやらエミールは、本日の小テストに合格したらしい。

「勿論《もちろん》、何度も繰り返して読んでます。これって、ちょっと不思議ですよね」

「だな。ま、ちっと頭に置いておこうや。さて、お前なら、これからどうする？」

小テストはまだ終わっていなかった。エミールは、大通りに向かって歩きながら、今度はある程度の自信を持って答えた。

「そうですね。僕ならまず、ヴェロニカさんの恋人、イーリー氏に話を聞きます。妹さんが知らない交友関係や、トラブルなんかも知っているかもしれませんし」

ベントリーは満足そうに頷き、中折れ帽を被《かぶ》り直す。

「そうだな。それは必要不可欠だ。俺も今日、話を聞くつもりだった」

「駄目なんですか？」

「イーリーの職場の会計事務所に連絡を取ったんだがな、イーリーは今日、朝からカンタベリーに出張だそうだ。日帰り予定らしいが、おそらく帰りは夜遅いだろうとのことだった。帰って伝言を見次第、ヤードに連絡するように伝えてある。ま、早くても明朝だろうがな」

だったらと、エミールはすぐに行き先をもう一つ口にした。

「でしたら、これまた調書によると、姉妹が受けたオーディション、結果発表は、演出家の事務所でされたんでしたよね。えっと……パディントン駅近くの、『テレンス・パーカー演劇研究所』、でしたっけ。そこへ行くべきかと」

するとベントリーは、大きく一つ頷き、エミールの背中をバンと叩《たた》いてこう言った。

「さすがに若い奴の記憶力は立派だなあ、おい。よし、よく覚えてたご褒美をやろう。そこへちょっくら、聞き込みに行ってこい」

「えっ？」

エミールは面食らって、思わず訊《き》き返した。ヤードの刑事になって一年あまり、ずっとベントリーと行動を共にしてノウハウを学んできたが、使い走り以外の重要な行動を任せられるのは、初めてのことだ。

「ぼ、僕ひとりで、ですか？　警部は？」

「俺ぁ、管区のオフィスに顔を出してくる。あっちでも何かわかったことがあるかもしれんし、こっちで得た情報も共有しておかんとな。ここからなら、わざわざ連中にヤードまで足を運ばせるより、俺が行ったほうが早い」

「あ……じゃあ」

「そのパーカーって奴のオフィスに行って、一昨日のオーディションの結果発表での姉妹の様子をがっつり聞き込んでこい。お前が昼飯を食っていいのは、それからだ。終わったら、とっととヤードに戻って、忘れないうちに書類に起こしておけ」

「は、はいっ！　了解しました！」

「おう。財布は持ってんだろうな？」

「持ってます！　行って参ります！」

返事とどこか不格好な敬礼を同時に済ませて、エミールは地下鉄の駅に向かって全速力で駆けていく。その、素晴らしいスピードで小さくなっていく背中を見送り、ベントリーはぽつりと呟《つぶや》いた。

「あいつにも、そろそろ忠犬から相棒にステップアップしてもらわんとな」

テレンス・パーカー演劇研究所は、パディントン駅から徒歩で十分余り西側にあった。周囲には教会が多く、ケンジントンガーデンズやハイドパークもほど近いことから、なかなか垢抜《あかぬ》けた町並みである。

研究所は驚くほど広く、モダンな煉瓦《れんが》造りだった。どうやら、建てられてまださほど年数が経過していないらしい。扉脇に掲げられたプレートを見る限り、パーカーのオフィスにスタジオが併設されており、役者たちの稽古場《けいこば》も兼ねているようだ。

エミールは、ガチガチに緊張したまま、立派なガラス張りの扉を開けた。

愛想のいい若い受付嬢に身元を明かし、用件を告げると、さすがにヴェロニカ・ドジソンの件は新聞で読んで知っていたのだろう、すぐに奥へ駆け込んでいった。

幸い、テレンス・パーカーはアポイントメントなしでも面会を快諾してくれたものの、しばらく手が離せないということで、エミールは彼のオフィスでしばらく待つことになった。

オフィスといえば警察署のそれしか知らないエミールにとって、パーカーのオフィスはまさに別世界だった。

とてもひとりで使っているとは思えない広々した空間は、シミ一つない真っ白な壁のおかげで、さらに広く見える。彼の重厚な執務机は大きな窓を背に据えられ、その向こうには、素晴らしく手入れの行き届いた庭が広がっている。

さらに、珍しい観葉植物が室内のあちこちに飾られ、クリーム色の革張りソファーセットが部屋の中央にどんと鎮座していて、壁面には、いかにもアールヌーボー的な女性の絵が何枚か飾られていた。

「恐れ入りますが、こちらでお待ちください」

パーカーの秘書だという美人は、優雅なティーカップでお茶とクッキーを供し、やたらセクシーな歩き方で部屋を出て行った。

たったひとり、五人は掛けられるような巨大なソファーのど真ん中に座らされたエミールは、ただひたすら借りてきた猫のように怯《おび》えた顔で、キョロキョロと室内を見回す。

「何だ、ここ。こんな凄《すご》いとこで仕事してるんだから、きっと凄い人なんだな……」

ソファーもクッションが柔らかすぎて、何だか尻《しり》が落ち着かない。おそらくエミールが小柄なせいなのだが、深く腰掛けると、子供のようにつま先が浮いてしまうのだ。

心地のいい座り具合を模索してモゾモゾしていたエミールは、ふと、身体を支えていた手の下に、何か固いものがあるのに気づき、右手を浮かせた。

「ん？」

ソファーのこんもりした座面に落ちていたのは、小さなボタンだった。皮革の染め色と同系色なので、まったくその存在に気づかなかったのだ。

「あ、ボタンだ。……何だか今回の事件、ボタンに縁があるなあ。これは事件には全然関係ないけど」

ふと、ヴェロニカが左手にしっかり握り締めていた「A」の字が刻まれたボタンのことを思い出し、エミールは事件について思いを巡らせ始める。

だがそのとき、驚くほど勢いよく扉が開き、快活な声と共に、長身ですらりとした初老の男性が入ってきた。初老といっても恐ろしく姿勢がよく、バランスの取れた身体を仕立てのよさそうな薄いグレーのスーツに包んでいる。ネクタイはせず、ワイシャツのボタンを二つほど開けて、ラフに着こなしていた。

エミールは、弾《はじ》かれたように立ち上がった。

「やあ、たいへんお待たせしました。レッスン中だったもので、申し訳ない。テレンス・パーカーは僕です。ようこそ」

そう言いながら、男性は大股《おおまた》でエミールに近づき、そのまま勢いよく右手を差し出した。

「あ、えっと」

エミールは咄嗟《とっさ》に、拾ったばかりのボタンを上着のポケットに落とし込んだ。さすがに、挨拶《あいさつ》の前に「このボタン落ちてましたよ」と言うのはあまりにも格好が悪いと思ったのだ。

「ど、どうも、はじめまして。スコットランドヤード犯罪捜査部の、エミール・ドレイパーです」

「やあやあ、ドレイパーさん。よろしく。いやあ、ヤードの刑事さんというから、もっと強面《こわもて》を想像していたら、こんな可愛い……いや失敬、若くて美形の刑事さんがいらっしゃるとは」

「び、……び、びけい……？」

あまりにも気さくに、そして前代未聞の評価と共に手を握られ、エミールは目を白黒させる。パーカーのほうは、エレガントに握手を済ませると、エミールの向かいに腰掛け、エミールにも着席を促した。仕草のすべてが、気障《きざ》でスマートである。

「あ……えっとあの、唐突にお伺いしてすみません。実は、ヴェロニカ……」

「ええ、わかってますよ。なんという悲劇だ。わたしがようやく見いだした光り輝くダイヤモンドの原石が、あっという間にこの指の間をすり抜けていってしまった」

パーカーは、大袈裟《おおげさ》に両腕を広げて嘆き始める。まるで、ここが彼の舞台であるかのようだ。

「……え、ええと……」

思わず呆気《あっけ》に取られたエミールは、危ういところで気を取り直し、手帳と万年筆をテーブルに置いた。

「あのっ。お聞きしたいことはですね。一昨日《おととい》、オーディション結果の発表のときのことなんです。パーカーさんは、そのとき、ドジソン姉妹にお会いになりましたか？」

「ああ、麗しきヴェロニカ。勿論《もちろん》ですとも」

どこまでも優雅な物言いで答え、パーカーは踊るように扉のほうを指し示した。

「発表は一昨日の午後五時半、奥のスタジオ……まあ、稽古場ですね。そこで行いました。大きな紙に、それぞれの役名と、それを射止めた役者の名を書き並べてね。……演目は何かご存じで？」

問われて、エミールは必死で昨日の夜に読んだ、アンジェラの調書の内容を思い出す。

「ええと……確かシェークスピアの……えっと、あのう」

文学に明るくないエミールなので、作品名がどうしても思い出せない。だがそんなことは、パーカーにはどうでもよかったらしい。

「そう！　シェークスピアの『リア王』！　それも、これまでとはまったく違う、現代的な改変を施し、斬新《ざんしん》な演出で上演しようと思っているのですよ」

「は、はあ」

何だかもう軽く混乱してきて、エミールはとにかく、パーカーの言葉をすべて書き留めようと万年筆を走らせる。

「無論、主役のリア王は重要な役どころですが、今回は何と言ってもヒロインのコーディリアが芝居の要となります。リア王の誠実な末娘。父に誤解され、勘当されながらも、父の窮地を救うためにみずからの幸せを擲《なげう》つ……どうです、まさに戦後の強く優しい女性像そのものではありませんか！」

「……そう、です、かね？」

パーカーの熱弁に押され、エミールは曖昧《あいまい》な相づちを打つのが精いっぱいで、話を引き戻すことができずにいる。パーカーは、テーブルを飛び越えてエミールに摑《つか》みかかりそうな勢いで、前のめりになった。

「そうですよ！　コーディリアこそ、新たな時代の女性だ。まさにヴェロニカにピッタリでしょう」

エミールは、そんなことを訊《き》きたいのではない……と思いつつも、つい興味を惹《ひ》かれ、質問を口にした。

「あの、強いって意味では、むしろ妹のアンジェラさんのほうがピッタリなんじゃないかと思うんですけど」

「ああ、だから素人は駄目だ。何もわかってない！」

するとパーカーは、嘆かわしそうに天を仰ぎ、吐き捨てるようにこう言った。

「最初は大人しくしとやかで引っ込み思案、けれど次第に勇気を得て、父への愛を胸に秘め、危険な地へと雄々しく踏み込んでいく。これがコーディリアなんですよ。だからこそ、今はただ綺麗《きれい》で気立てがいいだけのヴェロニカが適任なんだ。わたしの手で、あの娘の激しさを引き出してやりたいと強く願ったんだ！」

「……あ……す、すいません」

「アンジェラは、コーディリアの優しさを表すには、いささか気性が荒すぎる。ですから彼女には、他の役を用意しましたよ。……いや、すみません。つい盛り上がってしまった。ええと、結果発表のときの話でしたね？」

幸い、エミールの困り顔を見て、パーカーははっと我に返ってくれた。エミールもホッとして、こくこくと頷《うなず》く。

「はい。お二方に会われたんですよね？」

「ええ。ドジソン姉妹は二人揃って結果を見に来ていましたからね。わたしはオーディションに参加者たちの前で、彼らの努力を讃《たた》える演説をしました。本当なら、オーディションに合格した全員をひとりずつ激励したかったんですが、何しろ今回は大がかりだったものでね。主演女優となるヴェロニカだけを部屋に呼び、話をしましたよ」

「部屋と仰《おっしゃ》いますと？」

「ここです。ここで彼女を祝福しました」

エミールは、やっと求める知識を与えられ、安堵《あんど》しつつもさらに問いを重ねた。

「そのとき、ヴェロニカさんの様子は？」

パーカーは大袈裟な呆《あき》れ顔を作り、肩を竦《すく》めてみせた。やることなすこと、いちいち芝居がかった男だ。わざとではなく、日常のすべてがこんな調子なのだろう。

「言うまでもないでしょう。喜んでいましたとも。俳優としても演出家としても、僕を尊敬していると言ってくれましたよ。ですから僕に激励され、とても感激していました」

それを聞いて、エミールは首を傾げた。

「あの、変なこと訊いてすみません。本当に喜んで、感激してただけですか？」

そんな問いかけに、パーカーは文字通りキョトンとした。

「はい？」

「あ、いえ、あの、実はその後、職場に戻ったヴェロニカさんが、とても沈んでいたっていう証言があって……それで」

エミールは説明を試みたが、パーカーはそれを乱暴に遮った。

「そんなはずはない！　喜びこそすれ、沈むだなんて……。ああいや、もしかすると、喜びが落ちつき、ヒロインの重責に初めて気付いたのかもしれませんね。だとしたら、気が重くなるのも理解できますよ。舞台で大役を担う役者というのは、やった者しかわからない、とても孤独な存在ですからね！」

「な……なる、ほど」

エミールは、曖昧に相づちを打つ。

「では、ここではヴェロニカさんに変わった様子はなかったと？」

「少なくとも、この部屋ではね。この部屋から彼女を送り出したときも、感極まって涙ぐんだ妹のアンジェラが、姉に祝福の抱擁をしているのを見かけましたよ。美しい姉妹が涙ながらに抱き合う、それは一枚の絵のような光景でした」

「そう……ですか」

「ええ。ご不満でしたら、他のスタッフにも話を聞いてみてください。他にお話がないようでしたら、わたしはレッスンに戻らなくては」

パーカーは身軽に立ち上がり、退出の合図と言わんばかりに手を鳴らす。すぐに秘書が部屋の外から扉を開けた。

「……お忙しい中、お時間を取らせてすみませんでした。ありがとうございました」

エミールは異様な疲労感を覚えつつ、丁寧に礼を言い、パーカーのオフィスを出た。

＊　　＊

その日の午後七時過ぎ、エミールとデリックは連れ立って、デューイ・ローウェル宅へ向かっていた。

夕方、ベントリーとスコットランドヤードのオフィスで合流したエミールは、互いに情報を交換し、その後、くだんの「A」のボタンの持ち出し許可を得て、デューイに会いに行くことにしたのである。

約束どおり、デリックもしぶしぶ同行することになった。

「なあ、おい、エミール。俺はやっぱり……」

「もう、同じことを何遍も言うのはやめなよ。子供じゃないんだからさ。行くよ！」

ここ数十分のうちに何度となく繰り返された会話に、辛抱強くて優しいエミールも、さすがに苛立《いらだ》った声を上げる。

待ち合わせたパブでも、駅に向かう道すがらでも、地下鉄の中ですらも、デリックは兄の家に向かうのを躊躇《ためら》い、引き返そうとした。それを宥《なだ》めすかし、叱りつけながら、どうにか最寄りのエンジェル駅にたどり着いたのである。

そこまで来ても、デリックはまだ子供のように目的地に向かうことを渋った。

「だって、俺が行かなくても別に……。あんたがちょっと行って、用事を済ませがてら様子を見てきてくれりゃあさ」

「それ、もう百遍くらい聞いた」

「だって、それがいちばん妥当な」

「何が妥当だよ。実の兄弟なんだから、君がその目で確かめるのがいちばんいいに決まってるだろ。次に同じこと言ってぐずったら、子猫みたいに襟首摑んで連れていくからね」

「……あんたが？　俺の襟首を、摑む？　そりゃ物理的に無理……」

「うるさいな！　いいから行くの！」

エミールはキリリと優しい眉《まゆ》を吊《つ》り上げ、デリックの二の腕を小突く。両手をズボンのポケットに突っ込み、やや背中を丸め気味に歩きながら、デリックはそれでもまだブツブツと文句を言った。

「けどよう。兄貴には、今日行くって連絡してあんのか？」

「当たり前だろ。デューイの店にはちゃんと電話があるんだから、今朝、アポイントメントを取っておいたよ。凄《すご》く嬉《うれ》しそうに、楽しみにしてるって言ってた」

「……あんたに会うのがな」

「君に会うのもだよ。馬鹿なこと言うんじゃないの。まったくもう、変なところで子供なんだから。さあ、歩いて歩いて。そんなにダラダラしてたんじゃ、朝になっちゃうよ」

「へいへい……」

夕闇が徐々に訪れる中、二人は幼い頃から通い慣れた道を、並んで歩いていった。

「ローウェル骨董《こっとう》店」の入り口には「閉店」の札が掛かっていたが、店内には灯《あか》りが点《つ》いたままだった。

呼び鈴を鳴らすとすぐに、黒髪の小柄な少年が店の奥から駆けてきて扉を開け、二人を迎え入れた。その後ろから、店主でありデリックの兄であるデューイが、杖《つえ》を突いてゆっくりとやってくる。

デューイは、ヘーゼル色の長い髪をうなじで結び、クラシックなヴィクトリア風の服を着ていた。時代遅れも甚だしいその服装も、どこか浮世離れした儚《はかな》さを漂わせる整った顔立ちのデューイには、不思議と似合っている。

少年の頭に軽く手を置き、デューイは二人の訪問者に微笑みかけた。

「やあ、いらっしゃい。待っていたよ。……この子が、ケイ・アークライト。昨日、ここに来たんだ。ケイ、こっちが僕の弟のデリック。検死官をしている。そしてこっちが、スコットランドヤードの刑事、エミール・ドレイパー。僕たち兄弟の幼なじみなんだ」

「………」

二人の顔を順番に見て、ケイは緊張の面持ちで、けれど一言も発せず、ペコリと頭を下げる。そんなケイに、デューイは優しく言った。

「さあ、自分の部屋へ行っておいで。わたしは、二人に仕事の話があるから」

こっくり頷き、ケイは従順に店の奥へ消える。階段を上る軽い足音を聞いてから、デューイは口を開いた。

「ケイは、今年で十二歳になる。わたしの親友の忘れ形見なんだ。デリックは知っているだろう、ジョナサン・アークライト。何度か遊びに来たことがあるから」

実に二年ぶりの再会だというのに、ごく自然に、まるで昨日別れたばかりのように話し始めた兄に、デリックはふて腐れた顔つきで返事をする。

「ああ。彫刻家を辞めて商売人になった奴だろ？　確かに会ったのは覚えてるけど、別にどうってことのない奴だった」

突き放すような物言いに軽く眉をひそめたものの、デューイは弟の言葉を受け流した。

「そう。彼はベルギーで戦死したんだ。彼の奥さんは日本人なのだけれど、アークライト家をジョナサンの弟が継ぐことになったから、半ば家を追い出される形で帰国せざるを得なくなった。それで、わたしがケイを引き取ったんだ」

「それは気の毒にね」

エミールは悲しそうな顔で言ったが、デリックはやはり両手をポケットに突っ込んだまま、鼻を鳴らした。

「はっ。子供を捨てて、ひとりで祖国に逃げ帰ったってか。ご立派な母親だな」

「そうじゃないよ。偏見のある言い方はやめなさい」

さすがに聞き咎《とが》めたデューイに兄らしく叱られ、デリックはますますむくれる。その子供のような態度に、エミールはおろおろと兄弟の顔を見比べた。

「……じゃあ、何だってんだよ」

「旧家であるアークライト家で、ケイは、この国の人間として教育を受けた。しかも彼は、父親の死のショックで声を失ってしまった。いくら母子ともに邪魔っけにされる立場になったからといって、そんな状態の息子を日本に連れていき、女親ひとりで養うことは、決してケイの幸せにならない。かといって、針のむしろとわかっているのに、婚家にひとり残していくわけにもいかない。そう考えた彼女は、夫の親友の僕に息子を託したんだよ」

「で、お人好《よ》しの兄貴は、うかうかとそれを引き受けたってわけか。それとも何か？戦争に行かなかった後ろめたさのせいか？」

「デリック！」

今度はエミールが怒りの声を上げる。だがデューイは、寂しく笑ってかぶりを振った。

「そういうことじゃない。わたしは、自分がいい養い親になれるなんて思い上がってはいないよ。けれど、ケイが誰からも顧みられない環境に置かれるくらいなら、まだこのほうがマシかもしれない。そう思っているだけなんだ」

そう言ってデューイは弟を見たが、デリックのほうは、わざとらしく視線を逸《そ》らして、兄を見ようとはしない。

浮かない顔で、けれどデューイはこう言い添えた。

「幸い、耳はちゃんと聞こえているし、本人は筆談で意思を伝えることができるから、普通に話しかけてやってほしい。慣れるまで、少し戸惑うだろうが」

それを聞いて、エミールはやっと安堵《あんど》の笑みを浮かべ、頷《うなず》いた。

「わかった。じゃあ、普通に接すればいいんだね？　腫《は》れ物に触るような態度じゃ、余計に萎縮《いしゅく》させてしまうだろうから」

「うん。頼むよ。昨日ここに来たばかりだから、まだ少し緊張しているけれど、少しずつ笑うようになってきた。わたしも子供と暮らすのは初めてだから、戸惑うばかりでね。どうか二人とも、力を貸してほしい」

「わかった！　僕も、子供どころか結婚したこともないから、頼りにならないかもしれないけど、枯れ木も山の何とかって言うからね」

エミールは明るく請け負ったが、デリックはやはりそっぽを向き、店内の品物を勝手に取っていじくり回しながらボソリと言った。

「俺は知らねえからな。勝手に引き取ったガキのことなんぞ。……だいたい、昨日から一緒に暮らし始めたばっかのくせに、やけにあのガキ、兄貴に懐いてるんじゃねえか。兄貴も、戸惑うばかりとか言いながら、頭なんか撫《な》でちまってさ」

「！」

デューイとエミールは、思わず顔を見合わせた。

デリック本人はまったく気づいていないようだが、さっきからの、普段のクールな振る舞いからは想像もできない反抗期の子供のような態度は、どうやらヤキモチから来るものだったらしい。

「しばらく会わない間に、他の子に大事なお兄ちゃんを取られた気分なんだよ、きっと。拗《す》ねてるんだ、あれ」

エミールはクスクス笑いながら、デューイに耳打ちする。

「まさか、そんな」

デューイは困惑しきりで、エミールに囁《ささや》き返す。そんな二人に、デリックはイライラした顔で噛《か》みついた。

「おい、何コソコソ喋《しゃべ》ってんだよ。それよか、とっとと用事を済ませろよな」

それを聞いて、エミールは笑いを引っ込め、デューイを見た。

「そうだ。事件のことは、ケイが二階にいるうちに、ここで話したほうがいいよね」

デューイも気を取り直した様子で、手近にあった売り物の椅子を引き寄せた。

「そうだね。悪いけれど、わたしは座らせてもらうよ。長く立っていると、右足が痛むものだから。……おかしいね、感覚がないはずなのに、痛みだけは感じるんだ。ああ、君たちもよかったら」

「俺はいい」

相変わらず明後日《あさって》のほうを向いたまま、デリックは吐き捨てる。エミールも木製の椅子に腰掛けたデューイに歩み寄った。

「僕も大丈夫。ええと、今朝電話で言ったみたいに、詳しくは話せないんだけど……ステップニー区のドック内の倉庫街で起こった殺人事件の、証拠品を見てもらいたいんだ」

そんなエミールの中途半端な説明に、デューイはごく控えめにこう言った。

「それはつまり……ヴェロニカ・ドジソン殺人事件のこと……なんだろうね？」

「えっ、何で？」

驚くエミールに、クルリと振り返ったデリックが、これまた刺々《とげとげ》しい口調のままで指摘する。

「あのなあ。昨日の新聞に、あんだけでかでかと記事が出てたんだ。兄貴はどうせ店が暇なんだから、舐《な》めるように新聞読むんだろ？　そりゃ気づくってもんだぜ」

けんもほろろに言われて、エミールは恥ずかしそうに頭を掻《か》いた。

「それもそっか。……そう、その事件。殺されたヴェロニカさんが、ボタンを一つ握り締めてたんだ」

「……ボタンを？」

「うん。そのボタンを、君に見てほしい。僕ら、ボタンなんてちっとも詳しくないからさ。君なら、色々読み取れるんじゃないかと思って。これ、デリックの提案なんだよ！」

「お、おい！　余計なこと言ってんじゃねえよ！」

慌てたデリックの目元が、うっすら上気している。そんな弟をチラと見て、デューイはどこか嬉《うれ》しそうに頷いた。

「……そう、デリックの。だったら頑張らないとね。そうは言っても、わたしはファッションにはあまり詳しくないから、どこまで役に立てるかわからないけれど。……手に取って、見てもいいのかな？」

「うん、手袋をしてもらえるとありがたいな。一応、血は洗い流したけど、気持ち悪かったらごめん」

そう言いながら、エミールはデューイに薄手の綿手袋を渡し、自分も同じ手袋をはめてから、上着のポケットに大切に入れていた小袋を出し、そこからボタンを取って、デューイの手のひらに載せた。

「ちょっと、そこのランプをテーブルごと、こっちに寄せてほしい」

エミールが言われたとおりに灯《あか》りを椅子の傍に引っ張ってくると、デューイは上着の胸ポケットから、縁に綺麗《きれい》な銀細工が施された虫眼鏡を出した。そして、十分に灯りを当てながら、注意深くボタンの裏表を虫眼鏡で観察した。

エミールもデリックも、固唾《かたず》を呑《の》んで様子を見守った。

ランプの柔らかな光が、デューイの痩《や》せた顔に複雑な陰影を作り出す。その真剣な面持ちは、解剖に臨むときのデリックとそっくりだと、エミールは思った。

昔から、物静かで優しいデューイ、やんちゃで怒りん坊のデリックと、彼らの両親も友人たちも口を揃えて評してきた。

だが幼い頃から兄弟を見続けてきたエミールは、彼らの違う面も知っている。

いつも自分より相手の気持ちを優先してしまうデューイだが、本当は強い信念を胸に秘めていること。そして、我が儘《まま》で皮肉屋のデリックが、本当はとても優しく、繊細な神経の持ち主であること。

表に出ている要素は違えど、この兄弟は、顔だけでなくその魂のありようも、本当はとても似ているのだ。

（やっと、同じ場所に兄弟が揃ったなあ……）

エミールがそんな感慨を嚙みしめていると、やがて顔を上げたデューイは、こう切り出した。

「アンティークと呼べるほど年月を経たものではないけれど、これはとても上等なボタンだね。店で気軽に買えるような代物ではないよ」

「そうなの？」

エミールは大きな青い目をキラキラさせてノートを構える。デリックも、兄の鑑定には興味があるのか、ほんの半歩、兄の椅子に近づいた。

デューイは、親指と人差し指の間にボタンを挟み、光に透かしながら二人に説明した。

「うん。最近流行《はや》り始めた、化学合成された素材じゃないんだ。光に透かしてみると、細かい縞《しま》模様が浮き立って見える。これは貝を削って作った、天然のボタンだ。白蝶貝《しろちょうがい》だね」

「へえ……それで、何だかキラキラして綺麗なんだ？」

「そう。そして、この『A』の文字も、手彫りだよ。たぶんこれ一つってことはなくて、少なくとも一着分はセットになっていただろう。すべてのボタンを職人が一つずつ削り出し、そして『A』の文字を彫りこんで、色を塗った。赤というより、えんじ色に近い上品な色だね。あるいは天然の染料を使ったのかもしれない。どちらにしても、手の込んだものだ。とても高価な、特注品であるはずだ」

うんうんと頷いてメモを取りながら、エミールはなおも欲張る。

「他には？　他にわかったことは何かない？」

「そうだねえ」

デューイは虫眼鏡を置き、肉眼でボタンを眺めながら答えた。

「常識的に考えて、このサイズのボタンなら、紳士用ではないな。小さくて薄くて、華奢《きゃ》奢《しゃ》だからね。たぶん、女性用の衣服のために作られたものだと思う。それも外套《がいとう》ではなく、もっと薄手の……ブラウスとかドレスとか、そういうものに使われるボタンだろう」

「じゃあ、その『A』はいったい何なんだ？」

ジリジリと近づいてきたデリックが、好奇心を抑えきれずに問いかける。デューイは敢《あ》えて弟の顔を見ず、シンプルに答えた。

「普通に考えれば、頭文字……だろうね。家名か、あるいは本人の名前か。……被害者の遺体が握っていたということは、これがダイイングメッセージに？」

その質問に、デリックはエミールより早く、切り口上で答える。

「そりゃわかんねえ。けどまあ、握ってたからには、何ぞあると考えるほうが自然だろ」

「それもそうだね。……ただ、『A』は左右対称で、デザイン的にとても美しい文字だから、持ち主のイニシャルと関係なく使われることがある……かもしれない。その可能性は否定できないな。まあ、わたしの考えはあくまでも参考までにね。君たちと違って、犯罪捜査には長《た》けていないんだから」

「そんなことないよ！　凄《すご》く助かった。ありがとう。うん、持ち出した甲斐《かい》があったよ。ベントリー警部も、きっと喜ぶ」

屈託のない笑顔でそう言いながら、エミールはデューイから受け取ったボタンを元通り袋に収め、ポケットに入れた。

「よし。用事は終わったな。あのケイってガキにも会った。じゃ、俺は帰るぜ」

デリックはそう言うなり、出口に向かおうとする。エミールは慌てて制止した。

「ちょっと待って！　まだろくに話を……」

だが、その声に被《かぶ》さったのはデューイの、静かなのに不思議なくらい凜《りん》と響く声だった。

「夕食を用意してあるんだ。ちょうど食事時だからね。食べていってくれないかい？」

「俺は、そんなもの……」

デリックは、兄の誘いを振り切ってなおも店を出て行こうとしたが、デューイはさらりとこう言い添えた。

「わたしの大事な弟と幼なじみが来ると言ったら、ケイが張り切ってね。君たちに美味《おい》しい夕食を振る舞うんだと、目一杯手伝ってくれたんだけれど……。食べてもらえなければ、とてもガッカリするだろうねえ……はあ」

「ちっ、汚ねえぞ、子供を使って脅すなんて！」

兄の静かな恫喝《どうかつ》とも言える台詞《せりふ》に、デリックは凶悪な顔で悪態をつく。だがデューイは、弟の怒りをさらりとやり過ごした。

「脅してなどいないよ。ただ、切にお願いしているだけで」

「……くそッ。食ったらすぐ帰るからな！」

そう言い捨て、勝手知ったる元親の店とばかりに、デリックはドカドカと足音も荒く居間へ向かう。

「……ぷっ」

たまりかねてエミールは噴き出し、デューイもちょっと悲しそうに笑ってこう言った。

「やれやれ。二年ぶりに訪ねてくれた弟を引き留めるのに、ケイをダシに使ってしまった。猛省しなくてはね……」

デューイとケイがデリックとエミールのために用意していたのは、もっとも一般的な家庭料理の一つ、コテージパイだった。

牛挽《ひ》き肉とタマネギ、人参《にんじん》、セロリをバターでよく炒《いた》め、味付けしたものを深皿に入れ、その上からマッシュポテトでぴっちり蓋《ふた》をしてオーブンで焼き上げるという素朴な一品だ。

それぞれの皿に気前よくコテージパイを盛りつけ、蒸した根菜や豆をたっぷり添えれば、完璧《かんぺき》な夕食が出来上がる。

「美味しそう。君に夕食をご馳走《ちそう》になるのは久し振りだけど、料理、上手《うま》くなったね。僕なんか、隣が定食屋だから、外食ばっかり」

エミールは、パイにも野菜にもグレイビーソースをたっぷり回し掛けながら、嬉しそうな顔をする。デューイは、微笑して傍らの少年を見た。

「今日はケイがうんと手伝ってくれたから、特別上手にできたんだ。味付けは、彼に任せたんだよ。わたしはいつも、スープストックとウスターシャーソースだけ使うんだけど、ケイが素敵な隠し味を……何だった？」

デューイに問われたケイは、食事中にノートを出すのも行儀が悪いと思ったのか、ゆっくりと唇を動かしてみせた。デューイは、「ああ」とすぐにそれを読み取る。

「そうだ、干したタイムを少し入れてくれたんだ。おかげで、とても風味がよくなった」

「へえ。すげえな。ちびっ子のくせに、ハーブなんて使えるのかよ」

デリックはフォークでコテージパイをたっぷりすくって頬張り、うんうんと頷《うなず》いた。

「すげえな、食い慣れた料理なのに、ハーブのおかげで香りも味もいい。大したもんだ」

皆に賛辞を贈られ、ケイは真っ赤になってはにかむ。

デリックがケイにまで冷たい態度を取るのではないかと心配していたエミールは、彼がケイに優しく接しているのを見て、ホッと胸を撫《な》で下ろした。さすがに、そこまで大人げなくはなかったらしい。

まだ共に暮らして一日しか経っていないのに、デューイは早くも、食卓でケイと話す方法を確立しつつあるようだった。

彼が食事を中断してノートを開かずに済むように、話しかけるときには、返事がイエスかノーで単純に済ませられるように気をつけているのに、食事の最中、エミールは気付いた。

　そしてデリックも素早くそれを学び取ったらしく、同じような話術を使っている。

　さすが兄弟、以心伝心だと感心したのも束の間、よくよく考えてみれば、彼らはそれぞれケイに、あるいはエミールに話しかけるばかりで、兄弟の会話がまったくないのだ。

（ちょっと待ってくれよ。これじゃ、せっかく一緒に食事をしてる意味がないじゃないか）

　さすがに憤慨して、エミールはデューイとデリックを見た。だが、兄弟は器用なまでに視線を逸《そ》らし、相手を見ようともしない。

（まったくもう。……でもまあ、焦っちゃ駄目だよね。ようやく再会を果たせたんだから、今夜のところはそれで満足すべきなのかな）

　そんな軽い諦《あきら》めにも似た思いでエミールが溜《た》め息をつくと、ふと、隣のケイがテーブルの下でノートをそっとエミールに見せた。そこには、綺麗《きれい》な字でこう書かれていた。

『デューイさんとデリックさんは、兄弟げんかをしているのですか？　それとも、僕が来たことを、デリックさんは嫌がっているのですか？』

　どうやら、ケイはとても敏《さと》い子供らしい。兄弟の関係が尋常でないことに、早くも気付いてしまった。エミールは笑顔でかぶりを振ると、ケイの耳元で囁《ささや》いた。

「そんなことはないよ。二人も、ケンカしてるわけじゃないんだ。ただ、戦争のせいで、少し上手くいかなくなってしまっただけ。今日、二人は二年ぶりに会ったんだ。それは、君がここに来てくれたからだよ？」

「！」

　ケイは黒い目を丸くして、驚いた顔で自分を指さす。エミールは笑みを深くして、大きく頷いた。

「そう。僕がどんなに誘っても、デリックはここに近づこうとしなかったんだ。でも、デューイが君を引き取ったと聞いて、心配して様子を見に来たんだよ。全部、君のおかげ」

　信じられないという面持ちのケイに、エミールはなおもこう言った。

「デューイはここでずっとひとりぼっちだったから、君が来てくれて、きっと嬉《うれ》しいし、寂しくなくなったと思うよ。……それに君がいれば、デリックもここに来る理由ができる。だから……デリックに、また来るように言ってやってくれる？」

　ケイは元気よく頷き、ニッコリ笑った。

　戦争で父を失い、母とも生き別れになったせいか、表情にどこか寂しさが滲《にじ》む子供だが、そうして笑うと年相応に無邪気で可愛らしい。

「おい。お前ら、何をコソコソ話してんだよ」

「まったくだ。お行儀が悪いよ、二人とも」

　そんな二人を見咎《とが》めて、デリックとデューイが揃って小言を言う。そんなときだけ息ぴったりの兄弟に、エミールとケイは肩をすぼめて反省の意を表しつつも、秘密めいた視線と笑みを交わし合ったのだった。

エミールとデリックがローウェル骨董店《こっとう》を辞したのは、午後九時を過ぎてからだった。てっきり真っ直ぐそれぞれ帰宅することになると思っていたエミールだが、デリックが「一杯だけ」と言うので、二人はソーホーの「ヨーク・ミンスター」へと向かった。

エンジェルにもパブはあるが、住宅街にある小さなパブは、基本的に地元の人間たちの聖域で、よそ者が気持ちよく飲める場所ではない。たとえ地下鉄を使ってでも馴染《なじ》みのパブへ行きたいというのがデリックの言い分で、エミールもそれには大賛成だった。

「ヨーク・ミンスター」は、戦争前はドイツ人が経営していた、異国情緒漂う珍しいタイプのパブである。戦争でドイツが敵国となり、店主が国を去ってからは、ベルギー人が経営を引き継いでいる。

もう引き上げた客も多いのか、店内は比較的空《す》いていて、二人は丸いテーブルと椅子を確保し、店の一角に落ちついた。

塩味のピーナツを摘《つ》まみ、濃い黄色のエールをちびちびと飲んで、デリックはふうっと息を吐いた。そんな友人の様子に、サイダーの小さなグラスを手にしたエミールはクスッと笑った。

「お疲れ様。どうだった、久し振りに会った兄さんは。ちゃんと顔、覚えてた?」

そんな風に冗談めかして訊《き》いてくれるエミールの優しさに内心感謝しつつ、デリックはどうでもよさそうな風を装って答えた。

「畜生、くたびれ果てた。……兄貴、そういや思ったほどは老け込んでなかったな」

「また、そんなこと言って。……君が一緒に来てくれてホントに嬉しかったけど、あんまりデューイと喋《しゃべ》ってなかったね」

「んなことはねえよ。事件のことは話したろ？」

「そうじゃなくて、兄弟の話」

「別に、兄貴と話すような話題がねえからな」

「もう……」

小言めいた口調でそう言いながらも、エミールは笑顔でデリックを見た。

「ケイがね、食事の後、食器をキッチンに運んで戻ってくるとき、こっそりメモを書いてよこしたよ。デリックさんは凄《すご》くかっこいいって」

「あ？　くだらねえ、ガキにお世辞を言われて喜ぶほど、俺はおめでたくないぜ？」

ぶっきらぼうにそう言って、デリックは眼鏡を外した。シャツの袖《そで》で、汚れてもいないレンズをキコキコと熱心に拭《ふ》く。つまり、照れ隠しである。

「顔の傷が、海賊みたいだってさ」

「おい。何だよそれ！　褒めるところはそこじゃねえだろ！」

憤慨するデリックに、エミールは声を立てて笑った。

「あはは、いいじゃない、ワイルドでさ。……あれは戦争で怪我をしたんだよって教えたら、いつか、君から戦場の話が聞きたいって」

「……」

デリックは表情を引き締め、眼鏡を掛け直した。

「戦場の話を、聞きたい？　ケイがそう言ったのか？　親父が戦死して、声を出せなくなったガキが？」

エミールも、真顔になって頷いた。

「うん。とても弱々しく見える子だけど、本当はしっかりした心の持ち主なんだね。確かに大きなショックからまだ立ち直れてはいないけれど、少しずつ、お父さんの死と向き合おうとしているのかもしれない」

「……ま、確かに、戦場の話ができるのは、三人の中じゃ俺だけだしな」

「そういうこと。……だからさ、またケイに会いに行ってやって。とりあえず落ちつくまでは、学校には行かせずに家で勉強を教えるってデューイが言ってたし。いつでもあそこにいるんだから、時間ができたときにでも、ね？」

畳みかけるようにそう言ったエミールを、デリックはジロリと睨《にら》んだ。

「それはまあ、かまわねえが……あんた、ケイを理由に、俺を兄貴に近づけようとしてるんだろ」

「……まあ、ちょっとくらいは、そういう気持ちも……」

「ちょっとじゃないくせに。ったく、あんたはお節介だよなあ。俺はもう、兄貴のことはどうでもいいんだ。お互い、別々の人生を歩いてるんだし……」

「嘘ばっかり」

相変わらず、兄に執着していないとミエミエの嘘をつくデリックに、エミールは溜め息交じりに言った。

「僕が気付くくらいだから、デューイも気が付いてるはずだよ。君、デューイの家にいる間、ずううっと、デューイの左にいただろ。それもわざと！」

「……………」

デリックは、うっと黙り込む。どうやら図星だったらしい。

「デューイに、顔の左側にある傷痕《きずあと》、見せたくなかったんだよね？　見せたら、デューイが悲しい顔をするから、だろ？　どうでもよくないんじゃないか！　デューイのこと、凄く気遣って……」

「うるせえな！」

「わッ！」

たまりかねたデリックが声を荒らげた瞬間、背後で悲鳴が聞こえた。ギョッとして二人が振り向くと、そこには明らかに酔眼の青年が、尻餅《しりもち》をついていた。

どうやら二人に近づこうとして、タイミング悪くデリックに怒鳴られ、驚いたとみえる。

「……なんだ、あんた」

不機嫌なまま、デリックは詰問する。機嫌が悪いと、顔の傷痕と相まって、何とも物騒な顔つきになってしまう。

そこそこ整った顔の赤毛の青年は、椅子の背に捉《つか》まってヨロヨロと立ち上がると、デリックを無視して、エミールに声をかけた。呂律《ろれつ》は怪しいが、どうにか言っていることは聞き取れる。

「ねえねえ、あんた、アレでしょ、刑事さんなんでしょ？」

「えっ、ちょ、あわわ……」

刑事は、不必要に身元を明かさないのが鉄則である。いきなりそう言われて、エミールが慌てるのも無理はない。デリックも、必要なら青年の口をいつでも塞《ふさ》げるよう身構えた。

だが、そんな二人にはお構いなしで、青年はへらへらと笑ってこう言った。

「俺、パーカーさんちで働いてるんすよ。掃除係っすけど。ねえ、今日、研究所に来たでしょ？」

「ああ、それで。……はい、行きました。あの、できたらもう少し小さな声で」

ようやく青年の素性がわかったエミールは、少しホッとして、けれど他人に話を聞かれないよう、青年を牽制《けんせい》する。チラチラとこちらを見ている他の客たちには、デリックがジロリと睨みをきかせた。

「で、研究所のみんなに訊いてたでしょ、ヴェロニカ・ドジソンについて、一昨日《おととい》、何か見なかったかって」

「ええ。それで……？」

青年は、上半身をゆらゆらさせながら、締まりのない笑顔で自分を指した。

「俺ねえ、いい情報持ってんですよ～」

「えっ？」

エミールは思わず身を乗り出す。すると青年は、アルコールでどろりとした目でエミールを見て、秘密めかした口調でこう続けた。

「すっごいもの、見ちゃったんですよね～、あの日。けど、ただじゃ喋れないなあ～。刑事さん、俺の秘密情報、いくらで買ってくれるかなあ」

「……本当に、何か重要な情報をお持ちなんですね？」

エミールは、泥酔した青年の顔を見据え、強い口調で念を押す。青年は、壊れたブリキの人形のような動きで頷《うなず》いた。

「持ってる持ってる。ねえ、だから買ってくださいよぉ、俺の情報」

「…………」

エミールは、表情を引き締めてデリックを見た。デリックも、視線でエミールの意図を察し、すっくと立ち上がる。

「泥酔していて危険ですから、あなたを保護します。酔いが醒《さ》めたら事情聴取をさせていただきますから、そのつもりで！　皆さん、お騒がせしてすみません」

エミールの宣言と共に、デリックは目にも留まらぬスピードで、青年に軍隊仕込みの当て身をお見舞いする。

ぐんにゃりと頽《くずお》れた青年を担ぎ上げたデリックと共に、エミールは速やかにパブを後にした。

三章　隠せない傷痕

「ん……うーん、畜生、頭痛《いて》ぇ、喉《のど》渇いた……えっ？」

安酒のせいか、頭が割れるように痛い。何故か、腰も鈍く痛む。そして肌寒い。

ぼんやり目を開いた青年は、視界に映った裸電球に目を剝《む》いた。しかも、自分が横たわっているのは、恐ろしく固い、見慣れぬベッドの上である。

「何だ……？　どこだ、ここ」

痛む頭を押さえ、のっそり身を起こした彼は、室内を見回し、ギャッと情けない悲鳴を上げた。

狭い部屋は三方が灰色の壁で、窓はない。残った壁の一面は、なんと鉄格子になっていた。どんな愚か者でも、自分の居場所を瞬時に悟れるシチュエーションである。

「ちょ……え、なんで？　俺、何かやったのかよ。ちょっと待ってくれよ、俺、何してたっけ……」

青年は痛む頭を両手で抱え、狂おしく記憶を探った。

「今日は給料貰《もら》ったから、仕事終わってからがぶがぶ飲んで、そんで……あ！」

そこまで呟《つぶや》いたとき、こちらに近づいてくる複数の靴音が聞こえた。

やがて姿を現したのは、小柄でやけに綺麗《きれい》な顔立ちの男と、長身で眼鏡、しかも顔に大きな傷痕のある男の二人連れだった。

「えっ？　あれっ？　あんた……！」

男はまろぶようにベッドから降り、鉄格子を両手で摑《つか》んだ。冷たい格子に頰を押し当てた。甲高い声で、必死にまくし立てる。

「見覚えがある。ヤードの刑事さんだろ？　昼間、パーカーさんのオフィスに来てた！」

言うまでもなく、「ヤードの刑事さん」とは、エミール・ドレイパーのことである。

「よかった、目が覚めました？」

エミールはすぐに独房の鍵《かぎ》を開け、中に入ってきた。もう一人の男……検死官のデリック・ローウェルも、無愛想な顔で独房に入り、これ見よがしに音を立てて再び扉を閉めた。

「なあ、何なんだよ、これ。ここって牢獄《ろうごく》だろ？　何で俺が、こんなとこに放り込まれなきゃいけないんだよ！」

詰め寄る男の吐息からは、まだアルコールが臭う。それでも、ここに連れてきて二時間ほどぐうぐう寝て、どうやら泥酔状態からは立ち直ったようだ。

「まあまあ、落ちついて。ここは牢獄じゃなくて、留置場です。あなたが泥酔していて心配だったので、こちらに保護させていただきました。まずは水、どうぞ」

丁重にそう言い、エミールは青年をもう一度ベッドに座らせた。そして、自分は少し距離を置いて青年の横に腰掛け、持って来た瓶を青年に差し出した。

「でい、すい……？」

「ええ。その上、僕に用事があるということでしたので」

「あっ！　そうだ、あんたに買ってほしい情報があんだよ！　それで声掛けたら、そっちの怖い顔の兄さんがぬうっと来て……」

「いいから、水でも飲んで用件を話せよ。こっちはわざわざ待っててやったんだ。とっとと喋《しゃべ》らないと、朝までこのままここにぶち込んでおくぜ？」

都合の悪いことを完全に思い出される前に、デリックはわざと傷痕が目立つように顔を歪《ゆが》めて凄《すご》んだ。

「ひいっ」

デリックのことを強面《こわもて》の刑事だと勘違いしているのか、青年は震え上がり、瓶の中の水を一息にごくごく飲んだ。そして、ようやく人心地ついた様子で、狡《ずる》そうな目をしてエミールとデリックを見比べる。

「そ、そんで、俺の超重要情報、買ってくれるんですか？」

「その前に、泥酔した人の話は、証言にならないんです。もう、酔いは醒めましたか？」

エミールに問われ、男はこくこくと頷いた。

「醒めたどころか、こんなとこ入れられて、血の気が引きっぱなしっすよ！」

「それはよかった。じゃあ、お話をうかがいます」

礼儀正しくそう言い、エミールは胸ポケットから手帳とペンを取り出す。青年は、不満げに口を尖《とが》らせた。

「いや、その前に金の話でしょ。何だったらお安くしときますし。ええと、俺としては五ポンドくらいもらってもいいくらいだと思うんですけど、今回は大サービスして……うわッ」

デリックはそんな青年の胸ぐらをいきなりグイと摑み、顔の傷痕《きずあと》を彼の鼻先に近づけた。

「おい。ふざけたこと言ってんじゃねえ。捜査協力は、ロンドン市民の義務だろうが。しかも泥酔して『保護』していただいといて、そんな厚かましいこと言えないよなあ？」

「う……う、いや、俺、は」

「それとも何か？　もう二、三日ここに入ってたいって言うんなら、別にそれでも……」

「いやっ、それは勘弁してください。そんなことになったら、無断欠勤で仕事をクビにされちまう。わ、わかりましたよ！　今回に限り、タダにしときます！」

「いい心がけだ。さあ、喋れ。俺は、たいがい眠いんだよ」

デリックは青年を解放すると、粗末な丸椅子を引きずってきて、彼の真ん前にどっかと大股《おおまた》開きで座る。哀れな青年は、半泣きの顔で、せわしなく貧乏ゆすりしながら話し始めた。

「俺、テレンス・パーカーさんとこに、清掃係として雇われてるんです。あと、舞台装置を作る手伝いとかもさせられるんで、まあ、雑用係ってとこですかね。で、発表の日も、結果を壁に張り出す手伝いをしてて」

別に打ち合わせをしたわけではないのだが、本当に眠くていささか機嫌が悪いのだろう。凄み役をデリックが引き受けてくれているので、エミールは安心して質問係兼書記に専念することができる。

「なるほど。じゃあ、発表の瞬間のドジソン姉妹の姿を、見たわけですね？」

ようやくエンジンがかかってきたのか、青年は寝癖のついたもじゃもじゃの赤毛を掻《か》きながら、元気よく答えた。

「そうそう！　発表の瞬間、お姉さんのヴェロニカは、キャーって声を上げてしゃがみ込みましたよ。そのまま泣いちゃって。で、妹が支えて立たせて、祝福して……」

「いい感じじゃねえの」

デリックが、そんなシンプルな合いの手を入れる。青年は、まだちょっとビクつきながらも、勢いよく頷いた。

「そうそう。すっごく感動的で、他の連中もみんな、ヴェロニカにお祝い言ってましたよ。だけど……ねえ」

「だけど？　何だ？」

「その後、ヴェロニカだけがパーカーさんのオフィスに呼ばれて消えちまって。それで流れ解散みたいな雰囲気になって、スタジオにいた百人くらいの奴らは、みんな帰っていきました。で、俺は、連中が汚したスタジオを掃除してたんです。ゴミを集めて、朝磨いたばっかなのにドロドロになっちまった床を拭《ふ》いて……」

「お前の苦労はどうでもいいんだよ。で、何を見たって？」

デリックは、組んだ脚のつま先をイライラと動かしながら先を促す。青年は、焦った早口で核心に触れた。

「俺、集めたゴミを、建物の脇にあるゴミ箱に捨てにいこうと思って、建物の外に出たんすよ。そしたら、女が言い争う声が近くから聞こえてきて。気になってそっちへ行ってみたら、オフィスの横の路地に、ヴェロニカと妹のアンジェラが立ってました。狭くて暗い隙間に、綺麗な女が二人ひっそり人目を忍んでるとくりゃ、そのまま帰る馬鹿はいませんや」

聞くだに奇妙な事態に、エミールとデリックは思わず顔を見合わせる。デリックは、念のため、青年をもう一度脅した。

「何だと？　それは間違いなくドジソン姉妹か？　お前、作り話じゃねえだろうな？」

「間違いないですよ。だって、ちょっとした有名人じゃないですか。二人ともすんげえ美人だし」

「そりゃまあ、確かに。で、マジで言い争ってたのか？」

デリックの声音が、鋭さを増す。エミールも、息を詰めて青年の次の言葉を待った。

「だって、ヴェロニカはしくしく泣いてて、アンジェラのほうが凄く怒ってました。壁を手のひらで叩《たた》いたりして。さっきとは全然違う雰囲気なんで、俺、ぶったまげましたよ。そんで物陰から様子を窺《うかが》ってたんです」

「ふむ。二人は、何について言い争ってた？」

「それは……わかんないっす。ちょうど筋向かいの酒屋で、荷物の積み降ろしが始まっちまったんですよ。だからそっからは、二人の話し声が切れ切れに聞こえてくるだけで……。でも、信じられないとか、わかってとか、裏切り者、とか。そんな言葉はハッキリ聞こえましたよ。確かっす！」

「…………」

意外な話に、デリックもエミールも絶句してしまう。だが、すぐに気を取り直したのは、さすが刑事というべきか、エミールのほうだった。

「確かにそれは物騒ですよね。本当に、二人はそんなふうに罵《のの》り合ってましたか？」

すると青年は、寝癖がついたままの髪を引っ張りながら、その日の夕方のことを思い出すように低い天井を仰いだ。

「いやー、罵り合ってるって感じじゃなかった。ヴェロニカはひたすら泣いて謝って、アンジェラが一方的に怒り狂ってるって感じ？」

「ああ、あの気性じゃあな」

解剖室に殴り込んできたときのアンジェラの鬼の形相を思い出し、デリックはうんうんと頷《うなず》く。エミールも、同情的な視線をデリックに向けた。

「なるほど。それで、どうなりました？」

青年は両腕を広げ、肩を竦《すく》めた。

「そんだけっす。最後に、アンジェラがヴェロニカに平手打ちを食らわせて、ヴェロニカは泣きながら走っていきました」

「平手打ち！」

「まあ、あの女ならやるかもな」

驚くエミールに対して、デリックは独り言のように呟《つぶや》き、まだ口元に残る傷を片手で撫《な》でる。エミールは、自分が頬を打たれたように痛そうな顔で、青年に先を促した。

「それで、アンジェラさんはどこへ？」

「さあ？　俺も、見てたってバレんのは気まずいんで、すぐ建物に戻りましたし」

「そりゃ、何時頃のことだ？」

「時計なんぞ、持ってません。けど発表が五時半だったから、六時とかそのへんじゃないですかね。ホントっすよ！　これで全部。くそ、せっかくいい金になるとおもったのに、酷《ひで》ぇ目に遭った。もう帰っていいっすよね？」

うんざりした顔で、青年は立ち上がった。痛む頭をさすりながら、独房を出ていこうとする。だがその上着の襟首を摑《つか》み、制止したのはデリックだった。そのまま青年を房内へ引き戻し、入れ替わりに自分とエミールは素早く外に出る。

「ちょ……だ、旦那《だんな》！」

ひとり独房に取り残された青年は、血相を変えて鉄格子に取りすがった。エミールは、申し訳なさそうに青年に告げる。

「すみません。もう深夜になってしまったので、危なくてこんな時刻にあなたを外に出すことはできません。朝になる頃には完全な素面《しらふ》でしょうから、あなたの身元を照会して、調書にサインをしてもらってからお帰りいただきます。大丈夫、朝食は出ますし、仕事には間に合うようにしますから」

「そ、それじゃ話が違うよっ！　騙《だま》しやがって！」

青年は鉄格子に顔を押しつけて抗議の声を上げる。だがデリックは、格子の隙間に指を差し入れ、青年の鼻をつついて陽気に言い放った。

「喋《しゃべ》ればすぐ帰してやるなんて、誰が言った？　ま、ゆっくりひと眠りしてけよ。おやすみ！」

そう言い残して、彼はエミールの肩をポンと叩き、そのまま二人で留置場を出て行く。

誰もいなくなった地下空間には、哀れな青年の罵声《ばせい》だけが響き渡っていた。

「なあ、どう思う？　あいつの話」

エミールのオフィスに向かって歩きながら、デリックは問いかけた。

デリックの大股についていくため時折小走りになりつつ、エミールは「うーん」と唸《うな》った。デリックは、片眉《まゆ》をヒョイと上げる。

「何だよ、疑わしいってか？　俺は、あいつが嘘をついているようには思わなかったけどな」

「ああ、それは僕も同意。だって、君があんなに凄《すご》んでくれていたんだもの。嘘をつく勇気はなかったと思うよ」

「じゃあ、今の『うーん』ってなぁ、何だよ？」

「うん、実はさ……。さっき、昼間の聞き込みの話、しただろ？」

エミールは腕組みして、肌寒い廊下を歩きながら言った。

実は、さっきの青年を留置場に入れて酔いが醒《さ》めるのを待つ間、二人はヤードのオフィスで一日分の情報交換をしていた。

本来、検死官が積極的に事件捜査に加わることは少ないのだが、デリックとエミールは幼なじみの気安さもあり、同じ事件を担当しているときは、よくそうして情報を共有し、意見を交換する。刑事としてまだ経験の浅いエミールには、デリックの異なる視点からの指摘が、大いに勉強になるのだ。

デリックも、ほんの少し歩くスピードを落とし、話を聞く態勢になる。

「おう。それが？」

「いや、わざとじゃなくて何となく言い忘れてたんだけど、ベントリー警部が管区へ行ったとき、聞いてきたことをふと思い出してさ」

「何だよ、それ」

もう誰もいない廊下には最低限の照明しかなく、二人は薄暗い廊下を歩きながら話を続ける。

「管区の人たちが、かなり丹念に聞き込みに回ってくれてるんだけどね。現場近くで野宿してた男が、事件のあった夜、女の悲鳴を聞いたんだって」

「あ？　そりゃ何時頃だ？」

「正確な時刻はわからない。だけど、寝ていてその声で目が覚めたっていうんだから……」

「深夜ってことか。あるいは、ヴェロニカの悲鳴って可能性もあるわけだ」

「そう。あんな倉庫しかないような場所で、女の人がうろつく用事なんてそうそうないからね。ヴェロニカさんの声である可能性は大いにあると思うよ」

ようやくオフィスに帰り着き、エミールは自席に戻った。もう午前一時を過ぎ、オフィスには誰も残っていない。部屋の半分だけ灯《あか》りを点《つ》け、エミールは自分の席に戻った。デリックも、隣の席の椅子に腰を下ろす。

「時刻さえわかりゃ、死亡時刻がハッキリしたのに、残念だったな」

デリックはそう言ったが、エミールは「そうじゃなくてさ」と、二人きりしかいないのに声をひそめた。

「聞いたっていう言葉が物騒なんだよ」

デリックも、エミールのほうに身体を寄せる。

「何て言ってたんだ？　ギャーとかそういうのじゃねえのかよ」

「それがね……。『ああ、どうしてなの、アンジェラ！』って言ってたらしい。凄《すさ》まじい大声ってわけじゃないのに、よく響いてハッキリそう聞こえたって」

「ああ、ヴェロニカだとしたら、女優だもんな。さもありな……って、アンジェラ⁉」

デリックは、珍しく驚きを露《あら》わにする。エミールは、優しい顔を引き締めて頷いた。

「そうなんだ。勿論《もちろん》、偶然の一致ってこともあるけど、場所と時間帯とアンジェラって名前を考えたら、それはヴェロニカさんの最期の声だと考えるのが妥当かなと」

「警部もそう言ってんのか？」

「うん。まあ昼間にその話を聞いたときは、いまわの際に、たったひとりの家族で同志の妹のことを思い出すのは、当然だろうなって結論に達したんだけどね。……でも、さっきの話を聞いたら、ちょっと違う意味合いにも解釈できるかなと」

デリックは、自由に動く左手の指で、机をトントンと叩《たた》いた。

「そりゃつまり、犯人がアンジェラだって可能性が出てきたわけか」

「うーん。まだそんなに剣呑《けんのん》な話じゃないよ。まだ容疑者を絞り込むところまでは来てないんで、それこそ関係者全員を疑いつつ事情聴取してるって段階なんだ。明日《あした》は、ヴェロニカさんの恋人のマイケル・イーリーって会計士に話を聞く予定だしね」

「ふむ。だがそれを聞いて、俺も思い出したことがある。俺の領分じゃないと思って、頭から追い出してたんだが……あの酔っ払いとあんたの話を聞いて、記憶が戻ってきた」

「えっ、何？」

今度はエミールが身を乗り出す番である。

「いや、今朝いちばんに、アンジェラが俺んとこに謝りに来たとき、ちょいと引っかかった発言があってな」

「どんな？」

「無論、姉さんの死に深くショックを受けてるような感じではあったんだが、ボソッと呟いたんだよ。『どうして、あんなことを』って」

「ん？　どういうこと？」

「普通なら、『どうして、あんなことに』だろ。どうして、あんなことになってしまったんだろう……ってのが、ありふれた疑問であり、嘆きだ。けど、『どうして、あんなことを』だと、どうして、あんなことをしたんだろう……になるよな」

エミールは、少年めいた顔に似合わない腕組みをして、うーんとしばらく唸ってから、異を唱えた。

「確かにちょっと変だけど、その場合、主語は『私は』だけじゃなく、『犯人は』って可能性もあるからさ。物凄く不自然ってわけでもないんじゃない？」

「その発言だけならな。けど、あの娘の左手首、服で隠れるところに、どうやら傷がある。包帯をしてた」

「えっ？」

それを聞いて、エミールは顔色を変えた。ヴェロニカの口の中から見つかった……彼女が最後の力を振り絞って犯人から齧《かじ》り取ったと思われる小さな皮膚片のことを、すぐに思い出したのだ。

「それってもしかして……」

「まあ、現時点ではただの怪我だ。いきなり俺が見せろって迫るのは筋違いだから、何も言わなかったぜ？」

「ああ、そりゃそうだよね。でもちょっと気になるな」

「気になるんなら、まずはあんたたちのほうで調べるんだな。あと一つ、あの被害者の手の中にあったボタンのことだ。こうなってみると、昨夜の兄貴の見立てがちょいと気に掛かってくる」

「……あ！」

エミールはポンと手を叩いた。

ヴェロニカが左手にしっかりと握り締めていた、あの小さなボタン。

デューイは、あれは白蝶貝《しろちょうがい》を削り、職人が丁寧に手作業で作ったものだと言っていた。

おそらくは特注品でとても高価な、そしてサイズ的には女性用のものだと。

「わざわざそんな高価なボタンをつけた服を着られる女性……。そして、そのボタンには、『A』の刻印……！」

エミールの声が、早くも興奮で上擦ってくる。一方のデリックは、ごく冷静に同意した。

「元貴族のお嬢さんだ、いくら勘当されたといっても、裸でお屋敷を放り出されたわけじゃあるまい。服の数枚くらいは持ち出せただろうよ。そして……『A』は、アンジェラの頭文字だな。勿論、偶然の可能性はこっちでも大いにあるが」

「だけど、そんなに偶然はいくつも重ならないよ。……ひたすらお姉さんの死を嘆き悲しんでる仲良しの妹だと思ってたけど、何か隠してるものがあるのかもしれないね」

「まあ、俺は捜査に関して、検死以外のことでどうこう出しゃばる立場じゃないけどよ」

そう前置きして、デリックは言った。

「どうもあの姉妹、ただ仲良しじゃ済まないものが……少なくともヴェロニカが死ぬ少し前にはあったってわかったわけだ。傷も含めて、色々ハッキリさせといたほうがいいんじゃないかね」

「だよね。……うん、早速朝になったら、警部に話してみるよ」

「それがいい。……そんじゃ、俺は帰りますか」

デリックは勢いをつけて立ち上がる。エミールも立って、少し心配そうに幼なじみを見た。

「ごめん、成り行きとはいえ、君をこんな遅くまで付き合わせちゃって。帰り、大丈夫？　車で送ろうか？」

「いいよ、最近運動不足だったからな。ブラブラ歩いて帰る」

「帰れなくはないだろうけど、危なくないかい？　君んち、確か……」

「ケニントンパークの近く。ま、さほど治安のいいとこじゃないが、前線ほどじゃねぇし」

「もう。君の比較対象はちょっと極端過ぎるよ！」

「いいから。それよか、あんたはどうすんだ？　ここで泊まりか？」

「僕は、彼の話を朝までに調書にまとめて、当直室で少し眠るよ」

「そっか。ま、寝不足で可愛い顔にクマを作らねえ程度にな」

「また可愛いとか言う！」

「事実は事実。そんじゃ、お疲れさん」

「君こそ。色々、付き合ってくれてありがとう」

ニヤッと笑うと、やはり眠そうに大あくびをしながら、デリックは背中越しに手を振り、オフィスを出て行く。

エミールも重くなってきた瞼《まぶた》をゴシゴシ子供のように擦《こす》り、さっき聞いた話を忘れないうちにと、書類用箋《ようせん》と万年筆をデスクの抽斗《ひきだし》から引っ張り出した。

デリックがテームズ南岸の自宅に戻ったときは、すでに午前二時近くになっていた。

深夜の気ままな散歩は心地よかったが、さすがに眠い。今夜は、悪夢を見ずにぐっすり眠れそうだ。

「……寝るか」

服を脱ぎ散らかし、下着一枚でドサリとベッドに倒れ込んだデリックは、手探りでサイドテーブルの上から平べったい紙箱を探り当てた。

濃い紫の地色に金字が眩《まぶ》しく映える、キャドバリーの「ミルク・トレイ」の半パウンド箱。蓋《ふた》を開けると、中には様々な形と味のチョコレートが詰め合わせになっている。

もともとは甘いものにさほど興味がなかったデリックだが、戦時中、前線で食べたチョコレートの旨《うま》さが忘れられず、今ではこうして、ベッドサイドにチョコレートの箱を常備するようになった。眠る前に毎晩一粒だけつまむのが、すっかり日課になってしまっている。

そんな話をすると、エミールなどは「寝る前にチョコレートなんて、虫歯になっちゃうよ。やめなって！」と呆《あき》れ顔をするが、もう二年以上もこの習慣を続け、虫歯はまだ一本もできていない。

「きっと俺の歯は、エナメル質が丈夫なんだよ」

そう嘯《うそぶ》いて、今夜もデリックは数秒どれにしようかと逡巡《しゅんじゅん》してから一つつまみ上げ、口に放り込んだ。

「……ん。旨い」

今夜のフィリングは、オレンジクリームだった。デリックがひときわ好きな味である。

彼らが幼い頃、チョコレートは高級菓子で、こんなふうに気軽に口にできるものではなかった。それが、工場での大量生産により、庶民でも気軽に買える価格帯で売り出されるようになったのだ。「ミルク・トレイ」が発売されたのは、確か第一次世界大戦が始まった翌年である。

今では、グロサリーストアで容易《たやす》く手に入るが、デリックにとっては、未《いま》だにチョコレートはささやかな贅沢《ぜいたく》の象徴で、ぞんざいに食べてしまうわけにはいかない。

嚙《か》むのは一度だけ、あとはゆっくりと口の中で混じり合い、溶けていくフィリングとチョコレートを楽しみながら、デリックは目を閉じた。

瞼の裏に浮かんだのは、いつもの戦場の光景ではなく、二年ぶりに再会した兄の顔だった。

出所したときよりうんと髪が伸び、あのヴィクトリアンな服装と相まって、デューイは恐ろしく浮世離れして見えた。

(ったく、どこで買ってくるんだ、あんないかれた服。あれで表に出たら、仮装パーティに行くのかと思われるぜ。おまけに、あんな厄介なガキを引き取りやがって)

チョコレートの余韻をまだ引きずりつつ、デリックはこれまた手探りで、枕元のランプを消した。ゆっくり目を開くと、闇の中にぼんやりと、家具や窓の輪郭が浮かび上がってくる。

(まだ元の生活も取り戻せてないのに、あんなガキを抱え込んで。やってけるのかよ)

兄は兄、自分は自分と突っ張っていても、お節介なエミールがデューイに会いに行くたび近況を報《しら》せてくれるので、出所後、デューイが一枚も絵を描いていないことは知っていた。

思ったよりも元気そうにしてはいたが、自分の顔の傷痕《きずあと》や動かない右手の指を見るたびつらそうにする、あの嫌な癖は相変わらずだ。

(俺に会えて、嬉《うれ》しいんだかつらいんだか、どっちかにしてくれよ。あんな風に中途半端に嬉しそうにされるから、どっかで切れねえんだ。……おまけに、あのガキ……。戦争の話が聞きたいとか、本気かよ)

戦場での陰惨な話など、その気になればいくらでもしてやれる。だが、父親の戦死のショックで声を失い、今また異国人の母親とも生き別れになった子供に求められるとなると、別問題だ。

嘘はつきたくないし、必要以上に戦場での生活を美化したくもない。だが、あの繊細そうな少年をこれ以上傷つけたくないという気持ちも強い。

「けど、知りたいんだろうな、自分の親父がどんなとこで、どんな風に死んだか。当たり前だよなあ」

デリックはそう呟《つぶや》いた。そして、近いうちに会いに行ってやらなきゃな……と心の中で思いつつ、ことりと眠りに落ちていった。

「ふーむ……。何だよ、エルフィン。お前、俺じゃなくてローウェル先生と組んだほうが、冴《さ》えた捜査ができるんじゃねえのか」

＊　　＊

それが、朝になって出勤してきたベントリー警部が、エミールの差し出したくだんの青年の調書を読み、デリックと話し合ったもろもろのことを聞いて、最初に発した言葉だった。

「そ、そんなことは。決して、警部を無視して動いたわけじゃ……」

慌てるエミールの金髪頭をポンと叩《たた》き、ベントリーはさっき脱いだばかりの帽子をヒョイと頭に載せた。

「行くぞ」

「えっ？　どこへです？」

「ばーか。それだけ考えておいて、即、行動しない阿呆がいるか。ガサ入れと取り調べを両方やっつけちまおう」

「えっ？」

青い目をパチクリさせるエミールに、せっかちなベントリーは、苛《いら》ついた口調でこう言った。

「アンジェラ・ドジソンだ。何か隠してるかもしれんのなら聞き出すまでだし、ボタンが気になるなら、捜すまでだろうが」

「で、でも、令状は」

「馬鹿野郎、そんなもんを取るのは、相手がガサ入れを拒否してからでいい」

「わ……わかりましたっ。すぐ、車を回します！」

デリックに大いに助けられたとはいえ、自分の推理が上司に認められたという喜びは何物にも代え難い。エミールは自分の帽子を引っ摑《つか》むと、跳ねるような足取りでオフィスを飛び出した。


ほんの三十分後、五人の制服警官を従え、ベントリーとエミールは、アンジェラの下宿を訪れた。ベントリーが宣言どおり、「あくまでも任意」の家宅捜索を決行したのだ。任意といっても、協力しなければ、それだけで何かを隠しているのではないかと疑われるわけで、実際には強制に等しい。

夜なべの針仕事でもしていたのか、まだ寝間着にガウン姿だったアンジェラは、驚きの色を隠さず、それでも渋々、突然の乱入者を受け入れた。

「よし。片っ端から引っ繰り返せ。……悪いな、お嬢さん。あとで、ちゃんと片付けさせるから、心配するな」

ベントリーは、居間の椅子を引いてどっかと腰掛け、声を上げた。それを合図に、皆、いっせいに散らばり、あちこちで捜索を開始する。

一応、「事件捜査に役立ちそうなものなら何でも」見つけたいのだと、ベントリーは捜索の趣旨をアンジェラに説明し、納得させた。しかし、本当の目的は、ヴェロニカの亡骸《なきがら》が握り締めていた「A」のボタンである。

他の制服警官たちに居間とヴェロニカの部屋の捜索を任せ、エミールは、前もってベントリーに指示されたとおり、本命であるアンジェラの部屋に入った。

不謹慎だが、元貴族の女性が下町でどんな部屋に住んでいるのか、興味を持たない男はいないだろう。エミールとて例外ではなく、いささかドキドキしながら彼は室内を見回した。

ベッドとクローゼットと足踏みミシンを置くとほとんどスペースがなくなる狭い部屋には、いかにもお針子らしく、裁縫道具や布地があらゆる場所に置いてあった。古びたトルソーには、仕立て中のドレスを纏《まと》わせてある。小さな本棚には、演劇の資料や、読み古した台本がぎっしり詰まっていた。お針子と女優、両方の仕事に真剣に打ち込んでいるさまがわかる部屋だ。

窓に面した机の上には、繊細な花模様の刺繍《ししゅう》が、やりかけのままで置かれていた。

「仕立物には触らないで！　お客様のなんだから」

開けっ放した扉の向こう、間続きの居間から、そんなアンジェラのやや尖《とが》った声が飛んでくる。とにかく小さな空間を無理矢理区切った狭い住まいなので、どの部屋にいても、物音も会話も筒抜けだ。

承知の返事をして、エミールは捜索を開始した。

最初にエミールが開けたのは、当然ながらクローゼットだった。

古道具なのだろう、観音開きの扉がややずれてしまっている粗末なクローゼットの中身は、ほとんどが舞台衣装だった。

どれもきらびやかに見えるが、よく見ると端布《はぎれ》を接ぎ合わせて染め、レースの不揃いな切れ端を縫い付けた、おそらくはアンジェラ手製の代物だ。

（そうか……。お針子なんだから、ボタンもたくさん持ってるはずだな。ここになければ、怒られても仕事道具を引っ繰り返すしかないか）

そんなことを考えながら、エミールは一着ずつ服を取り出し、丁寧にチェックしていく。

一方、居間からは、ベントリーとアンジェラの会話が聞こえてきた。

どうやら昨夜の青年の「タレコミ」について、アンジェラを問い質《ただ》しているらしい。

『なあ。オーディションの結果発表の後、あんたと姉さんが物陰で揉《も》めてたのを、見かけた男がいるんだよ。あんた、泣いてる姉さんをさんざっぱら罵《のの》ってたんだってな。何でそのこと、言わなかった？』

ベントリーが、まるで世間話のような調子でそんなことを言っている。

彼の事情聴取におけるテクニックは、いつもエミールを驚嘆させる。相手の容姿やほんの短い言葉のやり取りから、すぐにいちばん効果的な方法を選択することができるのだ。

丁重だったり、高圧的だったり、猫なで声だったり、恫喝《どうかつ》だったり……カメレオンのようにスタイルをコロコロ変えながら、ベントリーは、相手の心の武装を剝《は》ぎ取っていく。彼の言葉や態度に翻弄《ほんろう》されるうち、皆、むき出しの心をつい見せてしまうのだ。

『それは……姉妹の他愛ないケンカを、姉の死後、人様にお話しする必要などないと思ったからです』

アンジェラは、木で鼻を括《くく》ったような返事をしている。だが、それは予想済みだったのだろう。ベントリーは、嘲《あざけ》るような口調でこう反撃した。

『はっはあ。元貴族のご令嬢たちは、他愛ないケンカで平手打ちまでお見舞いすんのかい？　そりゃまた、激しいこった』

『……ッ』

アンジェラが息を呑《の》むのが、隣の部屋にいてもわかる。上司の老獪《ろうかい》な揺さぶりを受ける彼女に少し同情しつつ、エミールは作業を続けた。

「参ったな、こりゃ」

手作りの舞台衣装には、たくさんのボタンが縫い付けられている。しかも、手に入るものを片っ端から使っているのか、種類や大きさもバラバラだ。一つずつ、見落としのないよう調べていくしかない。

扉の向こうの会話に耳をそばだてながら、エミールは自分の仕事をひたすら丹念に進めた。

『なあ。ケンカの原因は何だ？　発表の後は、えらく感動的な光景だったらしいじゃねえか。ヒロインを勝ち取った姉さんを、敗者のあんたが祝福してさ。それが、なんで直後に平手打ちになっちまったんだ？　聞かせてくれよ』

『それは……ですから、ちょっとした意見の食い違いが』

『ちょっとした意見の食い違いで、平手打ちか？　そりゃねえだろ？』

執拗《しつよう》に平手打ちという言葉を繰り返すのは、それがアンジェラをもっとも動揺させる言葉だと見抜いたからだろう。実際、彼女の声は、明らかに乱れ始めている。

『それは……』

『それは？　何で祝福から一転、罵倒《ばとう》になっちまったんだ？　姉さんの何が、あんたをそんなに怒らせた？　教えてくれよ。なあ』

言葉は穏やかだが、声には、それを聞くまで帰らないという気迫が漲《みなぎ》っている。

エミールは、少し立ち位置をずらし、扉の陰から居間を覗《のぞ》き見た。

おそらく姉妹が毎日食事をしていたであろう小さなテーブルに、ベントリーとアンジェラが向かい合っている。ベントリーの大きな背中越しに、化粧ひとつしていないが十分に美しい、アンジェラの青ざめた顔が見えた。

彼女はテーブルの上で両手の指を軽く組み、じっと苦痛に耐えるような表情で言った。

「結果発表の後、姉は演出家のテレンス・パーカーさんのオフィスに呼ばれました。しばらくして出てきた姉の姿を見たら、悔しさより誇らしさがこみ上げてきて、私は姉を抱擁したけれど、姉はぞんざいに応じただけで、そのまま事務所を出て行ってしまったんです」

「ほう？　そりゃ何故だ？」

「わからなくて、追いかけました。それで……逃げようとする姉を捕まえて、咄嗟《とっさ》に建物の陰になる細い路地へ連れ込んだんです」

「そこで、何の話をした？」

「姉は、珍しく興奮した顔つきで、こう言ったんです。パーカーさんに、役をお受けできないと言ってきた、と」

「ええっ？」

エミールは、思わず驚きの声を上げてしまった。二人の視線が自分に注がれたのに気付いて、「すみませんっ」と慌てて頭を引っ込める。

(ちょっと待ってくれよ。パーカーさん、そんなこと一言も言わなかったぞ？)

わざとらしいほど作業に励む素振りをアピールしつつも、彼の耳は扉の向こうに釘付《くぎづ》けだった。

『姉さんは、なんでそんなことを言った？　発表直後は、喜んだんだろ？』

『とても。だから、オフィスで何かあったのって訊《たず》ねました。でも姉は、かぶりを振って、こう言ったんです。色々考えたけれど、私はやっぱり女優には向いてない、才能がないんだと思う……と』

『おいおい、待てよ。そりゃおかしいだろ。夢に見た、でっけえ舞台のヒロインを射止めたんだろ？　何とか言う役……』

『コーディリア』

『あーそうそう、それ。オーディションを勝ち抜いたのに、才能がないってこたぁないだろう。何でそんなことを言いだしたんだ？』

ベントリーの呆《あき》れ声に、アンジェラも荒々しく言い返す。癇癪《かんしゃく》の発作を必死で抑えこんでいるような声音だ。

『わかりません！　私、すっかり混乱してしまって、姉に食ってかかりました。どうして急にそんなことを言いだしたのか、どうしてそんなに簡単に、家を捨ててまで追いかけていた夢を諦《あきら》められるのかって。そうしたら姉は、泣きながらこう言いました』

アンジェラは、おそらくは生前のヴェロニカの口調を真似て、囁《ささや》くような声でこう言った。

『もうそう決めたの、わかってアンジェラ。私はあなたほど強くない……。あなたは次点だったそうだから、私が降板すれば、あなたがコーディリアになれるわ』

エミールは、再《ふたた》びそろそろと二人の姿が見える場所に移動する。アンジェラはベントリーを真っ直ぐ睨《にら》みつけていたが、その茶色い目には、みるみるうちに涙が盛り上がった。

「私、最後の一言を聞いた途端、頭に血が上ったんです。まるで自分が身を引いて、私に役を譲ってくれるみたいな言い方、本当に腹が立って……。馬鹿にしてるって思った」

「それで、姉さんに平手打ちか」

恥ずかしそうに、アンジェラは目を伏せて頷《うなず》く。その拍子に溢《あふ》れ出した涙が、やつれた頬に透明な筋を作った。

「許せなかった。いよいよこれからってときに、摑《つか》んだ夢をあんなに簡単に手放すなんて、ずっと一緒に頑張ってきた私への、最大の裏切りでしょう？　そのくせ、役が取れなかった私に同情して、役を恵もうとするなんて……あんまりです。だから、無意識のうちに、手が動いてました」

「で、ぶたれた姉さんはどうした？」

「ヴェロニカは頰を押さえて、青い目に涙を一杯溜《た》めて、ごめんなさいって一言残して走っていってしまいました。そのときの私は本当に腹を立てていて、姉を追いかける気もしなかったんです。ですから、家に帰って、猛烈に腹を立てたまま、仕立ての仕事を再開しました」

（なるほど。それでデリックに、「どうして、あんなことを」って言ったのか。あんなことって、ケンカのことだったんだな）

もう一度覗き見に気付かれたら、今度こそベントリーにどやされるだろう。そう思ったエミールは、そろそろと持ち場に戻り、衣服のチェックを再開した。

ようやく舞台衣装を調べ終わり、エミールは次に、クローゼットに残されたアンジェラの服を一着ずつ取り出す。きちんと手入れされているものの、どの服も極めて質素で、枚数も少ない。

（頑張ってきたんだよな、ホントに……）

しみじみと彼女の苦労を思いながら、服を見ていたエミールの手が、ピタリと止まった。その子供っぽい顔がみるみるうちに引き締まっていく。

「これ……だ！」

その服を引っ摑み、エミールは居間へ飛び込んだ。アンジェラとベントリーが、驚いた顔でエミールを見る。

「警部っ！　ありました！」

「おう！」

ベントリーは、エミールが差し出した服を受け取り、テーブルの上に広げた。

それは、女もののブラウスだった。

シンプルなデザインで、装飾は襟元のわずかなレースだけだが、象牙《ぞうげ》色の生地は上質のシルクで、仕立てもしっかりしている。レースも手編みのようだ。おそらく、実家から持ち出せた数少ない服の一着なのだろう。

アンジェラは、怪訝《けげん》そうにエミールとベントリーの顔を見比べた。

「私のものです。それが何か？」

「おい、お嬢さん。これは確かに、あんたのものなんだな？」

ベントリーの野性味溢れる男くさい顔には、獲物を見つけた猟犬のような期待と緊張感が漲っている。

「ええ、そうです。それが？」

「これを最後に着たのはいつだ？」

勢い込んで問い詰められ、アンジェラは困惑しつつも即答する。

「いつって……オーディションの結果発表があった日です。それは、実家を出るときに着ていたもので、今となっては、一張羅だから……晴れの発表の日に、期待を込めて着たんです。意味はありませんでしたけど」

吐き捨てるように最後の一言を付け足し、アンジェラは口を噤《つぐ》む。

エミールは、軽い興奮がザワザワと背筋を駆け上るのを感じながら、ごくさりげない風を装って問いかけた。

「ボタン……外れてるよね、いちばん下。いつから？」

するとアンジェラは、すっと通った綺《き》麗《れい》な鼻筋に皺《しわ》が寄るほどの顰《しか》めっ面になった。

予想だにしない質問だった上、だらしなさを指摘されたようで、不愉快だったのだろう。

「わかりません。着ようと思ったら、なくなっていたので。でも、どうせスカートの中に入れる部分だから、なくても困らな……」

「本当か？」

いくぶん言い訳めいた返事を乱暴に遮ったのは、ベントリーだった。アンジェラは、ますます不機嫌になる。

「何がですか！」

「着ようと思ったらなくなっていた。それは本当かと訊《き》いてるんだ」

「そんなことで、嘘をついて何になるんです」

「なるから訊いてる。……いいか、あんたの姉さんは、左手にこいつを握り締めて死んでたんだ」

ベントリーは、上着のポケットから小さな袋を引っ張り出した。中から取り出したのは、くだんの「A」の文字が刻まれた飾りボタンである。

「えっ！」

アンジェラの目が、カッと見開かれる。その唇は小刻みに震えるだけで、一言も発しない。

ベントリーは片手にボタンを持ったまま、もう一方の手で、ブラウスの胸元を指した。

「見ろ。このブラウスのボタンと、まったく同じだ。このボタンに刻まれた文字は、白《しろ》蝶貝《ちょうがい》に一つずつ手彫りしたもんだそうだ。そこいらじゅうにあるような代物じゃねえ。……これはいったい、どういうことなんだろうな」

「どうして……？　どうして、姉はそんなものを握って……？」

「そりゃ、こっちが聞きたいね。ああ？　実は姉さんと夕方に揉《も》めたとき、落ちたもんじゃねえのか？　それを姉さんが拾って持ってたんじゃねえのかな？」

「そんな……」

アンジェラは、幽霊を見たような顔をして立ち上がった。一歩後ずさり、信じられないというように小さく首を振る。そんな彼女に追い打ちをかけるように、ベントリーはテーブルを回り込んで彼女の真ん前に立ち、こう言い放った。

「もう一つ、あんたに言っとくことがある。姉さんが殺された夜、現場近くで寝てたホームレスが、女の声を聞いてる。何て言ってたか、聞きたいか？」

「……ええ」

紙のように白い顔をして、それでもアンジェラは、テーブルに片手を突いて身体を支え、強気に頷いてみせる。

ベントリーは、まるで残酷な託宣でもするように、ニヤリと笑って言った。

「アンジェラ」

「えっ……？」

「正しくは、『ああ、どうしてなの、アンジェラ』だそうだ。俺は役者じゃないから、情感たっぷりに再現できなくて悪い。姉さんの声だと決まったわけでもないが、アンジェラ、ねえ。まあ、偶然の一致だと思いたければそれでもいいが」

「……」

張り詰めた糸が切れたように、アンジェラの細い身体がよろめく。ベントリーは、楽々とそんな彼女を片腕で支え、再び椅子に掛けさせた。

「どうだ、お嬢さん。……何か言うことはあるか？　こっちには、あんたに聞かなきゃならんことが色々できたように思うんだが」

だがアンジェラは、ただ俯《うつむ》くばかりで、何も言おうとしない。

エミールは、ただ固唾《かたず》を呑《の》んで、二人の様子を見比べる。

がたつくテーブルと椅子しかない居間で、しばし時間は凍り付いたようだった。アンジェラは黙りこくり、ベントリーも、獲物を追い詰めた自信があるのか、これまた沈黙を保っている。

カチ、コチ……と、壁掛け時計の音が、やけに大きく鼓膜を打った。

そして……。

ゆっくりと顔を上げたアンジェラは、青ざめた、けれど何か覚悟を決めたような毅然《きぜん》とした表情でベントリーを見た。色を失った唇が、震えながらもはっきりした言葉を紡ぐ。

「私です。私が、姉を殺しました。……私が！」

まるで舞台の上で語られる台詞《せりふ》のように、アンジェラは胸を張ってそう告げた。さすがのベントリーも、期待した自白であるにもかかわらず、咄嗟《とっさ》に応じることができずにいる。

エミールもまた、魅入られたように、ただ目の前の女性の美しい顔を凝視していた……。

いささか唐突ではあったが、とにかく、姉殺しを自供した以上、アンジェラを自由にしておくわけにはいかない。

ベントリーがアンジェラをスコットランドヤードに連行し、エミールは、現場で念のため、他にも殺人の証拠物件がないか、制服警官たちと捜索を続けることになった。

だが、これといった収穫がないまま、捜索を終えてオフィスに戻ってきたエミールを待っていたのは、デリックだった。

「よう。昨夜はお疲れ。ロウ先生のお使いで、上のフロアに書類を届けに来たんだ。ついでに、いつになったらヴェロニカ・ドジソンの遺体を返していいのか、訊こうと思ったんだが……遺体引き受け人のアンジェラが、早速逮捕されたって?」

自分の椅子に座り、あまつさえ自分のティーカップでお茶まで飲んでいる幼なじみを呆《あき》れ顔で見やり、エミールはボウラー帽を脱いで壁のフックにヒョイと引っかけた。

「うん。急に姉殺しを自供しちゃったもんだから。こっちに連れてきて、今、ベントリー警部が尋問中だと思うよ。……実はさ」

エミールは、今朝の出来事をデリックに語った。黙って聞いていたデリックは、小首を傾げる。

「うーん……。ホントかね」

「ホントかねって、昨夜、彼女が怪しいって話をしたのは僕らじゃないか」

「それはそうなんだがな」

「何さ？」

「……いや」

確かに、アンジェラには不審な点がいくつかあった。だがデリック自身は、何か隠していることはあるにせよ、彼女が実の姉を殺した犯人だとは思えなかった。

昨日、二人きりで会ったときの彼女の誇り高く清冽《せいれつ》な印象を思い出すと、いくら短気でも、そしてずっと二人三脚で頑張ってきた姉に裏切られたとしても、怨恨《えんこん》で相手を殺すとは思えない。まして、実の姉の死体を倉庫街、しかも雨の中に打ち棄てていくような人物だとは、とうてい信じることができないのだ。

ただ、何の根拠もない考えを披露するほど、彼は愚かではない。だから、それに関しては曖昧《あいまい》にコメントを避け、代わりにこう言った。

「参ったな。そりゃ、しばらくヴェロニカの遺体は返せねえか。死体用の冷蔵庫は金がかかるから、出来るだけ早く出しちまいたかったんだがな」

「ごめん。これからの取り調べ次第だと思うんだけど……あと数日は、保管してもらうことになりそうだ」

「みたいだな。ま、しゃーねえ。さてと、用事も済んだし、俺ぁ帰るか」

そう言って、デリックは立ち上がった。空っぽのティーカップを見下ろし、悪戯《いたずら》っぽい笑みを浮かべて訊《たず》ねる。

「やっぱ、カップは洗って帰るべきかね？」

「いいよ、僕がやる」

「そっか？　悪いな。じゃあ……」

悪びれた様子のない笑顔でそう言うと、デリックはオフィスから去ろうとした。だが、それより早く飛び込んできた男性に激突しそうになり、危ういタイミングで飛び退く。

「な、何だ!?」

ずっと走ってきたのか、大汗を掻《か》いてやってきた男性の常ならぬ姿に、オフィスにいた他の刑事たちも、動きを止めて咄嗟に身構える。

中肉中背、いかにも大人しそうな男は、ぜいぜいと肩で息をしながら、こう言った。

「ベントリー警部はどなたでしょうか！」

皆の視線が、男からエミールに移る。エミールは、急いで男の傍に駆け寄った。

「ベントリーは、僕の上司です。今、手が離せないんですが、どのようなご用で……」

「ヴェロニカを殺したのが、アンジェラだというのは本当ですかっ！」

「えっ？」

エミールは驚いて、男を頭のてっぺんからつま先まで素早く見た。

さほど仕立てのよくない、しかしこざっぱりした感じのいい上下を身につけたその男は、どこか滑稽《こっけい》な丸眼鏡を掛け、頭頂部がいささか薄くなった赤毛をぴっちりなでつけていた。大きな書類鞄《かばん》を提げていることから、堅気の職に就いていることは明らかだ。その容姿が、ヴェロニカの職場だった「ハワーズ・チョップハウス」の店主が言っていた人物の特徴と一致することに気づき、エミールは男に問いかけてみた。

「もしかして、ヴェロニカさんの恋人の、マイケル・イーリーさんですか？」

すると男は、勢い込んで頷《うなず》いた。

「そうです！　あの、連絡を頂いていたので、こちらにも伺わなくてはいけないと思っていたんですが、その前に、外回りの途中、心配で、アンジェラの様子を見に行ったんです。そうしたら大家さんにアンジェラが逮捕されたって聞いて、もう、いても立ってもいられなくなって……」

「あー、ちょ、ちょっと落ちついてください。事情をご説明しますし、あなたからもお話を伺わなくちゃいけないので、ちょっと別室へ来ていただけますか」

まくし立てるイーリーに閉口しながらも、エミールは男を取調室へ誘《いざな》おうとする。だがイーリーは、軽い混乱状態にあるらしく、エミールの指示が、上手《うま》く通じていない様子だ。

「別室って何ですか！　みんな、僕をのけ者にし過ぎだよ！　僕は、ただの恋人、まだ他人だからって、ヴェロニカの遺体と対面すらさせてもらえてないんですよ。ヴェロニカが死んだことだって、アンジェラから連絡を受けて、初めて知った。それからのことは、新聞とアンジェラを通じてしか、知る方法がないんです。それなのに、アンジェラまでいなくなったら、僕はどうすれば……！」

「いや、あの、だから」

アワアワするエミールを見かねて、帰ろうとしていたデリックは引き返してきて、エミールに耳打ちした。

「……やれやれ。帰る前に、ちょいと付き合ってやるよ」

「でも、取調室に検死官とはいえ、部外者を理由なく入れるわけには……」

「ずいぶん興奮してるようだからな。落ちつくまでは、医者が一緒にいたほうがいいだろ。錯乱した奴を宥《なだ》めるのは、戦場で慣れっこになった」

そう言って自分を指さすデリックに、エミールはあからさまにホッとした顔つきになる。

「そ、それもそうか。……ありがとう、助かるよ」

恩着せがましく手助けを申し出たものの、実は、自分が解剖したヴェロニカの恋人だったという男に興味をそそられてしまったデリックである。エミールの感謝の視線に鷹《おう》揚《よう》に応《こた》えつつ、彼は素知らぬ顔で取調室に同行した。

「取り乱してしまって、本当にすみませんでした。ヴェロニカの死で十分過ぎるほど動揺したところに、まさか犯人がアンジェラなどとは想像もしていなくて、あまりに驚いたもので……つい」

取調室で、デリックにブランデーと水を適切な量とタイミングで与えられたイーリーは、ようやく落ち着きを取り戻し……いささか取り戻しすぎて、すっかり恐縮してしまっている。

最初の様子から強気な人物なのかと思いきや、今は明らかにオドオドしているし、視線は定まらないし、汚れてもいない眼鏡を何度も外してハンカチで拭《ふ》いているし、何とも肝の小さそうな、冴《さ》えない男である。

一応、まだイーリーの傍らの椅子に腰掛け、経過を見守っているデリックは、内心、少なからず驚いていた。

(あんな綺麗《きれい》な、しかも元貴族のお嬢様が、こういう奴と付き合っちまうのか。珍しいもんに惹《ひ》かれるとか、そういうアレか?)

外見がすべてだと考えているわけではないが、それにしてもヴェロニカとイーリーでは、どうにも釣り合いが取れないように感じる。

そんなデリックの感慨を知るよしもなく、エミールは、イーリーと話を始めた。まず、ヤード側で調査済みの彼の身の上を確認する。

マイケル・イーリー、三十五歳。ヨークシャー出身。会計士になって三年目で、現在はシティのベイ会計事務所に勤務する、雇われ会計士のひとりである。ヴェロニカ・ドジソンとは、約一年前、ヴェロニカの勤め先である「ハワーズ・チョップハウス」で店員と客として出会い、後に交際に発展した。まだ、婚約はしていない。

それが、イーリーの現在の立場である。

エミールから、アンジェラが逮捕された経緯を簡単に説明されると、イーリーは何とも意味ありげな表情で、「……ああ」と呟《つぶや》いた。

その奇妙な反応を、エミールは見逃さなかった。やわらかな雰囲気の持ち主なので、つい軽く見られることが多い彼だが、いわゆる刑事の勘は、立派に持ちあわせているのだ。

「どうなさったんです？　姉妹がケンカしたことを聞いても、驚かないんですね。もしや、姉妹げんかは、しょっちゅうあったことなんですか？　あなたの前でも？」

するとイーリーは、両手を軽く上げ、大袈裟《おおげさ》にそれを否定した。

「いやいや！　僕の目の前で、あの二人が争ったことなんて一度もありません。とても仲のいい姉妹でした」

「だったら、どうして」

「ただ……その、ヴェロニカがその日、アンジェラを怒らせたことを、僕は彼女から聞いていたもので」

「えっ？　いったい、いつ、どこでです？　オーディションの結果発表の後、あなたはヴェロニカさんと会ったんですか？」

アンジェラとケンカ別れしてから殺害されるまでの空白の時間を埋めるかもしれない

人物の出現に、エミールの声にも熱が籠《こ》もる。

するとイーリーは、途端に再び落ち着きをなくし、視線を彷徨《さまよ》わせ始めた。

「あのう……、こ、これは、決して職場には……ベイ先生には、告げ口せずにいてもらえますか？　僕はまだ駆け出しですがこの歳だし、出来がいいほうじゃないし、代わりはいくらでもいるんです。もし、こういうことがばれたら……ぼ、僕はクビに……」

「あー、大丈夫大丈夫。警察には、守秘義務があるんだ。心配すんな。なあ、ドレイパー刑事？」

男の肩を抱いて上手に宥めつつ、デリックはエミールに水を向ける。エミールも、慌ててハッキリとそれを肯定した。

「勿論《もちろん》です。捜査協力者の生活をいたずらに脅かすようなことは、僕らはしません。どうか安心して、真実を打ち明けてください」

「ほ、本当、ですか」

もう一度念を押してから、イーリーは蚊の鳴くような声でこう言った。

「実はヴェロニカが殺された夜、僕は、しばらく彼女と一緒にいました。……そ、その、職場で。僕は、残業中だったんです」

「それは、何時頃の話ですか？　誰か、一緒にいた方は？」

イーリーは力なくかぶりを振った。

「誰もいません。その、午後七時頃までは事務所に居残っている同僚がいましたが、ヴエロニカがやってきたのは、午後十一時近かったと思います」

「午後十一時？　会計士ってのは、そんなに忙しいのか？」

思わず、デリックが混ぜっ返す。エミールに軽く睨《にら》まれてすぐに口を噤《つぐ》んだものの、イーリーにとっては、どちらに質問されてもこの際気にならないらしい。素直に応えた。

「いえ。僕は下っ端なので、事務所を経営するベイ先生のお手伝いで、本来の勤務時間の大半が潰《つぶ》れてしまいます。自分自身が担当する会社の帳簿は、居残りで片付けざるを得ないんです。要領も……悪いんですけど」

机の上で、イーリーは組み合わせた両手の指を忙しく動かしている。無意識の動作だろうが、それはまるで、彼の苛立《いらだ》ちや不安の強さを示す測定器の針のようだ。

エミールは、できるだけイーリーを刺激しないよう、努めて穏やかに問いかけた。

「なるほど。あなたがひとりで残業している会計事務所に、ヴェロニカさんがやってきた。そういうことは、以前にも……？」

「まさか！　一度もありません。彼女は正真正銘のレディですし、僕も、会計士という職業柄、紳士たろうと心がけています。でも、あの夜のヴェロニカは、普通じゃありませんでした。事務所の前にタクシーが停まったと思ったら、彼女が泣きながら事務所に入ってきたんです。腰を抜かしそうになりましたよ」

「ふむ、どうぞ続けてください」

エミールは、愛用の手帳でメモを取りながら、小さく頷《うなず》いて話を聞いている。その真《しん》摯《し》な態度に少し安心したのか、イーリーの身体から、少しずつ力が抜けた。デリックも、彼から手を離し、椅子の背に深くもたれる。

「僕の自宅へ行ったけれどいなかったので、職場に来たのだと言っていました。ヴェロニカの名誉のためにもう一度ハッキリ言いますが、約束もなく深夜に恋人の職場に押しかけるなんて、そんな不作法なことを彼女がしたのは、誓って初めてです」

「それは重々承知しました。で、あなたはどうしたんですか？」

「どうしたって……それは困惑しましたし、正直、仕事が佳境でしたから、多少は迷惑に思いましたよ。とはいえ、恋人が泣きながら弱り切った様子でやってきたというのに、そのまま追い返すわけにはいかないでしょう。事務所に誰もいないのを幸い、応接室に通して、熱いお茶を飲ませました。しばらくひとりになりたいというので、彼女をそこに残し、僕は席に戻って仕事をしていました」

「なるほど。それから？」

「一時間あまり経った頃でしょうか。彼女はようやく泣き止んで、応接室から出てきました。さすが高貴な生まれだけあって、立派に落ちつきを取り戻していましたね。それで、改めて何があったのかと訊《たず》ねてみたら……」

「みたら？」

「オーディションの結果を巡って、アンジェラと仲違《なかたが》いをしたと。諍《いさか》いの内容を僕に語ろうとはしませんでしたが……まさか、そんな理由だったとは」

「……ふむ」

「帰りづらくて他に行くところがなかった、こんなはしたない真似をして済まない、恥ずかしいと、彼女は僕に詫《わ》びてくれました。ですから僕は、彼女を家まで送って行き、アンジェラと仲直りする手助けをしようと思ったのですが……」

「ふむ？」

「彼女は、これは姉妹二人で解決しなくてはいけない問題だと、そう言いました。たぶん、僕に話すことで気持ちの整理がついたんでしょうね。……会計事務所はシティにありますが、彼女たちの下宿は川向こうのロザハイズです。けっこうな距離ですし、もう真夜中を過ぎていましたから、せめて自宅まで送ると言ったんですが、頭を冷やしながらひとりで帰ると主張して、どうしても譲りませんでした」

「待てよ。だからって、そんな深夜に、若い女性をひとりで帰らせたのか、あんた？」

思わずデリックは、非難めいた声を上げてしまう。イーリーは神経質そうに、額の汗を再び拭《ふ》いた。

「普段は穏やかなヴェロニカですが、こうと決めたことは譲らないところがあります。そういうところは、アンジェラと姉妹ですよね。心配でしたが、僕もその……強く言われると、つい引いてしまうたちで……。ですから、せめてこれだけはとタクシーを呼びました」

「タクシー？　運転手はわかるか？」

「はい。会計事務所の先生が外出の際にしょっちゅう使う、馴染《なじ》みの運転手です。ですから深夜でも、嫌がらず来てくれました。ゴードンという男で」

デリックは、エミールをチラと見る。エミールは、運転手の名前をすぐに手帳に書き付けた。

「だが、どうやらあんたの恋人は、それで自宅まで帰りはしなかったようだな」

「途中で降りたのかもしれません。その、彼女たちはけっして豊かな暮らし向きではありません。僕の自宅を経由して事務所に来るだけで、ずいぶん散財したはずです。もしかすると、財布にお金がなくて、すぐに降りたのかもしれない。ああ、どうしてそのことに、今まで思い当たらなかったんだろう」

話しながら、後悔が胸に押し寄せてきたのだろう。イーリーは、両手で顔を覆って、啜《すす》り泣きをし始める。

「ああ、こんなことなら、無理にでも送っていけばよかった。強く出ればよかった。今はそう思います。まさか、あのあとヴェロニカがそんなことになっていたなんて。……僕は馬鹿だ！　姉妹げんかで急ぎの仕事をしている僕を邪魔するなんてと、少しだけ腹を立てた自分が、僕は、僕は……許せませんっ」

「おいおい……」

デリックはゲンナリして、エミールのほうを見た。ところがエミールは、苦笑いで立ち上がると、手帳を指さし、電話をかけるアクションをしてみせる。どうやら、ゴードンというタクシー運転手に、すぐ裏を取るつもりらしい。

（おい、冗談じゃねえぞ。何で俺が、こいつとここに二人きりで残されなきゃいけねえんだよ）

デリックは「お前が何とかしろ」のブロックサインを出したが、エミールは片手でごめんなさいのポーズをすると、そそくさと取調室から出ていってしまう。

「あ、おい！　エミ……ドレイパー刑事！　ああ、くそ」

医者として同席している以上、取り乱しておいおい泣いている男をこのまま眺めているわけにもいかない。

「まあ、そういうこともあるって。人生、何もかも思い通りにゃいかないもんだしさ。なあ、いい加減泣き止めよ。俺、おっさんを慰めるのは得意じゃねえし……」

どうにもやる気のない慰めの言葉を儀礼的に口にして、デリックは自由に動くほうの左手で、男の背中をぽんぽんと叩《たた》いたのだった……。

＊　　　＊

その頃、ローウェル骨董《こっとう》店では、デューイが馴染みの顧客を見送り、決して広くない店内を見回していた。

エミールの父親は腕のいい家具職人で、デューイの父親の代から、アンティーク家具の修繕を引き受けてくれている。

今売れたのも、彼が丁寧に修繕したロッキングチェアーだった。まだアンティークというほど年を経てはいないのだが、肘《ひじ》置きの曲げ木細工が美しい、どんな邸宅にも映えるシンプルかつ優雅な逸品である。

いつもなら、家具はデューイが綺麗《きれい》に梱包《こんぽう》した後、トラックを手配して客の希望の場所へ届けるのだが、今日はよほど椅子が気に入ったのか、客がみずから使用人を呼びつけ、荷馬車でそのまま持ち帰ってしまった。

おかげで店の真ん中に、ぽっかりと空間ができてしまっている。

「少し、寂しくなったな」

無論、ロッキングチェアーは商品だし、それが売れて現金収入があるのはありがたいことだ。それでも、気に入っていた品が店から消えると、いつも一抹の寂しさを覚えずにはいられないデューイである。

空いた場所に、次は何を置こうか……と考えながら、デューイは右足を軽く引きずり、店の奥にある、帳場兼作業机に戻った。

店内をうろつく程度なら、杖《つえ》がなくてもどうにか歩ける。古びた椅子に腰を下ろした彼は、鍵《かぎ》付きの抽斗《ひきだし》を開け、中から布包みを取り出した。

さらに同じ抽斗から金細工用の工具を出して机に並べ、さて作業を始めようと思ったところで、奥の扉が開き、黒い頭がヒョイと覗《のぞ》いた。

「おや？」

視線を上げたデューイに、ケイはいつものはにかんだ笑みを浮かべ、歩み寄ってきた。デューイの傍らに立ち、机の上のブローチをじっと見下ろす。もの問いたげな顔つきに、デューイはブローチを軽く持ち上げてみせた。

「そう、君がここに来た夜、見せたブローチだよ。気になるかい？」

ケイはこっくり頷いた。どうやら、ブローチにもデューイの作業にも興味があるらしい。

綺麗に拭き、軽く磨いたブローチは、本来の美しさを取り戻しつつあった。

地金は金で、軽く波打った五線譜にアイビーがあしらわれているという、変わった意匠である。

しかも五線譜の上には、音符が三つと休止符が一つリズミカルに踊っていて、音符の「おたま」の部分には、本来、ごく小さな宝石が嵌《は》め込まれていたらしい。

だが現在、宝石はすべて失われ、留め金がささやかにその痕跡《こんせき》を留《とど》めているのみだ。

「ずいぶん綺麗になっただろう？」

ケイは頷《うなず》き、サラサラとノートにペンを走らせた。

『今日は何をするんですか？』

「本来、音符を飾っていたはずの石を嵌め直すんだ」

そう言いながら、デューイは抽斗からもう一つ、ごく小さな絹布の包みを出した。中から出て来たのは、美しくカットされた、様々な色の小さな石だった。

「綺麗だろう？　ただし、本物の宝石じゃない。お客様のご予算の都合があるからね。それでもクリスタルガラスを奮発したから、安物の宝石よりずっと美しいと思うよ」

黒い瞳《ひとみ》を輝かせて、ケイは頷く。別にケイに見られていても邪魔にはならないので、デューイは先端が針のように尖《とが》ったピンセットで、宝石、もといガラス玉を丁寧につまみ上げた。一つずつ、音符の留め金の上に仮置きしてみせる。

「こんな風に嵌め込んでいくんだ。ただし、美術学校で習いはしたけれど、僕は金細工の専門家じゃないからね。これを作った職人ほど上手にはできないと思う。でも、このブローチを買ってくれたお客様は、大事な人へのプレゼントにしたいと仰《おつしや》っていた。その気持ちに、精いっぱい応《こた》えたいんだ」

するとケイは、不思議そうに小首を傾げた。

『全部、石の色が違ってます』

「そう。この色順で、石を置かなくちゃいけないんだ。もともとあった宝石の色に、できるだけ近い色のガラス玉をね」

『どうして、もともとあった宝石の色がわかるんですか？　最初から、石はなくなってたって前に……』

「よく覚えていたね。そう、宝石は、このブローチがわたしのもとに来たときには、すでに失われていた。きっと、持ち主が変わる間に、一つずつ外れ、失われていったんだろう」

でも、わかるんだよと言って、デューイはケイに笑いかけた。

「音符は三つある。一つ目はダイヤモンド、二つ目はエメラルド、三つ目はアメジストだったはずだ」

ケイはキョトンとした。文字を書かなくても、その表情が「どうして？」と雄弁に問いかけている。

「ふふ、どうしてそう自信を持って言い切れるかは、また今度、種明かしをしよう。ところで、三時までは勉強する約束だったね？」

デューイは表情を引き締めてそう言った。

まだロンドンにもデューイとの二人暮らしにも慣れていない上、声を失ったままのケイである。いきなり地元の学校に放り込むのはあまりにも可哀想だと考えたデューイは、落ちつくまでしばらくは、自宅で勉強させることにしたのだ。

午前九時から正午まで、そして午後一時から午後三時までは二階の自室か居間で勉強すること……と、初日に二人は取り決めた。

子育ての経験は皆無のデューイだが、子供に決め事を守らせる大切さは、自分と弟の子供時代を思い出せば自明の理である。

しかしケイは、軽く口を尖らせ、ノートに何か書き付けた。

『今日の分は、もう終わりました！　文法も、算数も！』

最後のエクスクラメーションマークに、少年の自慢と不満が両方垣間見《かいまみ》えて、デューイは苦笑いした。

「そう。よく頑張ったね。じゃあ、少し早いけれど、もうお茶にしようか？」

しかしケイはかぶりを振り、こう書き加えた。

『作業を見ていたいです。いえ、それよりデューイさんの作品を見せてほしいです』

「作品？」

『絵』

その文字を見て、デューイは酷《ひど》く痛そうな顔をした。眉根《まゆね》を寄せ、何かをこらえるように唇を噛《か》みしめる。

思わぬ反応に、ケイは戸惑って目をパチパチさせた。

そんな少年の幼い顔をしばらく見つめていたデューイは、溜《た》め息をついてブローチを抽斗に片付け、鍵を掛けた。それからゆっくりと立ち上がり、愛用の杖に手を伸ばす。

「そうだね。これから一緒に暮らすのに、いつまでも黙っていても仕方がない。……店の表に休憩中の札を掛けて、鍵を掛けておいてくれるかい？　それから、三階においで」

ケイの反応を見ようともせず、デューイは独特の重い足音を立てて階段を上がっていく。

「…………？」

何かまずいことを言ったのだろうかと不安になるが、亡き父親から、親友のデューイ・ローウェルは素晴らしい画家だと聞かされて育ったケイである。絵を見たいと言ってあんなふうに悲しい顔をされては、戸惑うばかりだ。

とはいえ、ここに来た日、家の中をひととおり案内してくれたデューイは、三階は「アトリエ」だと言っていた。そこに来いと言うからには、作品を見せてくれるつもりに違いない。

困惑しつつも胸を躍らせ、少年は店を閉めると、急な階段を軽やかに駆け上がった。

「ここが、わたしのアトリエだった部屋だ。十八で美術学校に入って以来、ずっとここで絵を描いてきたんだ。君のお父さんは若くして彫刻家の道を諦《あきら》めてしまったけれど、本当に才能がなかったわけじゃない。この部屋のレリーフは、お父さんの力作なんだよ」

ケイが入って行くと、窓際に立っていたデューイは、懐かしそうな口調でそう言った。

ケイは、おずおずと室内に入った。

広い部屋には大きな窓があり、太陽の光がふんだんに差し込む。漆喰《しっくい》塗りの壁は白く、天井近くには、美しい葡萄《ぶどう》の蔓《つる》と果実のレリーフがところどころに施されていた。

「…………」

呆然《ぼうぜん》とした顔で壁に近づくケイに、デューイは微笑んで頷く。

「地方領主の家に生まれた責任感から夢を諦めた君のお父さんだけれど、本当は素晴らしい才能の持ち主だったんだ。この部屋の壁が、その証明だよ」

こんな場所で、まさか父の「作品」と巡り会えるとは思ってもみなかったのだろう。

ケイはしばらく放心したようにレリーフを見上げていた。

やがて振り返った彼は、佇《たたず》むデューイに気付いてうっすら頬を染めた。

『ごめんなさい。絵を見せてもらいに来たのに』

「いいんだよ。絵は、ここにあるだけなんだ。好きに見てくれるといい」

気を悪くした様子もなくそう言って、デューイは部屋の片隅に置かれた木製の椅子に腰を下ろした。背もたれの低いその回転椅子のすぐ近くには、真っ白なキャンバスを立てかけたイーゼルや、画材を満載した丸テーブルが置かれている。

ケイは、ゆっくりと壁に沿って歩いてみた。デューイの描いた油絵や水彩画が、実に無造作に壁に立てかけてあったり、机の上に並べてあったりする。額装されたものもいくつかあったが、ほとんどはむき出しのままだった。

「…………？」

ケイにとって不思議だったのは、床に、そして平らに置かれた絵の上にさえ、明らかに埃《ほこり》が積もっていることだった。室内には画材の匂いがこもり、長いあいだ、掃除も換気もされていないことが明らかだ。

乱雑に置かれた絵は、どれも美しかった。

いつか父親が、デューイのことを「あいつは、次代のターナーと言われてるんだぞ」

と我がことのように自慢していたのをケイは覚えている。ターナーの絵は美術館で見たことがあるが、デューイの絵はあそこまで力強くも、ドラマティックでもない。ただ、美しい田園風景や町並みを、ただひたすら丁寧に素直に描いていて、それが不思議と心に響く。おそらく、描かれた葉の一枚、空に浮かぶちぎれ雲の一つにまで、デューイの優しい眼差《まなざ》しが感じられるからだろう。

三十枚あまりあるそれらの絵を見て歩いたケイは、机の上にあったキャンバスをデューイのところに持って来た。それは、嵐の中、まだ若いリンゴの苗を守るため、一生懸命に支柱を立てている若き農夫を描いた油絵だった。他の作品よりも、比較的ざっくりとしたタッチで描かれている。

唇の形で、「これが、いちばん好き」と伝えられて、デューイは微笑む。

「ありがとう。わたしも、これはとても好きだよ。部屋に飾って楽しむには激しすぎる絵かもしれないけれど、君が気に入ったなら、今度、額装してあげよう」

あっさりそう言われて、ケイは嬉《うれ》しそうに笑った。それから、不思議そうにデューイの背後にある白いキャンバスを見る。

『今は、何を描いているんですか？』

そんな無邪気な問いに、デューイはそっと目を伏せ、低い声で言った。

「わたしはね、もう絵は描かないんだ。刑務所の中で、そう決めた。わたしには、絵を描く資格がないんだよ。……お母さんから聞いているだろう？　わたしが徴兵拒否をして、服役していたということ」

ケイは途方に暮れた顔つきで、それでも素早くノートに文字を書き付ける。

『聞きました。戦争に行くのは国が決めたことだから、それを断った人は牢屋《ろうや》に入らなきゃいけない。でも、牢屋の中でいっぱい働いて償ったんだから、もう罪はなくなったのよって』

「そんな風に君に説明してくれたのか。君のお母さんは、とても優しい人だね」

さっきと同じように苦しげな声で、けれど穏やかにデューイは言った。ケイは、迷い迷い何度も線を引いて書き直してから、短い問いを投げかけた。

『罪はなくなったんじゃないんですか？』

デューイはきつく眉《まゆ》をひそめ、目を閉じて、しばらく沈黙した。彼の胸中はわからなくても、とても重い問題を抱えていることだけは感じられたのだろう。ケイは躊躇《ためら》いながら、デューイの肩にそっと手を置いた。

その温かな手に、自分の一回り大きな手を重ね、デューイはゆっくりと目を開けた。深い緑色の目が、ケイの黒曜石のような瞳《ひとみ》を捉《とら》える。

「確かに法的には、わたしは罪を償ったんだろう。でも、わたしの罪は、決して消えるものではないんだよ」

『？』

「わたしが、どうして徴兵拒否したかというとね。この手は絵を描くためにあるのであって、人を殺すためにあるんじゃないと信じたからだ。でも、そのせいで、両親にも弟にも肩身の狭い思いをさせた。本当にすまなく思っている」

淡々とした告白に、ケイは複雑な表情になった。その幼い心で一生懸命考え、ノートに自分の考えを綴《つづ》る。デューイは、ただ静かに少年が書き終えるのを待った。

『お父さんだって、人を殺したくはなかったと思います』

「……ああ。そうだね。誰だってそうだ」

『だけどお父さんは、お母さんと僕を守るために戦場へ行きました。あなたには、守るものはなかったんですか？』

子供ならではの率直で残酷な問いを、デューイは静かに噛みしめた。正しい言葉を探して何度も言いあぐね、そして彼はやはり正直に答えた。

「当時のわたしが守ろうとしたのは、絵描きとしての自分の軸だった。画家の中にも、従軍して戦場の光景を描いたり、戦車や船にカモフラージュ塗装をしたり、そういう仕事についた人たちもいた。周りは皆、わたしにもそうするよう勧めてくれたよ。でもわたしは、それも人殺しに手を貸す仕事だと思った。だからどうしても、妥協することができなかった」

『絵描きとしての自分を守ったのに、どうして絵を描かないんですか？』

ケイの問いは、心に深く突き刺さる。すぐに答えようとしたデューイの唇が、色を失い、震えた。ケイの手に重ねたままのデューイの骨張った手にも、ぐっと力がこもる。

少年は少し怯《おび》えた顔をしたが、それでも逃げようとはしなかった。戦場で散った亡き父の「作品」に包まれたこの部屋で、デューイが自分の罪を告白しようとしている。

それが、とても大切なことのようにケイには思われたのだ。

だが、デューイが何か言葉を発しようとしたまさにそのとき、下の階で呼び鈴が鳴った。二人は、ハッとして顔を見合わせる。

すぐに応対しようとしたケイを、窓から下を見たデューイはやんわりと制止した。

「お客様の相手はわたしがするから、三人分のお茶の支度をしてくれるかい？　君の淹《い》れるお茶はとても美味《おい》しいから。……ビスケットは、戸棚に新しい箱があるからね」

ケイは、こっくり頷《うなず》くと、すぐに階段を駆け下りていく。デューイも、杖《つえ》を片手に慎重な足取りで階下に向かった。感覚のない右足には、上りよりも下りのほうが困難なのだ。

「……遅い」

施錠された扉の外に立っていたのは、ブスッとした顔のデリックだった。上から見て弟の訪れを知っていたデューイは、いつもの穏やかな笑みを浮かべ、デリックを迎え入れる。

「アトリエにいたものだから、下りるのに時間がかかったんだ。すまなかったね」

「アトリエ？　絵、再開したのかよ」

意外そうに、デリックは問いかける。デューイは再び扉を施錠してから、弟に向き直った。

「いや。もう、絵を描くつもりはないよ。ただ、ケイが絵を見たいと言うから、久し振りに入っただけだ」

「どうして」

いつもは陽気で、男性にしては饒舌《じょうぜつ》な部類に入るデリックだが、兄に対しては、ぶっきらぼうに、必要最低限の言葉しか使わない。デューイも、ケイやエミールにするような懇切丁寧な話し方ではなく、これまた穏やかだがごく簡潔に答える。

「描かないと決めたから」

「俺のせいか？」

「えっ……？」

「絵をやめたのは、俺のせいかって訊《き》いてんだよ」

重ねて投げつけられた問いに、デューイはハッとして、自分よりほんの少し背が高い弟の顔を見上げた。久し振りに、デリックも真っ直ぐ見返してくる。昨日のように、顔の左側の傷痕《きずあと》を隠そうとはしない。

端整な面長の顔に無残に刻まれた、長い傷痕。久々に目の当たりにするそれを見つめて、デューイは眉根をきつく寄せた。

何かに必死で耐えているようなその面持ちに、デリックは、苛《いら》ついて舌打ちした。そんな話をするつもりで来たのではないのに、兄の苦悶《くもん》の表情を見ると、溢《あふ》れ出す感情を抑えきれなくなったのだ。

「また、その顔だ。二年経っても、少しも変わりゃしねえ。何がそんなに嫌なんだよ？」

たとえ睨《にら》みつけてくるのであっても、二年間もここに寄りつかなかった弟が、二日連続で訪ねてくれて、しかも今日は自分をまともに見て話してくれる。

そのことをたまらなく嬉しいと思いつつも、初めて直接叩《たた》きつけられた弟の激しい感情に、デューイは戸惑いながら応じた。

「嫌なんてことは……。むしろわたしは、一方的に家族に迷惑をかけたと」

するとデリックは、店内にケイの姿がないことを確かめてから、再び口を開いた。

「あんたが徴兵拒否したせいで、確かに俺たち家族は、それなりに近所から白い目で見られたりした。あんたがちょっとした有名人だったから、面白可笑《おか》しく新聞に書かれたりしてな。父さんと母さんが早い隠居を決めたのも、そのせいもちょっとくらいはあるかもしれねえ。……けど、俺には関係ない」

「関係ない、とは？　だってお前は、わたしのせいで……」

どちらかというと穏やかなポーカーフェイスの兄が、驚きを露《あら》わにするのを見て、デリックはぶっきらぼうに言った。

「やめてくれ。そりゃ確かに俺は、家族に迷惑かけてもなお、自分の勝手を貫くあんたに腹を立ててたよ？　けど、その腹いせで戦争に行ったんじゃねえんだ。そんな風に思うのは、むしろ俺を馬鹿にしてるってことだ。許さねえからな？」

「デリック……」

「俺は、国のために戦いたいと思って陸軍に入って、本物の戦争にぶちのめされた挙げ句、勝手に大怪我して帰ってきただけだ。あんたがそれに責任を感じる必要は、一欠片《かけら》もねえ。こんなちっぽけな店にこもって世捨て人みたいに生きる必要はないし、絵を捨てる必要もないって言ってんだ。わかるか？」

他人が見れば、デリックがデューイを一方的に、しかも激しく詰《なじ》っているように感じられただろう。それほどまでに剣呑《けんのん》な表情と声で、デリックは一息にまくし立てる。

だがその刺々《とげとげ》しい一言一言には、身を切るような思いと、兄に対する不器用な愛情が詰まっていた。それを感じて、強張《こわば》っていたデューイの顔に、徐々に柔らかさが戻ってくる。

「ああ……ありがとう」

「あ？　何だよ、そのとんちんかんな反応」

真っ直ぐ感謝されて、デリックは顔を赤くして地団駄を踏む。そんなところは子供の頃とまったく変わらない照れ屋な弟に、デューイは心から微笑んだ。

「まさかお前が、そんな風にわたしを案じてくれていたなんて、知らなかった」

「……な、何だよ。案じてたとか、そんなんじゃ……！」

デューイは、おずおずと右手を伸ばし、弟の傷痕のある頬にそっと触れた。びくりと震えはしたが、デリックは、兄の手を払いのけようとはしない。傷痕の下端を指先で優しく撫《な》でて、デューイは吐息混じりにこう告げた。

「この二年、ここに顔を見せてくれなかったのは……お前が、わたしを嫌っているからだと思っていた」

「……ちげーよ。何でそうなるんだよ！」

デリックは、せっかくの綺麗《きれい》な一文字の唇を、思いきりひん曲げた。

「どっちかっていうと、俺を避けたがってたのは、あんたのほうだろ⁉」

「……えっ？」

いつもそつのない言葉を吐き出すデューイの口が、ポカンと開いたままになる。デリックは、初めて見る兄の間抜け面に、むしろ怖《お》じ気づいたように半歩下がった。

「な……なんだよっ」

「わたしは……お前を避けたがってなど、いなかった。いつでも、お前に会いたいと思っていたよ。ただ……お前に合わせる顔がないとだけ」

「は？」

「二年前、出所して会ったとき、お前はわたしと目も合わせてくれなかったし、話してもくれなかったから、わたしはてっきり、お前に憎まれているんだと……。そしてわたしは、自分の我が儘《まま》で、お前を戦場へ送ってしまったことを償わねばならないと……」

「ふざけんな！」

デリックは、兄の言葉に文字どおり激昂《げっこう》した。手近にあった、装飾用のブリキのジョウロを思いきり蹴《け》り飛ばす。凄《すさ》まじい金属音を立てて、哀れなジョウロは店内の様々な家具にぶつかり、転がり回る。

「デリック！　やめなさい」

いつも温厚なデューイも、店の品物を傷つけられて、声のボリュームを上げる。だがデリックは、それよりも大声で噛《か》みつくように言った。

「やめるのは、あんただ！　何だよ、償うって。確かに俺は、いつまでだってあんたの弟だよ！　けど、いつまでも子供じゃない。ガキの頃みたいに、俺がやらかした悪さは全部お兄ちゃんの監督不行き届きみたいなことは、もうないんだって」

「……それは……」

「俺のことは、俺に全部放り投げてくれていい。もう、面倒見る必要はねえし、責任を感じる必要もねえ。ああくそ、戦争のことで、あんたがわけのわかんない勘違いしてたことだけはわかった！　二年もかかって、やっとわかった！」

「かんちがい……」

呆然《ぼうぜん》と呟《つぶや》くデューイの鼻先に、きちんと伸びない右手の人差し指を突きつけ、デリックはツケツケと言った。普段は、不自由な右手ではなく、左手を使うよう心がけているのだが、こんなふうに心が乱れているときは、どうしても以前のように利き手を使ってしまう。

「いいか、もっぺんだけ言うけど、俺が戦争へ行ったのも、怪我して帰ってきたのも、あんたのせいじゃねえ。自分の蒔《ま》いた種だ。それなのに、俺の顔見ていちいち凹《へこ》まれんのは、俺がきつい。勝手に償おうとされんのも、願い下げだ。俺はあんたに絵を捨ててほしいなんて、一度も思ったことはねえ。戦争に行く前も、帰ってきてからもだ。あんたは、あんたのことだけ……あと、ケイのことだけ、考えてろ」

そこまで一息に言って、ようやく怒りを吐き尽くしたのだろう。デリックは、大きく肩で息をして、照れ隠しのように咳《せき》払いをした。

「いや、ケイのことは、俺も考える。あいつの戦死した親父のこと……他人事《ひとごと》じゃねえ。戦場を知ってる俺にしか話してやれないことも、きっとあるんだろうし」

デューイも、クラシックなデザインの上着の胸に手を当て、深く頷《うなず》いた。

「お前の気持ち、確かに受け取った。わたしは……ずいぶんひとりよがりに、色んなことを抱え込もうとしていたのかもしれない。いつまでも、お前を小さい子供のように思っていたのかもしれない。……許しておくれ、デリック」

「兄貴……。俺は別に、謝ってほしかったわけじゃ」

「ケイのことも、そう言ってくれて嬉《うれ》しい。お前が一緒にあの子を支えてくれるなら……また、ここに足繁く来てくれるなら、ケイも嬉しいし、わたしもとても嬉しいよ」

「……もう、俺のツラやら手やらを見て、あんなしょげた顔しねえんだな？」

デューイはきっぱりと頷く。

「しない」

「じゃあ、絵も描くんだな？」

「……それは……」

「まだ何か問題があんのかよ！」

基本的にあまり気が長くないデリックは、再び、さっきよりはずいぶん細い導火線に火を点《つ》けようとする。だがデューイは、いつもの静かな声で、その火を摘み取った。

「ある。さっきもケイにそのことを訊《たず》ねられて、上手《うま》く答えられなかった。お前への償いという要素を抜いても、わたしの心の中には、まだ大きな葛藤《かっとう》がある。これをどうにかしなければ……わたしは」

「どうにかしろよ」

デリックは、駄々っ子のような口調で吐き捨て、そしてこう付け加えた。

「マジで、可及的速やかにどうにかしろよ。俺、あんたの絵、嫌いじゃないんだからさ」

「……デリック……」

「あーもう。ケイに会いに来たけど、何か色々混乱しちまったから、今日は帰る。よろしく言っといてくれ」

そう言って、デリックは兄に背中を向ける。デューイは、慌てて軽くよろめきながら立ち上がった。

「ああ、今、ケイがお茶の用意を……」

「いや。今日はやめとく。そういう気分じゃねえ。ちょっと、歩く」

「……そう。じゃあ、近いうちにまたおいで。……ああ、待ってくれ。まったく違う話だけれど、あのヴェロニカ・ドジソン嬢殺害事件の件、捜査がどうなっているか、聞いてもいいかい？」

「あ？　ああ、そっか。兄貴、ボタンの鑑定したんだっけな。一応、関係者か。つーより、もう号外が出てる頃かもな。喋《しゃべ》ってもいいか」

そう言って、戸口まで三歩進んでいたデリックは、きっかり三歩戻ってきて、こう言った。

「色々あって、ヴェロニカの妹のアンジェラが、今日、容疑者としてしょっ引かれた」

「妹さんが⁉」

デューイは驚きを露わにする。デリックは、いつものシニカルな態度を取り戻し、ニヤッと笑って頷いた。

「兄貴の鑑定も、アンジェラ逮捕の一因になったんだぜ？　つか、やけに気にすんのな。兄貴は、そういう俗世のことには興味がないのかと思ってた」

「いや……自分が、少しなりとかかわった……からかな。というか、本当に妹さんが？」

デューイはやや歯切れの悪い口調でそう言い、弟の顔をじっと見た。デリックのほうも、低く唸《うな》って天井を仰いだ。

「まあ、色々と疑われる要素はあったし、本人が自白しちまったからなあ」

「ご本人が……。では、間違いのないことなのかい？」

「さあね。それを調べるのは、警察だ。けど、俺はちょっと違うって気がしてる。アンジェラって娘とはいっぺんサシで話したことがある。怒りっぽくてツンケンした奴だが、一本気で嘘をつけない、女優のくせに本心ダダ漏れの女の子だ。たった一人の姉貴を殺して、平気でいられるとは思えねえ」

「なるほど。エミールにはそう言ったのかい？」

「いや。検死官の勘なんて、刑事に言っても何の役にも立たねえし。職分を越えて余計なこと言うと、いくら優しいエミールっつっても鬱陶《うっとう》しがるだろ、さすがに」

エミールとずっと親友のデューイだけに、その意見には手放しで同意すると思っていたデリックだが、当のデューイは、「そうかな」と異を唱えた。

「ああ？」

「わたしは門外漢だけれど、検死官というのは、言うなれば死体の声を聞く仕事なのではないのかい？」

「文学的に言やぁそうだけど、それが？」

「だったら、お前がもし、何かが違うと感じるならば……それはすなわち、死体の声なのかもしれないよ」

「どういう意味だ？」

「お前はまだ、何かを聞き漏らしているのかもしれない。勘でなくなれば……何か確かなものを摑《つか》めれば、お前のその違和感を、検死官の見解としてエミールに伝えることができるのだろう？」

「それは……確かに」

「わたしの弟は、職分などという小賢《こざか》しい言葉で、自らの責務を怠るような男ではないと思っていたのだけれど。たった二年の間に、お前は変わってしまったのかな」

やんわりと、けれど厳しい兄の言葉に、デリックは背筋が伸びるのを感じた。

そうだ、この兄は、本来こういう男だった……と思い出す。どこまでも優しく、自分より相手のことばかり考える性格だが、同時に、曲がったことやいい加減なことを決して許さない潔癖さも、デューイは持ちあわせている。

戦時中に仲違《なかたが》いして以来、初めて兄弟の心が通じた気がして、デリックは自分でも不思議なほどの心強さを覚えた。

「……なんか今、兄貴が帰ってきた気がした」

「何か言ったかい？」

デリックの呟きを聞きそびれ、デューイは軽く眉《まゆ》をひそめる。デリックは、来たときとは打って変わった上機嫌で、「いいや」と言った。

「責務ね。わかった、こんなところで油売ってねえで、俺は俺のやるべきことをやる。兄貴も、とっとと葛藤とやらにケリをつけろ。じゃあな」

そう言い捨てて、デリックは鍵《かぎ》を開け、今度こそ勢いよく店を出て行く。

「…………」

その背中を見送り、デューイはゆっくり立ち上がった。ケイに、一人分のお茶は不要だと言いに行かなければならないと思ったのだ。しかし、デリックが去るのを待っていたように、奥の扉が開いて、ケイがおずおずと顔を覗《のぞ》かせた。

その決まり悪そうな顔を見れば、ケイが二人の話を立ち聞きしていたことは火を見るよりも明らかだ。

「やれやれ、優秀なスパイ君は、お茶が二人分でいいことを、もうご存じだね」

からかうようにそう言われ、「ごめんなさい」と口の動きだけで詫《わ》びるケイに、デューイは微笑んだ。

「だとしたら、さっきの話の続きも、もう少し待っておくれ。ああでも、額装はちゃんとしてあげるからね。あとで、あの絵を持ってきなさい」

ケイは元気よく頷《うなず》くと、頭を引っ込める。

「デリック……。ありがとう」

さっきまでここにいた弟にもう一度感謝の言葉を口にして、デューイはケイとお茶の時間を楽しむため、三たび店を閉め、ゆっくりと居間へ上がっていった。

四章　ここで育てる光

キコキコキコ……。

軋《きし》んだ音を立て、それでも缶切りは着実に少しずつ、缶の蓋《ふた》部分を切り離していく。

缶の中身のスープを小鍋《なべ》に空けて火にかけてから、オーブンでごく薄切りのトーストを二枚焼き始める。同時にフライパンを鍋の隣に置き、目玉焼きを二つ半熟に、それから空きスペースでソーセージを二本、表面をこんがりと焼き上げる。

あとは、焼けたトーストを皿に並べ、その横に目玉焼きとソーセージを載せる。小鍋でことことと温めた野菜スープを添えれば、簡単だが腹に溜《た》まる朝食の出来上がりだ。見てくれは決して素晴らしいとはいえないが、子供の頃から食べ続けた馴染《なじ》みの味ばかりである。本当はトマトとマッシュルームも焼いて添えたいところだが、そこまでの時間的な余裕はない。

エミール・ドレイパーはテーブルにつき、ひとりぼっちの朝食を食べ始めた。

本来、彼の暮らす下宿は朝食つきのはずなのだが、家主の老婦人が最近よく寝過ごすため、エミールは仕方なく自分で朝食を作ることになったのである。

トーストは焦げる寸前まで焼いて、たっぷりとバターを塗り、黒スグリのジャムを載せる。目玉焼きは黄身を潰《つぶ》して、妙にネチネチした食感のソーセージに絡めて食べるのが好きだ。

もりもりと朝食を平らげつつ、エミールは、ヴェロニカ・ドジソン殺害事件のことを考えていた。食事をしながら思案するには物騒すぎる事柄かもしれないが、刑事にとってはそれが日常である。

ヴェロニカが殺された夜、恋人のマイケル・イーリーがヴェロニカを乗せたというタクシーの運転手、ゴードンには、昨日、すぐに連絡がついた。

聞けば、「物凄《ものすご》い金髪美人を乗せたはいいが、彼女はロンドン塔の近くで車を停めさせ、さっさと降りてしまった」という。

自動車なら、三分かかるかかからないかという超短距離である。ゴードンは腹を立てたが、懐が寂しいと言われてはどうしようもなく、彼女を降ろして帰宅したそうだ。

つまりヴェロニカは、ロンドン塔付近から、タワーブリッジを徒歩で渡り、自宅のあるロザハイズまで歩こうとしていたということになる。

だが、タワーブリッジまで行き着かないうちに、彼女は犯人に遭遇、襲撃された。そして逃げ惑ううち、殺害現場となったドックの倉庫街に迷い込み、そこで惨殺されたのだ。

途中、右腕を切りつけられたと考えられるので、あの夜、雨さえ降っていなければ、道路に血痕《けっこん》が残り、彼女の足取りをもっと詳しく追えただろう。

だが、タクシーに乗ったのは午前一時前後だと判明したおかげで、彼女が襲撃されたのも、その直後……せいぜい、午前一時十五分くらいだろうと推測できる。

管区の警察署が、昨夜から新たにタワーブリッジからドックにかけて目撃者を捜してくれているが、時間が時間だけに、望み薄かもしれない。

「とにかく、現場の捜査は管区に任せて、僕はアンジェラさんの取り調べを手伝わなきゃ。それにしても……」

少し冷めたソーセージを頬張り、エミールは不明瞭《ふめいりょう》な口調で独りごちた。

「昨日のアンジェラさんの自供、やけに唐突だったよな。何かが不自然な気もする。それに、ゴードンっていうあの運転手も、不思議なこと言ってた」

もぐもぐ口を動かしながら、彼は首を傾げる。

ほんの数分、ヴェロニカを自分のタクシーに乗せた運転手のゴードンは、彼女の奇妙な表情についてもハッキリ記憶していた。

バックミラーに映る彼女の美しい顔は明らかに腫《は》れぼったく、涙の跡が頬に幾筋も残っていた。それなのに、表情はとても明るく、毅然《きぜん》としていたというのだ。

「泣きながらイーリーさんの職場に来て、いくら存分に泣いたからって、帰り道、そんなに明るい顔になるかなあ……うーん。謎が多い事件だよね」

そう独りごち、エミールはトーストの最後のひとかけを口に押し込んだ。そして、食器をシンクに置くと、服を着替えに寝室へ引き上げた。

午前十時、デリックはベントリー警部の要請を受け、留置場を訪れていた。

ほんの数十年前までは、昔ながらの牢獄《ろうごく》同然だった留置場も、今はかなり環境が改善されている。鉄格子や重い鉄の扉がなければ、普通の建物とそう大差はない。

アンジェラは、例の酔っ払いを放り込んでいた独房に収容されていた。

狭く、窓がないせいで薄暗くはあるものの、室内は清潔そのものだ。アンジェラ自身も、化粧こそしていないが、長い髪をうなじできちんと結び、こざっぱりした服装をしている。

デリックの姿を見ると、彼女は掛けていたベッドからさっと立ち上がった。

「よう、おはよう、アンジェラ。あんたとは、色んなとこで会うな」

室内に入ったデリックは、帽子を取ってそう挨拶《あいさつ》し、上着を脱いで、固いベッドの上に放り投げた。

部屋の真ん中あたりに立ったアンジェラは、胡散《うさん》臭そうに、デリックと、入り口に控える制服警官を見比べる。

「おはよう、デリック。てっきり、またあの警部さんとドレイパーさんが取り調べに来るんだと思ってたわ」

ニコリともせず朝の挨拶を返してきたアンジェラに、デリックは可笑《おか》しそうに笑い、ベッドを指し示す。

「あんたが姉さんを殺したの一点張りで、あとは黙秘を貫くもんだから、二人とも困っちまってたぞ。そんで、俺の出番が来たってわけ。ま、座ってくれよ、容疑者のお嬢さん」

「……私は生きてるわ。検死官のお世話になるには、早いと思うけど」

そう言いながらも、アンジェラは従順にベッドに浅く腰掛ける。

「検死官は、生きてる人間も調べられるんだぜ、必要とあらばな」

そう言いながら、デリックは持参の白衣を羽織り、食事用の小さなテーブルにも清潔な布を敷いた。アンジェラは、薄気味悪そうに身を固くする。

「調べるって、私に何をするつもり？」

「あんたの血をもらう」

平然とそう言ってのけたデリックを、アンジェラは化け物を見るような顔で凝視した。

「何ですって？」

デリックは布の上にステンレスのケースや小さな褐色のガラス容器を並べながら、こともなげに言葉を継いだ。

「あんたの血液型を調べたいんだ。面倒だが、ご希望ならもっとみっちり語ろうか？血液型を見つけ出したランドシュタイナー博士の生い立ちからでも……」

「結構よ。私が知りたいのは、それを拒否できるのかどうかってことだけ」

「残念ながら、答えはノーだろうな」

「じゃあ、早くやって」

堂々と胸を張って、挑戦的に睨《にら》みつけてくるアンジェラを、デリックは眼鏡越しに惚《ほ》れ惚《ぼ》れと見た。

「いいね。あんたみたいな女は嫌いじゃない。納得したら、服の袖《そで》を肘《ひじ》の上までまくり上げてくれ」

アンジェラは無言で、ブラウスの右袖のボタンを外し、肘の上までまくり上げる。

「これでいいのかしら、検死官先生」

だが、デリックは意外そうな顔で、アンジェラの腕をじっと見ている。いささか気味悪そうに、アンジェラは問いかけた。

「何か？　言われたとおりにしたつもりだけど」

「……ああ、いや。悪い。忘れてた。その前に、こっちにサインをくれ。採血の同意書だ」

デリックは、ふと思い出したように鞄《かばん》の中から書類を挟んだクリップボードを取りだした。ペンを添えて、アンジェラに差し出す。

「ずいぶん大袈裟《おおげさ》なのね」

軽く毒づきながらも、ここまで来たら腹を括《くく》るしかないと思ったのか、アンジェラはデリックの手からボードを引ったくると、殴り書きのように署名した。

ボードを受け取りながら、デリックは合点がいった様子で口を開く。

「もしかしたらと思ったんだが、やっぱりあんた、左利きか」

「そうよ。どうしてそう思ったの？」

「右袖をまくったから。普通、こういうときは、無意識に利き手を避けるもんだからな」

「左利きだったら、何か問題でもあるの？」

「どうかねえ」

どこか含みのある口調でそう言うと、デリックは丸椅子に掛け、アンジェラの右の二の腕にゴムチューブをきつく巻き付けた。遮光ガラスの容器から、ピンセットでアルコールに浸した脱脂綿を取り出すと、狭い独房内に独特の薬品臭が広がっていく。

「手のひらを、強く握り込んで。……怖けりゃあっちを見てな。すぐ終わる」

注射器を手にしたデリックはそう言ったが、アンジェラは毅然としてそれを撥《は》ねつけた。

「結構よ」

「……そりゃ失敬。俺、右手の指が上手《うま》く動かないって言ったろ。ちっと不細工なやり方で採血すっけど、心配すんなよ」

デリックは左手で注射器を持ち、アンジェラの肘窩《ちゅうか》に針を刺した。慣れない痛みに僅《わず》かに眉《まゆ》を動かしはしたが、自分の血を見ても彼女は平然としている。

ぎこちなくピストンを引きながら、デリックはちょっと決まり悪そうな上目遣いで笑った。

「な、格好悪いだろ。痛くないか？」

「ないわ」

答えてから、それだけではあまりに冷淡だと思ったのか、アンジェラは少し躊躇《ちゅうちょ》してからこう問いかけた。

「戦時中は、どこに？」

「フランスだ。イープルって言っても、お嬢さんにはピンと来ないだろうけどな。……と、しばらく圧迫して血を止めるから、脱脂綿の上からギュッと押さえといてくれ」

いくぶん投げやりなデリックの言葉に、アンジェラはそれまでとは打って変わった真剣な面持ちで即座に言い返した。

「わかるわ。私だって、たった一ヶ月だったけれど戦争に行ったのよ？　姉と一緒に」

「あんたが？」

デリックは目を丸くして、つくづくとアンジェラの顔を見る。

「ははあ、さては鬼の従軍看護婦か。それで血が平気なんだな」

「いいえ、ボランタリー救護部隊のメンバーだったの。ブローニュ戦線にある休息所にいた。そこで、イープルは随分酷《ひど》いって聞いたわ」

戦場を見たものしか発しえない労《いたわ》りの響きが、アンジェラの声にはあった。デリックも、さっきまでのやや軽薄な態度を改め、真剣に応じる。

「俺の顔見りゃ、わかるだろ。あそこは地獄だった。ブローニュはマシだったか？」

「きっと、もとは美しい土地だったんでしょうね。でも私が行った頃は、爆撃で穴だらけ。思い出しただけでも、背筋が寒くなる」

デリックは、採取した血液を試験管に移し、器具を片付けながら、顔をしかめた。

「……わかるよ。そっか、救護部隊か。俺も戦地で世話になったよ。傷の手当だけじゃなく、チョコレートや煙草をよくもらったもんだ。俺たちはみんな、救護部隊のお嬢ちゃんたちが好きだったぜ。殺伐とした戦場で、あの娘《こ》たちはいつもニコニコしてたしな」

「ふふ。どんなにつらくても、兵隊さんたちの前では笑っていようっていうのが、私たちの約束だった。つらいことばかりの戦地で、私たちといるときだけは、祖国に戻ったような気分になってもらいたかったの」

「なったなった。ホント、あの娘たちと一緒にいたときの思い出だけが、戦争中の楽しい記憶だよ。あんたに世話になったわけじゃないが、言いたいから言わせてくれ。ありがとな」

照れながらデリックが口にした感謝の言葉に、アンジェラも頬に深いえくぼを刻んだ。

「私も、あなたをお世話したわけじゃないけど……どういたしまして。私たちの仲間が、あなたの癒《いや》しになったことが、本当に嬉《うれ》しいわ」

「……検死官！」

戦争という共通の話題があり、急に和やかになった二人の間に割って入るように、鉄格子の向こうから警官が苛《いら》ついた声を出す。

「へいへい。無駄話はよしにしますよ。あー、公僕は辛《つれ》ぇな」

それでも飄々《ひょうひょう》とした態度で、デリックはアンジェラの腕から脱脂綿を外し、血が止まったことを確かめてから、ガーゼを留め付けた。

「あともう一つ、用事がある」

「何？」

「左手首の傷、ちょいと見せてくれ」

「えっ？」

アンジェラは、ギョッとした顔つきでデリックを見た。

「どうして？」

「損傷の鑑定だ。これも、拒否権はない」

「……どうしてそんなものを見たいのか、理解できないわ」

心底嫌そうに、けれど仕方なく、アンジェラはブラウスの左の袖口《そでぐち》もまくり上げた。

そして、手首に巻いた包帯を、いささか乱暴に取り外す。

「どうぞ」

傷口に当てていたガーゼまでむしり取って手首を突き出してきたアンジェラに、デリックは苦笑いした。

「ちっと、お手を拝借」

そう言って細い手首を摑《つか》み、しげしげと傷口を観察しながら、デリックは問いかけた。

「あんたこれ、転んで出来た傷だって言ってたが、嘘だろ」

「…………っ」

アンジェラのシャープな頬が、みるみるうちに赤く染まる。その奇妙な反応に、デリックはむしろ面食らった様子で「何？」と軽くのけぞった。

アンジェラは、赤い顔のまま、ボソボソと答える。

「犬。可愛い小犬がいたから、撫《な》でようとしたらガブッとやられて」

「ぷッ」

「笑わないでよ！　恥ずかしいのに教えてあげたんだから」

「ああいや。……くそ、なんだ。思わせぶりに包帯なんか巻いてるから」

「え？　何のこと？」

「いや。こっちの話だ。小犬でも気をつけろよ、動物は」

デリックは傷口をきちんと消毒しなおし、新しいガーゼと包帯で手当をしてやりながら、背後の警官に聞こえないよう、低い声で言った。

「何のつもりかは知らねえが、嘘はよくないな」

「……何のこと？」

さっきまでの和やかな雰囲気はどこへやら、アンジェラはたちまち警戒の色を見せる。

だがデリックは、静かに言葉を継いだ。

「俺に何かを言う必要はない。あんたが信念に基づいて嘘をつくなら、それも結構。だが、嘘が真実に勝ることなんて、そうそうないと思うぜ、俺は」

「……どうして、私が嘘をついてるなんて思うの？」

「思うんじゃねえ、わかったんだ。じゃあな、救護部隊の勇敢なお嬢ちゃん。外は、うららかな春の日差しが降り注いでる。早いとこ、こんなしけた場所からは出たほうがいいぞ」

気障《きざ》な笑顔でそう言い残し、デリックは器具を片付けて独房を出て行ってしまう。ガチャリと硬質の施錠音がして、二つの足音が遠ざかると、狭い房内には静寂が訪れた。

「何なのいったい。……嫌な人！」

苛立《いらだ》ちを発散させるように、アンジェラは薄っぺらい枕をゲンコツで思いきり叩《たた》いたのだった……。

＊　＊

アンジェラから採取した血液サンプルを、デリックはすぐに自分の職場である聖バーソロミュー病院に持ち帰った。そして必要な検査を終えると、秘書のヘザーに電話連絡を頼んだ。

ほんの二十分ほどで揃ってオフィスにやってきたのは、ベントリーとエミールである。

白衣姿のデリックは、解剖室ではなく、実験室へ二人を招き入れた。

「お呼び立てしてすみませんね。アンジェラ嬢の尋問はどうです？」

ベントリーは、いつもの癖で煙草をくわえようとして、場所が場所なのを思い出し、またポケットにしまい込みながら投げやりに答えた。

「昨日からずっとダンマリだ。強情な女は困る。男なら多少荒っぽくやるんだが、女子供に上げる手はねえからな」

苦み走った顔でそう言い、ベントリーは期待の眼差《まなざ》しをデリックに向けた。

「で、そのダンマリ嬢ちゃんから、検死官どのは何か引き出してくれたのかな？」

「ええ、そりゃもう手当たり次第に。まず、左手首の傷は、ありゃ違います。人間の歯じゃなく、鋭い犬歯が刺さった傷でした。本人曰《いわ》く、小犬。おそらく本当です」

今日も手帳片手のエミールは、落胆を隠さず声を上げた。

「じゃあ、ヴェロニカさんの口の中に残ってた皮膚片は……」

「アンジェラの左手首の傷とは無関係だ。ついでに言うと、ヴェロニカもアンジェラも、血液型はB型でした。しかし、ヴェロニカの口の中にあった皮膚片の血液型は、A型」

「ってことは、犯人が、A型!?」

「そういうことになる。皮膚片についていた血液は少なかったから、ちっと時間をかけて丁寧に調べた」

「じゃあ、アンジェラさんは犯人じゃないんだ？」

エミールは意外そうに声を上げたが、ベントリーは渋い顔で異議を唱えた。

「おい、科学捜査も結構だが、俺ぁ、古いタイプの人間でね。もっとこう、わかりやすい話はねえのか、先生」

するとデリックは、してやったりの得意顔で、腰に片手を当てた。

「では。警部のお好みの話を。ヴェロニカの、胸の刺創のことです」

「あ？　ただの、ありふれたナイフを使った、ありふれた刺創だったろ？」

「警部は、アンジェラの利き手をご存じですか？」

「……いや？　おい、勿体《もったい》ぶるなよ、先生」

ベントリーは、やや不機嫌にかぶりを振る。エミールも、不思議そうにデリックを見た。

「利き手が何？」

するとデリックは、ステンレスの物差しを取り、それをナイフ代わりにして説明を始めた。

「採血するときにわかったんですが、彼女、左利きなんです。で、もしヴェロニカを殺したのなら、そのとき、ナイフを左手で持つでしょう？　それならば、刺創の創洞は、たとえ微妙にでも、利き手側に傾いているはずだ。死体で言えば、身体の右前側から左後ろ側に向かって、刺創が走っているということになる」

「ふむ……？　ああなるほど、こうか」

ベントリーは架空のナイフを左手に持ち、エミールの胸に向かって振り下ろす。

「そうそう。しかし、実際の死体の刺創は、こう。死体の左前から右後ろに向かって走っている。……そんな刺創を作ろうと思うと、ナイフは……」

「右手に持たないと！」

エミールの声はますます弾み、ベントリーの顔はますます渋くなる。

「むむむ……なるほど……」

「それなら納得ですか？　俺みたいにまともに動かなくなったならともかく、わざわざ利き手じゃないほうの手に刃物を持って、誰かを殺そうとする奴はいないと思いますよ」

「……確かに、な」

ベントリーは、むむむと唸《うな》ってから得たばかりの情報を整理した。

「ってこたぁ先生。犯人は血液型はA型、右利き、そしてどっかにホトケに嚙《か》みちぎられた傷があるってこったな？」

デリックは、満足げに頷《うなず》く。

「ですね。つまり、アンジェラはシロです。何で嘘をついたのかは知りませんが、あの娘の取り調べに時間を浪費するのは、やめたがいい」

「畜生、とっととさっついお灸《きゅう》を据えて、留置場から放り出すか。帰るぞ、エルフィン」

「はいっ！」

すぐさま扉に向かう上司の後を、エミールは小犬のようにちょこまかと追いかけようとした。だが、そんなエミールを、デリックは呼び止めた。

「ちょっと待った、ドレイパー刑事」

「何？」

「アンジェラを釈放するってことは、ヴェロニカの遺体を返却できるわけだろ？　その前に、一応、もう一度遺体と所持品を調べとこうと思ってるんだが、一緒にどうだ？」

するとエミールより早く、ベントリーが振り返って返事をした。

「そりゃいい。揃って嘘つき女に説教するより、よっぽど有意義ってもんだ。どうも先生とコンビを組むと、うちのエルフィンはいい仕事をするみたいなんでな。よろしく頼まあ、先生。二人で、俺に楽をさせてくれ」

そう言ってホロリと笑うと、ベントリーはドカドカと肩を怒らせて去っていく。それを見て、デリックは面白そうに目を細めた。

「何だ、あれ。可愛い部下を俺にとられちゃったジェラシーか？」

「何を馬鹿なこと言ってんのさ。僕らが幼なじみだって、警部は知ってるよ。ほら、早く行こう」

「はいよ。ああ、白衣を貸してやるから、上着はここに置いてけ」

「えっ？　あ、わかった」

エミールは、大急ぎで上着を脱いだ。その拍子に、ポケットから何かが床に落ち、乾いた音を立てる。コロコロ転がったそれを左手で拾い上げ、デリックは「またボタンかよ」と鼻筋に皺《しわ》を寄せた。

「あっ！　それ、しまった」

エミールはこの世の終わりのような顔をする。デリックは、親指と人差し指でごく小さな安物のセルロイドボタンを挟み、しげしげと眺めた。

「何だ、これ」

「それさ、一昨日《おとと い》テレンス・パーカーさんに会いに行ったとき、オフィスで拾ったものなんだ」

「パーカー？　ああ、舞台……なんだっけ、演出家？」

「そう。オフィスのソファーの上にあったんだよ。挨拶《あいさつ》のとき邪魔だったから、咄嗟《とっさ》にポケットに入れて忘れてた。しまったぁ」

「ありゃ。間違って、持って帰ってきちまったってことか」

エミールは、眉尻《まゆじり》を下げた情けない顔で頷く。

「どうもそうみたいだ。ボタン一つでも、厳密に言えば窃盗罪だよ。返しに行かなきゃ」

どこまでも刑事らしいことを言うエミールに、デリックは噴き出した。

「ばーか、そんな安物のボタン一つで窃盗罪だって騒ぎ立てる奴なんか、いねえよ。わざわざ返しに行くほうが、相手をドケチ扱いしてるみたいで感じ悪いぜ？」

「そ、そう？」

「そうだよ。また行く機会があったら、さりげなく『落ちてましたよ』って渡せばいいだろ？」

「それもそっか」

エミールはふふっと笑って、ポケットにボタンを戻した。そして二人は、連れ立って霊安室へ向かった。

最新鋭の冷蔵庫で、大きな袋に密封して保管されているヴェロニカの遺体は、まだ、蠟《ろう》人形のような美しさを保っていた。

「これが普通の遺体なら、腹から腐ってくるんだが、解剖して内臓を綺麗《きれい》に洗ってあるからな。普通より腐敗が遅い」

立て板に水のデリックの解説に、エミールは吐きそうな顔をする。

「そういうこと、ハキハキ教えてくれなくていい。……で、何か見つかった？」

遺体を外表からもう一度丹念に観察したデリックは、ふん、と息を吐き、袋の口を再び閉じた。

「経時変化で見えてくる外傷もあるから、どうかと思ったんだが……これといって新たな発見はないな」

「じゃあ、あとは所持品っていうか、着衣？」

「ああ」

次に二人は、保管庫へと向かった。ヴェロニカの着衣は、一点ずつ袋に入れて、きちんと保管されている。

「よし、着衣を一枚ずつ、そろっとこの上に置いてくれ」

デリックは作業机の上に大きな白い布を広げ、エミールは、手袋をはめた手で、まずはスカートを取り、そこに置いた。

デリックは虫眼鏡を手に、よく見えるほうの右目で、スカートの隅から隅まで、しっかりと観察した。エミールは、邪魔をしないように一歩下がり、けれど興味深く、検死官の仕事を見守る。

「何を捜してるんだい？」

「付着物だよ。これからは、刑事の勘より科学捜査が重要になる。警部は今のままで定年までやれるだろうが、あんたはそうじゃない。せいぜい、俺からテクニックを盗めよ」

「う……うん。でもデリック、どうしてそんなに科学捜査に詳しいのさ？」

「凝り性でね。フランスやドイツの犯罪学雑誌を読めば、いくらでも最新情報が手に入る。悲しいかな我が大英帝国は、科学捜査において他国から三歩も五歩も遅れてるんだぜ」

「……そうなんだ。っていうか、どうして急に、そんなに一生懸命になったの？」

「人聞きの悪いこと言うなよ。俺はいつだって、仕事には真剣だぜ？」

「ごめん。そりゃそうだけど、何だか今日はひときわ……」

不思議そうなエミールに、デリックは少し恥ずかしそうにボソリと言った。

「昨日、兄貴に発破を掛けられたからな」

「デューイに？　昨日も君、デューイに会いに行ったの？」

「違う。ケイに会いに行ったら、うっかり兄貴に捕まったんだ」

ムキになって否定するデリックに、エミールの驚きの表情が、屈託のない笑顔に変わっていく。

「ふーん。捕まって、ちゃんと話したんだ？」

「ま……まあ。何てーか、くだらねえ誤解は、ちょっと解けた気がする」

「ホントに？　へへ、よかった。兄弟揃ってケイをダシにしちゃって、もう。あの子が来てくれてよかったねえ。まさか、二年も断絶してた兄弟が、僕抜きで会って、ちゃんと話ができたなんて。嬉《うれ》しいなあ」

エミールは、兄弟が少し歩み寄ったことを、我がことのように喜んでいる。それに余計に照れて、デリックは滅多にないほど真っ赤になった。

「おい、よせよ、そんなんじゃねえって！　俺は本当に、ケイに会いに行っただけで……」

「そんなに照れなくていいから。はい、仕事仕事。次、ブラウスだよね？」

「うう……お、おう」

まだ頬に笑みを残しながらも、エミールは象牙《ぞうげ》色のブラウスをそろそろと広げていく。

左胸のざっくり裂けた部分を中心に赤いシミが広がり、血の臭いが未《いま》だに鼻を突いた。

事件の日の朝、着衣はすべて濡《ぬ》れていたが、その後、干したりはしなかったらしく、スカートもブラウスも、まだじっとり湿っている。

「黴《か》びる前に、これ、いっぺん干さなきゃだね」

「……だな。何がついてるかわからん。ゆっくり丁寧に広げよう。まずは前身頃だ」

「わかった。……あっ、これ！」

「おう。息止めろ。飛ぶと困る」

デリックは、ピンセットで器用に、ブラウスの肩口についていたものをつまみ上げた。

それは、毛髪だった。色は明るい茶色、長さはさほどでもない。デリックは、それを白いハトロン紙の上に取り、しげしげと観察した。

「あとで顕微鏡で確かめるが、見たところ、たぶん人間の頭髪だな。だが、ヴェロニカのものじゃない。色が違う。アンジェラの髪ともおそらく違うだろう。長さが短すぎる。こりゃ男の髪だ。……それに、臭うな」

「えっ？　雨に濡れたのに、匂いが残ってるのかい？　しかも、髪の毛に？」

「ポマードの匂いだ。ベタベタした油だから、水を弾《はじ》いて、しかもブラウスにへばりついてたんだな」

「あ、なるほど。……あれっ？」

感心しきりで頷《うなず》いたエミールは、ふとブラウスに視線を戻し、小さな声を上げた。デリックは、ハトロン紙で丁寧に毛髪を包みながら、エミールに声を掛ける。

「どうした？」

「いや……ボタンが」

「またボタンかよ。呪いのボタン事件か、これは」

皮肉りながらも、デリックはエミールの指さす箇所に顔を近づける。確かに、ブラウスの一番上のボタンが、取れてなくなっていた。

「ああ、そうそう。なくなってたな。ほら、例の『A』のボタンじゃねえかって、当ててみたろ。違ったけど」

エミールも、ポンと手を打った。

「あ、そうだ。そうだった。すっかり忘れてた。……うん？」

「何だよ？」

「いや。どうも僕、何かを忘れてるような……」

「そう言われると……俺も、何となく……」

うーんと唸《うな》って首を捻《ひね》ったデリックに、エミールも同じ角度と方向で首を傾げて頷く。

「君も？　何だろ。何かが心に引っかかって……あっ！」

大声を上げると、エミールは保管庫から弾丸のように駆け出していった。

「な、何だ⁉」

目を白黒させつつも、デリックは待つしかない。ほどなく息せき切って戻ってきたエミールの手には、さっき上着のポケットから落としたばかりのボタンがあった。

「もしかして、これじゃないの!?」

全速力で往復したのだろう、まだ荒い呼吸をしながら、エミールは持って来たボタンをヴェロニカのブラウスに当ててみた。

「これ！　ほら、このボタンだよ！　他のボタンとそっくり同じ！　白っぽいし、セルロイドだし、大きさも穴の数と形も、そっくり同じだ」

「おっ、た……確かに」

デリックも、僅《わず》かに声を上擦らせる。エミールは、呆然《ぼうぜん》と呟《つぶや》いた。

「どうして、パーカーさんのオフィスの、しかもソファーの上に、ヴェロニカさんのブラウスのボタンが落ちてたりしたんだろう。あっ、そうか。ヴェロニカさんは結果発表の後、パーカーさんのオフィスに呼ばれたんだっけ。そのときに、ぽろっと落ちたんだね、きっと」

「待て待て。そう簡単に納得すんな。それじゃおかしい。よく見ろ」

デリックは鼻を鳴らし、落ちたボタンが本来縫い付けられていたはずの場所を、ピンセットで指した。

「少なくとも、勝手に落ちたわけじゃねえ。見てみな。ボタンがついてた場所の布がえらく傷んで、でかい穴が開いてるだろ。こりゃ、糸が強く引っ張られた……つまり、ボタンはもぎ取られた、あるいは引きちぎられたとみるのが正しい」

エミールは、息を呑《の》んだ。

「それって……」

デリックは、いつものシニカルな笑みを浮かべて言った。

「つまり、ヴェロニカはそういうことをされたんじゃねえの、パーカーにさ」

「……そういえばパーカーさんは、髪をポマードでがっちり固めてた！」

二人は顔を見合わせる。エミールはボタンをギュッと握りしめ、引き締まった表情で言った。

「すぐに警部にこのことを報《しら》せてくる！　もし、他に何かわかったら……」

「ああ、必ず報告しに行く。頑張ってこいよ」

「ありがとう！」

手袋を放り投げ、部屋から駆け出していくエミールを見送ることもせず、デリックは再び虫眼鏡を手にした。

「その……わたしはどうして、ここに呼ばれたんでしょうか。警察は横暴じゃないですか」

先日は、自分のオフィスで余裕綽々《しゃくしゃく》の言動を見せていたテレンス・パーカーは、取調室で落ちつきなく身じろぎしていた。美しいものに囲まれて暮らしているだけに、この殺風景な部屋が、ひときわ恐怖感を煽《あお》るのだろう。

机の上には、エミールがパーカーのオフィスで拾ったボタン、それにヴェロニカのブラウスに付着していた短い毛髪が、ハトロン紙に挟んだまま置かれている。

「なあ、おい。色男さんよ。オーディションの結果発表のあと、あんたはオフィスで、ずいぶん熱烈な『お祝い』をしたようだな。ヴェロニカのブラウスのボタンが引きちぎれるくらい、いったい何をしたんだ？　あと、この髪は、どうやらあんたのみたいだなあ。長さも色も合う。ついでに、残ったポマードの匂いも一緒ときたもんだ。こいつも被害者《ガイシャ》のブラウスにへばりついてた。つまり、そんくらい彼女に近づいたってことだな」

ベントリーは、鋭い目と口調で、わざとらしくパーカーの背後に回り込み、くんくんと彼の髪の匂いを嗅《か》いでみせた。まるで猟犬だ。エミールは書記席の定位置で、ひたすら目と耳に神経を集中させている。

「ヴェロニカ・ドジソンに何をした？　素直に吐かねえんなら、あんたのオフィスに家宅捜索をぶっ込んでもいいんだぜ？　大事な舞台を控えて、さぞいい宣伝になるだろうなあ？」

「そ、それだけは！　そんな悪評を立てられては、僕の輝かしいキャリアが……」

「だったら、正直に吐け。祝福を口実に、オフィスでヴェロニカに何をしたんだ？」

パーカーは、机の上に両手を置き、せわしなく指を組んだり解《ほど》いたりしながら上擦った声を出した。

「そ、その……僕は、女優を何よりも見事に花開かせるのは、恋だと思っています。しかも恋愛の手管を知り尽くした、大人の男との恋だと。で、ですから、自分の舞台に立つ女優には、皆、恋をしてもらうのだという話をして……」

「ふん。主演女優のお相手は、常にあんただってわけか」

「何の不満もないでしょう。容姿にも才能にも財力にも恵まれた、経験豊かな年上の男ですよ。初心《うぶ》な彼女たちにあらゆる歓《よろこ》びを与え、磨き上げてやれる。しかも後腐れはない。皆、喜んで受け入れましたよ。しかし、ヴェロニカは違った。僕が抱き締めようとすると、凄《すご》い勢いで抵抗したんです。たぶん……そのとき」

「ボタンが外れて飛び、あんたの髪が彼女のブラウスについた、か。なるほどなあ。で、ヴェロニカはどうした？」

「変わった女ですよ。どんな女優だって、たとえ人妻だって、自分の得になる話なら乗るものだ。ただ従うだけで、著名な舞台演出家の寵《ちょう》を受けられるんですからね。それなのにヴェロニカは、こんなことのためにオーディションを受けたのではないと、泣いて怒りました。そして、何故、アンジェラでなく自分が選ばれたのかと問い詰めてきました」

「で？　あんたは何て説明したんだ？」

嫌悪感を隠しもしないベントリーに対し、パーカーは常識でも語るような平然とした口調で、こう言った。

「正直、女優としての力は、アンジェラのほうが上だ。しかし、彼女は僕の『指導』に身を委《ゆだ》ねる従順さを持ちあわせていないと判断した。素直で、大人しくて、僕好みの女

「……失礼、女優になるよう躾《しつ》けやすそうな君を選んだんだ……とね」

「何てことを……」

それまで発言をこらえてきたエミールも、思わず怒りを露《あら》わにする。だが、パーカーは二人の刑事の反応などお構いなしに、こう吐き捨てた。

「そうしたら、ヴェロニカは、この役をアンジェラに譲って、自分は降りる……そう言って、憤然と応接室を出て行きましたよ。それだけのことです」

「それだけのことって！」

「エルフィン！　そこにいろ」

エミールは思わず席を離れ、パーカーに詰め寄ろうとした。だが、ベントリーは一喝で、部下の動きを見事に止める。そうしておいて、ベントリーはパーカーにグッとごつい顔を近づけた。パーカーは、軽くのけぞって逃げを打つ。

「あんたにどんだけ才能があるか知らんが、性根が腐ってるのだけは確かだな。……ヴェロニカとは、本当にそれだけなんだな？」

「も、勿論《もちろん》ですよ。去る者は追わない主義なんです。それに、これは僕のやり方だ。あなたに非難される覚えはありませんよ」

事実をぶちまけてかえって落ち着きを取り戻したのか、パーカーは両手で髪を撫《な》でつけ、気取った口調で言った。

「もう、帰っていいでしょうかね。僕はこれから新聞社に広告の原稿を持って行かなければならないんです。これ以上遅くなると、明日《あした》の朝刊に間に合わない」

「広告？　いったい何のだ」

「今度の舞台のですよ。亡きヴェロニカに敬意を払い、新しいヒロイン役には、彼女の望みどおり、妹のアンジェラを配することにしました」

「ええっ？」

エミールは驚きの声を上げる。だがパーカーは、平然として話を続けた。

「あのドジソン姉妹の姉、栄光を摑《つか》んだ矢先の非業の死。しかし妹が姉の遺志を継ぎ、ヒロインとして舞台に立つ！　しかも、誤認逮捕という試練を乗り越えてね」

「ぐッ……」

痛いところを突かれ、ベントリーは初めてたじろぐ。パーカーは、すっかり自分のペースを取り戻し、優雅に腕を広げた。

「スコットランドヤードのおかげで、いい宣伝になりますよ。アンジェラは僕の好みじゃないが、稽古《けいこ》を重ねれば、僕の偉大さにも気付くだろうし。いや、実に結構」

あまりにも無神経なパーカーの商魂に絶句する二人の刑事を後目《しりめ》に、当の本人はカーテンコールのような大袈裟《おおげさ》なお辞儀を残し、悠々と去っていく。

「……くそっ」

普段は冷静沈着で悠然とした態度を崩さないベントリーも、腹立ち紛れにゴミ箱を蹴《け》飛ばす。エミールも、悔しさにギュッと唇を嚙《か》みしめた……。

その夜、エミールとデリックは、ソーホーに新しく出来た中華料理店で夕食を共にしていた。

「何が何だかさっぱりわからねえから適当に頼んだけど、何食っても美味《うま》いな」

こってり甘辛い味をつけたスペアリブを手づかみで齧《かじ》りながら、デリックは満足げに言った。エミールも、客でごった返す活気溢《あふ》れる店内を見回し、感心しきりの表情で同意する。

「ホントだね。僕、中華料理って初めてなんだ」

「俺も。それにしても、あんたの上司も来ればよかったのにな」

「うん。アンジェラさんのことやパーカーさんのことがあって、嫌な感じになってたからね。気分転換したほうがいいんじゃないかと思ったんだけど、そんな気になれないってさ」

「だろうな。明日の朝刊に、そんな不名誉な広告が載るんじゃ、むしろ飯よりやけ酒だったかもな」

同時に溜《た》め息をついた二人の前に、なみなみとワンタンスープが注がれた大ぶりの碗《わん》が勢いよく置かれる。

給仕は皆、中国人の若い女性で、何ともセクシーな民族衣装に身を包んでいる。深いスリットから覗《のぞ》く見事な脚線美に、デリックは小さな口笛で賛辞を贈った。

内装も中国式なのだろう。エキゾチックな刺繍《ししゆう》を施した布張りのランプシェードや、黒檀《こくたん》とおぼしき見事な彫刻を施された家具、そして、丸いテーブルを囲むように配置された、背もたれの真っ直ぐ高い椅子。すべてが見慣れないものばかりだ。

客が来るたびに打ち鳴らされる大きな銅鑼《どら》の音が、さらに異国情緒を盛り上げる。

細長い米をパラパラに炒《いた》めた炒飯《チャーハン》には、細かく切った葱《ねぎ》やグリーンピース、それに卵が入っている。何とも食べにくい独特な形状のスプーンでそれを掬《すく》い、不器用に口に運ぼうとするエミールを面白そうに見守りつつ、デリックは言った。

「誤認逮捕じゃねえって言ってやりゃよかったのに。アンジェラが嘘の自供をしたんだって」

「そんなこと言ったって、意味ないよ。パーカーさんは、自分の舞台を派手に宣伝することしか考えてないんだもの。でも彼の話で、オフィスから出て来たヴェロニカさんの様子がおかしかった理由も、唐突に役を降りるって言いだした理由も、やっとわかったからね。そういう意味ではすっきりした」

さっき、エミールからパーカーの供述内容を聞かされたデリックは、小さく舌打ちした。

「哀れだな、ヴェロニカは。単にパーカーの好みだって理由で役を与えられたと知って、絶望したんだろう。……だがアンジェラには才能があるとパーカーが認めていて、さらに奴の好みでないならきっと安全だ。アンジェラの気性なら、パーカーに『調教』されることなく、ヒロインを務め上げるだろうと、そう考えたんだろうな」

　エミールも、沈痛な面持ちで頷《うなず》く。

「それで咄嗟《とっさ》に、自分には才能がないから、身を引いて役を譲る……なんて嘘をついたんだね。いや、半ば本気だったのかもしれないけど、でもパーカーさんのことは伏せてさ」

「パーカーの仕打ちを打ち明けりゃ、妹の気性からして、激怒してせっかくのチャンスをフイにするに決まってる。だから、自分の志を疑われても、妹を晴れ舞台に立たせてやりたかった……か」

「うん。夕方、自宅にいるアンジェラさんに、そのことを伝えに行ったんだ。泣いてたよ。お姉さんを詰《なじ》ったこと、物凄く悔やんでた。可哀想だった」

　エミールは、心底気の毒そうに目を伏せた。

「自分が殺したって嘘の自供をした理由も、話してくれたんだ。たとえ誰が犯人でも、深夜にお姉さんがひとりぼっちで彷徨《さまよ》う羽目になったのは、自分のせいだ。大事な姉さんを、一時の癇癪《かんしゃく》で傷つけた自分が、お姉さんを殺したも同然だ……そんな思いだったんだって」

「そうか……。いや、ヤードにとっちゃ迷惑なだけだが、気持ちは理解できるな」

「そうなんだよ。どうして嘘ついたんだって腹を立ててたんだけど、話を聞いたら、そうせずにはいられなかった気持ちもわかる。だから、余計に警部も複雑なんだと思うよ」

「なるほどな。……あ、ちょっと待てよ。本当のことを知ったら、あの跳ねっ返り娘、今度はパーカーって奴を殴りに行くんじゃないか？」

デリックは心配そうにそう言ったが、エミールは、クスリと笑って頷いた。

「警部も同じこと心配して、アンジェラさんには、当分自宅から出ないように言い渡してた。あと、滅多なことしないように、制服警官に下宿を警護させてる。まあ、体のいい自宅軟禁だね」

「なるほど。さすがだな。……で、これからどうするんだ、捜査のほうは」

そう問われて、エミールは、ぱさつく炒飯をスープで流し込み、困り顔で答えた。

「正直、さすがの警部も行き詰まってるみたい。当然、僕にもアイデアはないんだけど」

「おいおい」

「詰まったときは、現場百遍……」

「あ？」

キョトンとするデリックに、エミールは朴訥《ぼくとつ》な口調で言った。

「管区にいる頃、上司だったダンパー巡査部長に言われたことなんだ。古くさいけど、昔から捜査の鉄則なんだぞ、現場に行けば、初心に返れるぞって」

それを聞いて、デリックは面白そうにニヤリと笑った。

「へえ、現場百遍か。かっこいい言葉だな。なあ、腹ごなしに、食ったら行ってみるか？」

「えっ？　今から？　君が付き合ってくれるの？」

「まだ殺害時刻よりはだいぶ早いが、夜に現場へ行ってみるのもいいんじゃねえか？　検死官として、俺も興味がある」

「わかった。無駄足になるかもしれないけど、何もしないよりマシだ。行ってみよう！」

小さくとも行動目標を得て、ドンヨリしていたエミールの顔に、みるみるうちに生気が戻ってくる。

「あんたはそうじゃなくっちゃな」

幼なじみを元気づけられたことに安堵《あんど》して、デリックははちきれそうに肉がみっしり詰まったワンタンをスプーンで掬い上げた。


食事を終えた二人は、一時間あまりかけて、ヴェロニカの死体が発見されたクォーターデッキ近くの倉庫街まで歩いた。

昼のドックは人がごった返し、活気溢れる場所だが、夜のドックは、貨物の積み降ろしがなければ静かなものである。倉庫街は暗く、外灯もごく疎《まば》らで、倉庫と倉庫の間は、完全な闇になっている。

しかも、春とはいえ、日中もあまり日が差さない場所だけに、夜の肌寒さもひとしおだ。ただ立っているだけで、心の荒《すさ》む場所である。

「男の俺たちが最短距離を歩いてきても、たいがい疲れる距離だ。犯人に追われて、あちこち蛇行しながらここまで来る頃には、女の身じゃあ、青息吐息だっただろうな」

デリックは、薄気味悪そうに周囲を見回した。

「そうだね。人っ子ひとりいないし、暗いし、怖かっただろうと思う。しかも雨が降ってたんだよね」

エミールは痛ましげに、ヴェロニカの死体が横たわっていた場所を見た。

昔の上司、ダンパーが言うとおり、現場に戻ると、記憶がリフレッシュされる。初めてここでヴェロニカの遺体を見たときの衝撃が、エミールの胸に鮮やかに甦《よみがえ》った。

無言で立ち尽くすエミールの傍らで、デリックは倉庫と倉庫の間の深い闇を、じっと見ていた。彼にとっては初めて見るこの場所で、ヴェロニカは命を奪われたのだ。

「初心に返って……か。ん？　おい、待てよ」

「うん？　どうしたの？」

するとデリックは、鋭い目つきでこう言った。

「初心だ。ボタンだ！」

「えっ？」

ポカンとするエミールに、デリックは早口でまくし立てる。

「アンジェラのブラウスのいちばん下のボタンは、事件の日の朝に着ようと思ったときには、もうなかったんだよな？」

「うん、確かアンジェラさん自身が、そう言ってた」

「だがそれを、遺体となったヴェロニカは左手に握り込んでた。……もし彼女が、事件の朝までにそのボタンを見つけていたのなら、黙って持ってるってこたぁないだろ」

エミールは、ああ、と納得の声を上げた。

「確かに。きっとアンジェラさんに渡すか、自分で縫い付けてあげるか……するよね」

「そうだ。うっかりあんたみたいにポケットに入れっぱなしにしてたとしても、いまわの際に、わざわざそんなもんの存在を思い出して、取り出して、握り締めたりするか？」

エミールもハッとして、声のトーンを一段上げる。

「もしかして、君が言いたいのは……。犯人が事前にボタンを手に入れておいて、僕らがアンジェラさんを疑うように仕向けた……？」

「おそらくはな。手作りの高価なボタンなら、誰でも持ってるものじゃない。兄貴にボタンを鑑定させたから話が早かったが、そうでなくても、そのうちベントリー警部だって、アンジェラを疑ったろう」

「なるほど。で、家宅捜索をすれば、高確率でボタンがアンジェラさんのものだとわかる。警察の目をアンジェラさんに向けさせるのが狙いだったってことか」

「ああ。そこでだ、考えてみろ。ドジソン姉妹宅で、事前にアンジェラのボタンを手に入れられる奴は、誰だ？」

数秒考えてから、エミールは、あっと声を上げた。

「ドジソン姉妹以外には、大家さん……それから、イーリーさんだ！」

我が意を得たりと言わんばかりに、デリックは指を鳴らす。

「そうだ！　そんなことができるのは、大家かイーリーしかいない。大家は老夫婦だ。あんな殺人は出来ないだろう。だったら、イーリーだ。ヴェロニカを訪ねたとき、家の中で偶然拾ったか、隙を見てクローゼットを漁《あさ》ったか……」

「でも……まさか。イーリーさんは、ヴェロニカさんの恋人なんだよ？　殺す理由が……」

「恋人だからこそ、こじれるってこともあんだろ？　それに、疑惑はもう一つある」

ベントリー顔負けの鋭い口調で、デリックはこう指摘した。

「事件の夜、ヴェロニカが何時にどこにいるか、かなりはっきり見当がついていたのも、イーリーだけだ。違うか」

「あ……。そ、そうか。本人は気付かなかったって言ってたけど、本当はヴェロニカさんの懐具合から、どこでタクシーを降りるか、だいたい予想がついてたかも……」

「そうだ。あまり事務所に近くても、運転手に悪い。かといって、タワーブリッジを渡られちゃ、運賃がかさむ。……手前がいちばん踏ん切りを付けやすい場所だぜ」

「でも、たとえ三分でも、タクシーが出てから事務所を出発して、タクシーを降りて歩き始めたヴェロニカさんに追いつくのは、けっこう大変だよ？　イーリーさんは、あんまり運動が得意そうには見えなかったなあ」

別にイーリーを庇《かば》いたいわけではないのだが、会話の流れで、エミールは自然と、デリックの疑念に反証を示す役柄を背負ってしまっている。

「それに関しては、思ってることがある。……なあ。明日《あした》、ベントリー警部とベイ会計事務所へ行ってこいよ。それも現場百遍だろ。何しろ、ヴェロニカが生前に訪ねた最後の場所だ。イーリーに嫌がられようと、行ってみない手はない」

デリックの提案に、エミールは強く頷《うなず》いた。

「わかった！　朝一番で行く。ありがとう、デリック。今回の事件は、君に助けられてばっかりだ」

「どう致しまして。乗りかかった船だ、今回の事件は、とことんつきあうぜ」

長々歩いて疲れていたはずなのだが、そんな疲労感は既に消し飛んでいる。二人は、どこか高揚した気持ちで、殺人現場を後にした。

翌日の朝一番に、ベントリーとエミールは、マイケル・イーリーの職場であり、殺害されたヴェロニカ・ドジソンが殺害前、最後に立ち寄った場所でもあるベイ会計事務所へ向かった。

金融関係の会社が建ち並び、スマートなエリート紳士が集うシティで、くたびれたスーツの刑事二人は、悪い意味で人目を引く。ベイ会計事務所にベントリーとエミールが入っていくと、受付嬢はギョッとした顔をした。

「スコットランドヤードのベントリーとドレイパーだ。マイケル・イーリー氏にお目に掛かりたいんだがな」

ベントリーが身分を示してそう言うと、受付嬢は明らかに困惑した様子だった。

「あの、イーリーさんなら、外出中です」

そう言われると、ベントリーはカウンターから身を乗り出し、矢継ぎ早に問いを発した。

「いつ帰る？ どこへ行った？ 急ぎの用なんだ。何なら、俺たちがそこへ出向いてもいい。住所を教えてくれ」

「そ、それは困ります。お客様のお宅ですから」

「だから、そこんちの前まで行くだけだ。この事務所に迷惑はかけねえよ」

そう言いながら、ベントリーは受付嬢の手元にある、事務所の会計士たちのスケジュールを盗み見た。その鋭い目が、カッと見開かれる。

「！」

午前九時から十時まで、イーリーの訪問先に書かれていた顧客の名前は、ドジソン卿《きょう》……つまり、ヴェロニカとアンジェラの父親の名だったのである。

「おい、こいつぁ……」

ベントリーが受付嬢を追及しようとしたそのとき、事務所の奥から出て来た男性が、威厳のある声を張り上げた。

「スコットランドヤードの方だそうだが、いったい、うちの職員に、今度はどのようなご用ですかな。顧客のプライバシーにかかわるようなことは、そう簡単にお話しできませんぞ。それにここはシティ警察の管轄内です。ヤードの方でも、無断捜査はできないはずですが」

「……あんたは？」

「この事務所を経営しております。会計士のベイです」

きちんと撫《な》でつけた白髪が印象的で、痩《や》せてはいるが骨格のしっかりした長身の老人である。恐ろしく高価そうな布地のスーツに身を包み、実に堂々としている。

「ははあ、あんたがね。俺はヤードのベントリー。こっちは部下のドレイパー。あんたが言うとおり、こりゃ越権行為だ。シティ警察の連中に見つかったら、どやされるだけじゃ済まねえ。だからさっさと用を済ませて、奴らに見つかる前に退散したいんだよ」

ベントリーは、自己紹介もそこそこに、ぞんざいな口調でベイに迫った。

「で、訊《き》きたいんだが、あんた、イーリーが、こないだ殺されたヴェロニカ・ドジソンの恋人だって知ってたか？」

無礼な物言いに眉《まゆ》をひそめつつも、早く追い払いたいのだろう、ベイは不愉快そうな顔で頷く。

「それは、イーリーから報告を受けております。実に気の毒なことだ」

「それなのにまだ、そのイーリーに、恋人を勘当した親父の……ドジソン卿の経理を担当させてるってのかい？」

「……スケジュール表の覗《のぞ》き見は感心しませんぞ」

「いやあ、偶然見えちまってね。で、どうなんだ？」

それを聞いて、ベイの片頬がピクリと痙攣《けいれん》した。だが彼は、手のひらで頬を押さえ、平静を装って答えた。

「ドジソン卿とは、長年のおつきあいを頂いております。大事な節目にはわたしが直接伺いますが、月々の経理は、イーリーが担当として、お屋敷にお邪魔しておりますよ」

「何でよりにもよってイーリーなんだ？　でかい事務所だ、他にも会計士は何人もいるだろうに」

「ドジソン卿のご指名です。一度、助手として連れていったとき、イーリーがお気に召したようで。もうじき、担当させて頂いて、一年半になります」

（一年半前っていえば、ちょうどドジソン姉妹が家を出て、女優を目指し始めた頃だ。これって、偶然……じゃないよな）

エミールと同じことを考えたらしい。ベントリーは、エミールに素早く目配せする。

「けど、勘当した娘を恋人にした男を、わざわざ担当にしておきたいもんかね？」

ベイは、渋い顔で咳《せき》払いした。

「プライベートと仕事は、別物です。イーリーは、お屋敷にお邪魔するときは、会計士としての話しか致しません。どなたと交際しようと、職務には関係ありませんよ」

「……なるほどね。火のないところに煙は立たねえが、薪の一本くらいは見つけたかもしれねえな」

「はい？」

「ああいや、こっちのことで。……貴重な情報、ありがとうございました」

最初の勢いはどこへやら、あっさり引き下がったベントリーに、ベイはやや拍子抜けした顔をした。

「それだけで、よろしいのかな？」

「ええ、十分ですよ。……あ、待った。もう一つ質問があったんでした。イーリーは、外出するとき、歩きで？」

「あ、いや……どうでしょうな」

そこまで把握していないらしく、ベイは首を傾げる。すると受付嬢が、さっと助け船を出した。

「遠いところには、バスや地下鉄で行かれますけど、近場なら、歩きか自転車です。いつも、自転車を事務所の裏に停めてらっしゃいます」

「なるほどっ！」

ベントリーは大きく手を打ち、エミールも、思わず拳《こぶし》を握り込んだ。

（自転車なら、タクシーに追いつける！　殺害後も、すぐに逃げられるぞ）

二人の胸の中で、イーリーへの疑惑がどんどん膨らんでいく。彼らが迷わず次に向かったのは、スローンスクエアにあるドジソン卿の邸宅だった。

地方に大邸宅を持ち、ロンドンの住まいはあくまでもタウンハウスという位置づけらしいが、それでも十分に大きく重厚な、ヴィクトリア様式の屋敷である。

駄目元で面会を申し込むと、スコットランドヤードの名が効いたのか、五分だけという条件で、二人は書斎へ通された。小一時間も待たされた後で、恐ろしく仕立てのいいスーツを着た、大柄な老人が入って来た。

時刻は十時過ぎ、おそらくはイーリーとの用事を済ませたその足でやってきたのだろう。

ドジソン卿には、窓際に立っていたベントリーとエミールが、思わず背筋を伸ばしてしまうような威厳がある。さっきのベイも相当なものだと思ったが、その比ではない。これが、生まれながらの貴族が持つ高貴な雰囲気というものなのだろうか。

「ドジソンだ。スコットランドヤードが、何の用向きかな。勘当した娘のことなら、言うことは何もあり……」

挨拶《あいさつ》もそこそこに、自分の執務机に向かって杖《つえ》をついて歩きながら、ドジソン卿はツケツケと訊《たず》ねてきた。相当せっかちな人物らしい。

「ヤードのベントリー主任警部です。こちらはドレイパー巡査部長。マイケル・イーリーは、もう帰りましたか？」

「何だと？」

てっきり、ヴェロニカのことを訊かれると思って身構えていたのだろう。ドジソン卿は、厳《いか》めしい顔に、ちらと意表を突かれた隙を見せたが、すぐにそれを打ち消し、つっけんどんに答えた。

「会計士のことなど訊ねに来たのか？　馬鹿馬鹿しい。もう帰った。それが知りたかったのなら、君たちも帰りたまえ」

「いや、知りたいことは、まだありますよ。……失礼ですが、あんた、イーリーに経理以外のこともやらせてたんじゃないですか」

「な……何を言う。失敬な！　帰れ！」

軽くよろめきながら椅子に腰を下ろしたドジソン卿は、金属のベルを物凄《ものすご》い勢いで鳴らした。すぐに、秘書が書斎に入ってくる。

だがベントリーは、執務机に足早に歩み寄り、ドジソン卿の耳元で囁《ささや》いた。

「勘当した娘たちが、下町で何をしているのか気になったんじゃないですか？　だから、駆け出し会計士のイーリーに目を付けた。いくら勘当しても、彼女たちと親子である事実は、この国じゅうの人々が知ってる。何かあっちゃ具合が悪いから、イーリーに監視させてたんじゃないですかね。……何なら、あいつを締め上げて、吐かせたっていいんですよ？」

「くっ……ぶ、無礼な男だ……よい、下がれ」

ドジソン卿の顔色が、一段階悪くなる。彼は片手を振って秘書を下がらせると、ベントリーを睨《にら》みつけた。

「わ……わしはただ、イーリーに娘たちの近くで行動を見張り、家名に傷を付けるようなことがあれば、速やかに善処せよと、そう命じただけだ」

エミールは、善処という言葉にギョッとする。

「それ……まさか、何かあったら殺していいって、そういうことですかっ？」

「馬鹿な。無礼な言いがかりをつけないで貰《もら》いたいものだな。殺せなどと、そのようなことを言った覚えはない。あくまでも『善処』だ。……ヴェロニカは、賊に襲われて不慮の死を遂げたと聞いておる。まあ、下町の小劇場なら大目に見ようが、ウエストエンドの大劇場に女優としてドジソンを名乗って出演するなど、言語道断だ。あれの死は、神の御業《みわざ》だと思っておるがな」

「そんな！　娘が死んで、家名が守られて、それでホッとしたんですか？　そんな馬鹿な。あなたは、実の父親じゃないですか！」

信じられない思いでエミールは声を張り上げた。しかしドジソン卿《きょう》は、冷ややかな眼《まな》差《ざ》しで、エミールを睨みつける。

「勘当した娘だ。何をしようと、どうなろうと、わしには関係ない。ただ、ドジソン家の名を穢《けが》すことだけは許さん」

「……なるほど。わかりました。腹ん中がどうであろうと、決して自分の手を汚すことのないあんたを、いくら追及したって始まらない。ご協力、感謝します。行くぞ、エルフィン」

ベントリーは、なおも非難の言葉を投げつけそうなエミールの手首を掴《つか》み、そのまま書斎を出て行く。屋敷を後にしてから、ベントリーはようやくエミールを解放した。

「警部！　あんなの、イーリーに命令して、姉妹を監視しろ、まずいことをしそうになったら殺せって命令してたって、言ったようなもんじゃないですか！　どうして……」

エミールは泣きそうな顔で抗議したが、ベントリーは嘆息し、片手で帽子を被《かぶ》り直した。

「だが、イーリー以外の誰にも聞かれず、世間話の一環みたいに言われたことを、どうやって罪に問える？　実際に『殺せ』とは言ってないんだぞ。無駄なあがきをして、ヤードの上に苦情でも言われてみろ。潰《つぶ》されるのはこっちだぜ」

「う……じゃ、じゃあ、イーリー！　今すぐ会計事務所へ引き返して、イーリーを逮捕しましょう！」

エミールは早速タクシーを拾おうとしたが、ベントリーは、彼の肩を大きな手で掴み、制止した。

「落ち着け。何の罪で、イーリーをしょっ引こうとしてるんだ、お前は」

「そ、そんなの、決まってるじゃないですか！　殺人罪ですよ！」

「どこに証拠がある。疑わしさ満点だが、あの男がヴェロニカを殺したっていう確証はねえんだぞ。そんなので、令状が下りるかよ」

「血液型とか！　もし、A型だったら！」

「A型の奴が、このロンドンに何千人いると思ってんだ、バカ。ついでに言うが、右利きの奴は、もっと多いぞ」

「う……うう、じゃあ、ボタンの件も」

「疑わしいにも程があるとはいえ、ボタンは決定的な証拠にはならんよ」

「う……そ、そっか……」

呆《あき》れ顔のベントリーに、それまで最大限に高まっていたエミールのやる気が、穴の開いた風船のようにしぼんでいく。

「じゃあ……このまま、見過ごすんですか？　ヴェロニカさんは殺され損なんですか？　僕ら、そんなに権力に弱い立場なんですかね」

「……ばーか。何を勝手に凹《へこ》んでる。ちょっと待ってろ」

そう言うと、ベントリーはすぐ近くにあったニューススタンドに行き、新聞を持って戻ってきた。そしてペラペラとめくった紙面を、俯《うつむ》いてしまったエミールの鼻先に突きつける。

「…………？」

渋々顔を上げて新聞を見たエミールは、息を呑《の》んだ。そこには、昨日、パーカーが言っていた、「リア王」についての大きな広告が掲載されていたのだ。

「警部！」

再び弾《はじ》かれるように立ち上がったエミールに、ベントリーは片頬だけで笑った。

「おうよ。もうひとり、殺される対象が、今朝出来上がったじゃねえか」

「アンジェラさんが危ない！」

「……そうだ。ヴェロニカに代わって、アンジェラがヒロインを務める。こうも大々的に発表されちまっては、イーリーの次のターゲットはアンジェラだ。今日、あいつがドジソン卿を訪ねたのは、たぶんその『制止』命令を受けるためだったんだろう」

「だったら、今度は今すぐアンジェラさんを守らないと！」

「待て待て！　そう慌てなくても、あの娘は今、偶然ながら事実上、自宅軟禁中だ。警官たちも、下宿前に絶えず立ってる。本来はあの娘を見張るためだが、幸い、イーリーも簡単に手を出せなくなってるだろうが」

　動転していたエミールも、こんこんと諭されて、どうにか冷静さを取り戻す。大きく深呼吸して、彼は上司の不敵な顔を見た。どう考えても、何かを企《たくら》んでいる顔つきだ。

「じゃあ、どうするんです？　手を出せないなら、僕らも、イーリーを逮捕できないってことに……」

「ホントにお前は単純馬鹿だな。向こうが手を出せねえからこそ、こっちが罠《わな》を張りやすいんじゃねえか」

「えっ……？」

　ベントリーは、意地の悪い笑みを浮かべて言った。

「ドジソン卿は、今回でイーリーを見捨てるだろう。俺たちが、イーリーが下手人だとアタリをつけていると知った上、勘当した娘二人を『善処』したら、もうイーリーには用はない。むしろ、殺人犯としてイーリーが縛り首にでもされればいいと、今頃願ってるんじゃねえかな」

エミールは、イーリーの気弱そうな顔つきや態度を思い出し、酷《ひど》く複雑な面持ちになる。

「そんな……。じゃあ、イーリーの身柄を今すぐ押さえて、事情を話せば、自白を取れるんじゃ」

「馬鹿を言え。あいつはもうひとり殺してるんだぞ。今、アンジェラ殺しを思いとどまったところで、一人目がばれれば結局縛り首だ。それならアンジェラを片付けて、おそらくはドジソン卿がちらつかせてるご褒美をもらったほうがいいと考えるだろう」

「だけど、このままじゃアンジェラさんが……」

「ああ。おそらくさっき、イーリーは朝刊を見たドジソン卿から、アンジェラを『善処』しろって命令を受けたはずだ。出来るだけ早く、仕事にかかりたいだろう。……アンジェラが、人気のない場所でひとりになった時を狙って、な」

上司の言葉の意味を理解して、エミールは青ざめた。

「でも、現状ではずっと自宅にいることに……、ま、まさか、アンジェラさんを囮《おとり》に？」

ベントリーは、常識を語るように軽く頷《うなず》く。

「そうだ。打って付けだろ。お嬢ちゃんは女優なんだし、姉さんの仇《かたき》も討てる。軽く襲われてくれれば、俺たちは令状がなくても、イーリーを現行犯でひとまず逮捕できる。ぶち込みさえすりゃ、あとは俺が必ず落とすさ」

「危険すぎますよ」

「その手の危険を顧みるお嬢ちゃんじゃあるまいよ。ありゃあ、肝の太い娘だぜ。さて、そうと決まれば、さっそく作戦会議だ。お嬢ちゃんちに行くぞ！」

「うわあ……だ、大丈夫かなあ……」

情けない声を上げながら、エミールは上司に従って歩き出した。

その夜、十時過ぎ。ドジソン姉妹の住まいからほど近いサウスワークパークに、アンジェラの姿があった。

ベントリーとエミールからすべてを聞いたアンジェラは、怒りに燃えた目で、囮になると自ら申し出たのだ。

彼女は「パーカーさんから、ヴェロニカの代わりにヒロインのオファーを受けた。それについて、直接会って、相談したい」という電報を、イーリーの事務所宛《あて》に打った。そして待ち合わせ場所に、公園の中央にある池の畔《ほとり》を指定したのである。

当然、外灯の下に立つアンジェラを取り囲むように、茂みや木陰に、何十人もの警察官が張り込んでいる。彼女から見える茂みには、ベントリーとエミール、それにデリックまでが控えていた。

「ねえ。本当に、来なくてよかったんだよ、こんな危険なところに」

エミールに耳打ちされ、デリックはいつもの飄々《ひょうひょう》とした笑顔でさらりと答えた。

「危険だから、俺がいたほうがいいんだろ。医者がひとりいると、何かと重宝だぜ？」

「そうかもしれないけど。……こんな現場まで来ちゃう検死官、初めて見たよ」

エミールはぼやいたが、デリックが言いだしたらきかない性格なのは、幼い頃に思い知っている。いざというときは、自分の身くらい自分で守るだろうと踏んで、エミールはデリックをこの場から追い払うことを諦《あきら》めた。

「……もうじきですね。来るでしょうか、イーリーは」

エミールは、茂みであちこちチクチク刺されて顔をしかめつつ、傍らのベントリーに耳打ちした。ベントリーは、やけに自信たっぷりに囁《ささや》き返す。

「来るさ。絶好のチャンスを、わざわざお膳《ぜん》立《だ》てしてやったんだからな」

「……ちょっとわざとらしいくらい『絶好』ですけどね」

呆れ顔でエミールが相づちを打ったそのとき、自転車のブレーキ音が聞こえた。

「！」

二人とも同時に口を噤《つぐ》み、身構える。ベントリーは拳銃《けんじゅう》を、エミールは警棒をしっかりと構えた。他の警察官たちも、皆それぞれ、警棒を用意しているはずだ。デリックだけは丸腰なので、ただ茂みの中から成り行きを見守っている。

派手なブレーキ音を響かせながら、アンジェラの待つ池の畔に自転車を乗り付けたのは、スーツ姿のイーリーだった。

「やあ、待たせたね！　ごめんよ。でも、話なら、下宿に行ったのに。どうしてこんな寂しいところに？」

イーリーは自転車を木にもたせかけると、アンジェラに歩み寄りつつ、オドオドと警戒の視線を周囲に投げた。エミールは、思わず身体を小さくする。

だが当のアンジェラは、堂々とした態度で言い放った。

「ごきげんよう、イーリーさん。私の下宿には見張りの警官が立っているから、煩わしくて。……誰にも見られずにお話がしたかったの。だから、窓から抜け出してきたわ」

「……なるほど。君らしいよ」

さすが女優、ごく自然なアンジェラの態度にようやく安堵《あんど》したのか、イーリーは表情を緩め、彼女に歩み寄る。その右手が、さりげなく上着のポケットに差し入れられたことを、ベントリーとエミールは、視線で確認しあった。

「それで、ヒロイン役が何だって？」

問いかけるイーリーに、アンジェラは、微笑みを崩さないまま、実にさりげなくこう言った。

「姉さんの遺志を継いで、姉さんがやるはずだったヒロインのコーディリア役を、お引き受けしようと思うの」

するとイーリーは、意外そうに小さな目をパチパチさせた。

「ああ、今朝の新聞広告を見たよ。……おめでとう。ヴェロニカも、きっと嬉《うれ》しいだろう」

その自然な口ぶりからは、殺意など微塵《みじん》も感じられない。

(あれっ？　もしかして、勘違い……だったりする……？　いや、まさか。でも)

エミールは、軽く混乱して、外灯の下に立つ二人の姿を、不思議な気持ちで見る。アンジェラのは芝居だとわかっていても、微笑み、和やかに話す二人は、とても仲が良さそうに見えたからだ。

「ありがとう。姉さんの恋人に祝福してもらって嬉しいわ」

アンジェラは実にさりげなくそう言ったが、イーリーはおもむろに丸眼鏡を投げ捨てた。コミカルな眼鏡がないと、イーリーは別人のように人相が悪い。口調も、あからさまに侮蔑《ぶべつ》的になった。

「だけど残念だね、アンジェラ。君が晴れ舞台に立つ日は、残念ながら来ないんだ」

「……どういうこと？」

「君のお父上のご命令でね。ヴェロニカに続いて、君にも死んで貰《もら》わなきゃ。今、ここで」

イーリーの正体を事前に知らされていても、その豹変《ひょうへん》ぶりを目の当たりにすると、気丈なアンジェラですら怯《ひる》まずにはいられない。思わず一歩、イーリーから後ずさる。

「あなた……いったいどんな条件で、父からそんな仕事を請け負ったの」

イーリーは、猿が相手を威嚇するときのように上唇を引き上げ、歯を剝《む》き出しにして邪悪な笑みを浮かべた。

「ふふ。上手《うま》くやれば、素敵なご褒美を貰える約束なんだ。その代わり、しくじったら僕は破滅だ。つまり、やり遂げるしかないんだよ、可哀想なアンジェラ」

「いったいどういうつもりで、そんなことを……ッ」

まったく悪びれず、姉妹の父の命令でヴェロニカを殺したと告げるイーリーに、アンジェラは声を荒らげる。

「警部、もう……！」

エミールは、思わず身を乗り出そうとした。だがその二の腕を、ベントリーががっちりと摑《つか》む。

「まだだ。お嬢ちゃんには、イーリーに襲われて貰わないと奴を逮捕できない、どうにか最初の攻撃をかわせと言ってある」

「でも……！　イーリーのあの顔、普通じゃないですよ。危険過ぎる」

ヒソヒソ声で応酬する二人の目の前で、イーリーは荒い息を吐き、ついに右ポケットから手を出した。その手には、小型の折りたたみナイフが握られている。

「！」

覚悟していたとはいえ、さすがのアンジェラも、青ざめた顔でさらに一歩後退する。

だが、すぐ後ろが池なので、それ以上は逃げられない。

イーリーは、勝ち誇った笑い声を上げた。

「あははは、怖いだろう。お前のことはヴェロニカほど好きじゃない。だから、追いかけ回して楽しむ気はないんだ。今すぐ刺し殺して、この池に沈めてやるよ」

「やっぱり……あなたが本当に姉を殺したのね？」

アンジェラは、押し殺した声で言った。毅然《きぜん》とした態度だが、固く握り締めた拳《こぶし》は、小さく震えている。

「ああ、そうとも。ヴェロニカと二人、あの世で仲良く芝居でもやればいい」

そう言うなり、イーリーはナイフを振りかぶり、アンジェラに斬りかかった。

「つッ」

舞台稽古《けいこ》を積んできたおかげで、アンジェラの身のこなしは素早い。それでもナイフの切っ先は、彼女の二の腕を掠《かす》めた。くぐもった悲鳴を上げ、傷ついた腕を押さえて、アンジェラはよろめく。

襲撃を確認した瞬間、ベントリーは、エミールの肩を強く押した。

いきなり皆が飛びかかっては、イーリーがアンジェラをさらに傷つけたり、人質に取ったりする恐れがある。まず奇襲の任を与えられたのは、いちばん小柄なエミールだった。

「うああああああああ！」

気合いと共に茂みから飛び出したエミールは、全速力でイーリーに駆け寄り、驚いて振り返った彼に、捨て身の体当たりを食らわせた。

「ぎゃッ」

不意打ちに慌てたイーリーが構えたナイフが、エミールの肩口を切り裂く。だが、痛みなど感じてはいられない。自分の身体でそのナイフを吹っ飛ばすと、エミールはイーリーと重なり合って、その場に倒れ込んだ。

それを合図に、待機していた全員が、いっせいに警棒を掲げて駆け寄ってくる。多勢に無勢、呆気《あっけ》なくイーリーは取り押さえられた。

「でかした、エルフィン！　とと、お前、怪我してるじゃねえか。おーい、ローウェル先生！」

ベントリーは慌てた様子で、地面にへたり込んだままのエミールの肩の負傷を確かめようとする。だがエミールは、それには構わず、外灯にもたれかかってやっとのことで立っているアンジェラを見た。

「アンジェラさん！　大丈夫かい？　酷《ひど》くやられた？」

アンジェラのブラウスの袖《そで》は、じんわり血に染まっているが、大した出血量ではない。ただ、酷いショックを受けているだけのようだった。むしろ、怪我の程度でいえばエミールのほうが重い。

すぐに駆け寄り、アンジェラの傷の具合を確かめたデリックは、「ああ、かすり傷だ。痕《あと》も残らんよ」と言い、エミールの傍らに片膝《ひざ》を突いた。

「な？　医者がいて大正解だったろ？　さ、診せてみろ。んー、思ったより大したことねえな。でも一応、仕事はすっか」

戦場で応急手当は慣れているのか、デリックはエミールのシャツを脱がせ、テキパキと処置を始める。

「あとは頼むぜ、先生」

そう言い置いて、ベントリーは、数人がかりで地面に引き据えられ、押さえつけられたイーリーに歩み寄った。その鼻先の地面を荒々しく蹴《け》りつけ、彼は蔑《さげす》みの目でイーリーを見下ろした。

「マイケル・イーリー。アンジェラ・ドジソン殺人未遂の現行犯で逮捕する。……なあ、おい。さっき、確かに聞いたぜ。ヴェロニカも、お前が殺したってな。署でたっぷり話を聞かせてもらおうか。……連れていけ！」

ベントリーはそう命じたが、アンジェラは、凛《りん》とした声でそれを制止し、イーリーの前に立った。蒼白《そうはく》な顔をしているが、その美しい顔は憤怒《ふんぬ》に燃えている。

「待って！　イーリーさん、あなたの口から聞かせて。どうして、姉さんを殺したの」

すると、両脇を警官に抱えられたまま、イーリーは投げやりな口調で答えた。

「し、仕方が無いじゃないか！　君の父上の命令だったんだ。君たち姉妹を近くで見張り、『家名を穢《けが》すようなことがあれば、善処しろ』ってね。そりゃ、殺せってことじゃないか」

「チョップハウスで姉に出会ったのは、偶然じゃなかったのね？　あなた、最初から姉に近づくつもりで……」

「やれやれ、この場で取り調べか。いいぜ、お嬢ちゃん。疑問はここで全部ぶつけていけ」

ベントリーはそう言い、部下に命じてイーリーを地面に座らせた。だらしなく両足を投げ出し、両腕はしっかりふたりの警官に拘束された姿勢で、イーリーはふて腐れたように唾《つば》を吐いた。

「だって君はお針子で家からあまり出ない。狙いようがなかった。まあ、ヴェロニカを先に狙ったのは正解だった。彼女は明るくて優しくて、そりゃあ素敵な女性だったから」

「よくも、ぬけぬけと……！」

アンジェラは、憤りの涙を両目に浮かべて詰《なじ》ったが、イーリーはむしろ夢見るような眼差《まなざ》しと口調で言った。

「最初は、ただ会計士として、君たちの相談に乗り、生活に入り込むつもりだった。でも、ヴェロニカに一目惚《ぼ》れして、彼女を恋人にしようって決めた。一生懸命口説いて尽くして、優しくしたよ。自分の器量が人並み以下だってことは、わかってたからね。幸い、ヴェロニカは、見かけより中身ってタイプだったらしい。僕のことをいい人だと言って、交際を承諾してくれた」

「姉は……姉は、あなたのことを本当に親切で誠実で素晴らしい方だって、いつもそう言っていたのよ？　あなたのことを、本当に愛していたのに」

震える声で言い募るアンジェラに、イーリーも小さく肩を竦《すく》める。

「僕だって、ヴェロニカを愛していたとも。だからこそ、父上に掛け合ったんだ。彼女にいつか女優を辞めさせ、僕の妻として家庭に入らせる。それで『善処』せずに済むようにしたい……とね」

「父は、何て……？」

「勘当した娘だ、好きにせよと。ついでに、首尾良くそうできたら、会計士として独立させ、事務所を持たせてやろう。ドジソン卿《きょう》はそう約束してくださったんだ。願ったり叶《かな》ったりじゃないか。だから僕は、熱心にヴェロニカに求婚したよ。でも彼女、女優の仕事に夢中でさ。なかなか頷《うなず》いてはくれなかった。そのうち、『リア王』のオーディションの話を聞いたんだ」

「…………」

父親とイーリーが交わした秘密の約定を初めて知り、アンジェラは言葉を失う。だがイーリーは、そんなアンジェラをいたぶるように、楽しげに話を続けた。

「あの日、僕も外勤のついでに、結果を見に行ったよ。本当に残念だけど、彼女がヒロインに指名された以上、『善処』しなければならないと思った。あんな大きな舞台じゃ、ヴェロニカが大評判になって、ドジソン卿が恥を掻《か》くからね。だけど、どうにかそうせずに済む方法はないだろうか……そう思っていたら、彼女が事務所に泣きながらやってきた。驚いたよ」

「そこで……姉と何があったの？」

今にも倒れそうな顔色のアンジェラは、それでも鋭い声で問い質《ただ》す。イーリーは、投げやりに言い返した。

「演出家に口説かれた。実力ではなく、演出家の好みだからヒロインに選ばれた。あんまりだ。……だから、アンジェラに役を譲って、自分は女優を諦《あきら》めようと思って、ヴェロニカは泣きながら話してくれたよ。僕は躍り上がりそうだった。チャンスだ。彼女がやっと女優を辞める気になった。それなら僕と結婚させれば、殺さずに済む。僕も、申し分ない妻を手に入れられるんだ。個人事務所もね！　最高だろう！」

イーリーの声は、徐々に甲高く、ヒステリックになっていく。それに対して、アンジェラの声は、低く沈んでいった。

「だけど……姉さんは、あなたの求婚を受け入れなかったのね？　何故？」

「何故？　お前のせいじゃないか！」

イーリーは、血走った目でアンジェラを睨《にら》みつけた。薄い赤毛が額に乱れかかって、どうにも不気味な形相である。

「私の……？」

「ああ、そうさ。妹に嘘をついて傷つけたまま、自分だけ幸せにはなれない、妹をひとりにはできないって、そう言うんだ。アンジェラはもういい大人だ、ひとりでちゃんと生きられるさって言うのに、聞き入れやしない」

「姉さんが……そんなこと……」

「ああ。僕が結婚を口にしたら、急に我に返っちまってさ。駄目、やっぱり、私は間違ってた。帰って、アンジェラに本当のことを話して、謝る。そして今日、ショックのあまり断った役を、やっぱり引き受けて頑張ろうと思う……なんて、勝手に気を取り直しちゃって。何だよ、彼女との幸せな結婚生活を夢見た僕は、どうなるんだよ。あんまりだ」

「それで……姉さんをあんな酷いやり方で殺したの……？」

アンジェラの声は怒りに震えていたが、イーリーは、憎々しげに肯定の言葉を吐き出した。

「ああ、そうとも。僕のプロポーズを断って恥を掻かせた上に、僕の独立の夢を叩《たた》き潰《つぶ》し、あまつさえ僕に手を汚させる羽目になったんだぞ。あんな可愛い顔をして、最低の女じゃないか。あいつは、僕の真心を裏切ったんだ！」

「そんな、自分勝手な……！」

「自分勝手はヴェロニカのほうだ。哀れなのは、僕だよ。惚れた女にコケにされた挙げ句、自分の身を守るために、そいつを殺さなきゃいけない。ああ、可愛さ余って憎さ百倍ってのは、本当だって骨身に染みて知ったよ。あんなクソ女、うんと怯《おび》えさせてから殺したって、バチは当たらない。どうせ金がなくてタクシーをすぐ降りるだろうと思ったから、自転車で追いかけたんだ。案の定さ」

「姉を……ナイフで襲って、あんな場所まで追いかけ回したのね？」

「ああ、そうだ。だって必死で逃げるんだもの。追いかけるしかないだろう？　彼女、見知らぬ男に襲われたと思ってたんだろうな。最後の最後に襲撃者が僕だって知ったときのヴェロニカの顔、君にも見せたかったよ。これまででいちばん綺麗《きれい》だったなあ」

「酷い……」

アンジェラの身体から、ふっと力が抜けた。頽《くずお》れそうになりながらも、彼女は危ういところで踏みとどまる。

ベントリーは、冷ややかな口調で詰問した。

「おい。俺からもついでに質問させろ。お前が、ヴェロニカをさんざっぱら追いかけ回した挙げ句、刺し殺したってこたぁ、よーくわかった。だが、ヴェロニカの手に、アンジェラのボタンを持たせたのは何故だ？」

するとイーリーは、アンジェラの泣きそうな顔を見て、平然と答えた。

「ボタンのことは、偶然だった。姉妹の家を訪ねたとき、拾ったボタンをうっかりポケットに入れっぱなしにしてたんだ。使うのを思いついたのは、ヴェロニカを殺した後、血に汚れた手を拭《ふ》くハンカチを出そうとポケットを探って、ボタンがあるのに気付いたときだった」

「……」

エミールとデリックは、思わず顔を見合わせる。あんたと同じだな、とデリックはエミールに耳打ちした。

「お灸《きゅう》を据えてやろうと思ったのさ。アンジェラ、お前さえいなけりゃ、ヴェロニカはきっと僕の妻になってくれた。何もかも上手《うま》くいったはずだったんだ。だから、死体にアンジェラのボタンを持たせてやった。どうせすぐに疑いは晴れちまうだろうけど、ヴェロニカの死にお前が責任を感じるだろうと思ったら、それだけで愉快だった」

「なんてことを……ッ！」

あまりに卑劣な物言いに、腹を立てたエミールは立ち上がろうとして、傷の痛みに呻《うめ》いた。

「おいおい、大したことないっつっても、まだ止血が済んでねえ。動くな」

デリックは、荒っぽくエミールの肩を押さえつける。

「だけど！」

「あんたが怒ったって、何にもならないだろうが」

「うう……」

エミールは、唇を噛《か》んで悔しそうに項垂《うなだ》れる。

「あんまりだわ……」

アンジェラは、力なく首を振った。イーリーは、いかにも嬉《うれ》しそうに、うけけ、と不気味な笑い声を上げた。

「そうそう、お前のそういう顔が見たかったんだ。やっぱり姉妹だな、ヴェロニカの絶望しきった顔とそっくりだ！　あはは、あははははは……」

狂ったように笑い続けながら、イーリーは連行されていく。その姿が闇に消えていくのを、アンジェラはただ呆然《ぼうぜん》と見つめていた……。

逮捕されたイーリーは、厳しい取り調べを受けた。アンジェラ殺人未遂だけでなく、ヴェロニカ殺害も、彼は改めて詳細に自供した。

また身体検査の結果、左腕に人間の歯と思われる嚙み傷が見つかり、ヴェロニカの口の中にあった皮膚片と形状が一致、しかも血液型も同じA型で、それがヴェロニカ殺害の決定的な証拠となった。

それでヤケになったのか、イーリーは、黒幕についても洗いざらい白状した。おそらく、自分だけが罰せられる不公平に憤慨したのだろう。ドジソン姉妹の「抹殺」を命じたのは、実の父親であるドジソン卿だと、取り調べで明言したのである。

しかし、名家の名誉が、ときに法律より重視されることがある。ドジソン卿が法廷に立たされることは、結局なかった。

しかし、いったい誰が捜査情報を漏洩《ろうえい》したものか、いくつかの大衆紙が、イーリーの供述を掲載し、ドジソン家のスキャンダルを大々的に報じた。ゴシップのレベルに留《とど》まったとはいえ、ドジソン卿の名誉は十分に損なわれたのである。

こうして殺人事件は解決したが、アンジェラの気持ちが晴れることはなかった。無理もない。誰よりも大切な姉が、尊敬していた舞台演出家に失望させられた挙げ句、恋人に裏切られ、実の父親の指示で命を奪われたのだ。

しかも、彼女のただ一人の味方であるべき自分が、知らぬこととはいえ、ただでさえ傷ついていた姉をさらに傷つけるような振る舞いをして、結果として死への道筋をつけてしまった。

そんな悔しさと悲しさ、そして自責の念は、イーリーが逮捕されても、少しも薄れることはない。何より、裏切り者呼ばわりした姉に謝ることも、仲直りすることももうできないという喪失感が、彼女の心を深く苦しめていた。

伝え聞いたところでは、彼女はまだ、「リア王」のコーディリア役を本当に引き受けるかどうか、テレンス・パーカーに正式な返事をしていないらしい。

エミールとデリックは、何度かアンジェラの下宿を訪ねたが、彼女に会うことは一度も出来ずにいた。

事件解決から二週間近く経ったある日曜日の午後、デリックはエミールと連れ立って、エンジェルにあるデューイの店「ローウェル骨董《こっとう》店」に向かっていた。二人とも、デューイから「大切な用事があるから、必ず三時までに来てほしい」と頼まれていたのである。

「兄貴、何の用だろうな」

「さあ……」

首を捻《ひね》りながらも、二人はカジュアルな外出着に身を包み、店を訪れた。

店内には、いつにも増してクラシックな、そして上質な服に身を包んだデューイと、
やはり少しおめかししたケイが待っていた。

「おい、何の真似だよ、兄貴」

「いったい何があるの？」

挨拶《あいさつ》もそこそこに疑問を口にする二人に、デューイはちょっと悪戯《いたずら》っぽい笑みを浮かべ、「ようこそ」と歓迎の言葉を口にした。

「これから、大事なゲストをお招きしているんだ。君たちにも、是非とも立ち会ってほしいと思ってね。ケイにとっては、楽しみにしている種明かしの瞬間でもある」

「種明かし？　ますますわかんねえな」

ニコニコしている黒髪の少年とポーカーフェイスの兄を見比べ、デリックは眉間《みけん》に縦皺《じわ》を刻む。しかしそのとき、エミールが驚きの声を上げた。

「えっ？　ど、どうして!?」

「何がだよ……うわっ」

エミールの視線を追ったデリックも、目を剝《む》く。

ガラス戸を開けて店に入ってきた人物は、あろうことか、アンジェラ・ドジソンだったのである。

「アンジェラさん⁉」

「アンジェラ？　何であんたがここに？」

エミールとデリックの驚愕《きょうがく》の声に、アンジェラも十分に驚いたらしく、茶色い目を見張った。

「ドレイパーさん？　デリック？　あなたたちこそ、どういう……」

この二週間の間に、アンジェラは、ゲッソリやつれてしまっていた。無論、美貌《びぼう》は損なわれていない。むしろ儚《はかな》さが加味されて、美しさが増したと言ってもいいほどだ。それでも、折れそうに細くなってしまった身体が、痛々しくて正視に耐えない。

「これは、どういうことなんですか？　あなたが、私の姉、ヴェロニカ・ドジソンにまつわるものを渡したいと仰《おっしゃ》るから伺ったら……何故、この人たちが？」

するとデューイは、胸元に右手を当て、慇懃《いんぎん》な礼をしてからこう言った。

「失礼、ミス・ドジソン。驚かせてしまいました。わたしは、この骨董店を経営しているデューイ・ローウェルと申します。デリックは実の弟、エミール・ドレイパーは幼なじみです。二人とも、あなたを苦しめた事件に深く関わっていた人間として、今日、この場に花を添えてもらうことにしました」

「弟？　幼なじみ……。でも、いったい姉にまつわるものとは何ですの？」

アンジェラはまだ警戒を解かず、酷《ひど》く戸惑いながらも、デューイに訊《たず》ねる。するとデューイは、恭しくこう言った。

「アンジェラ・ドジソン様。本日はお誕生日、おめでとうございます」

「ええっ？」

エミールとデリックの口から、同時に驚きの声が上がる。

「た、誕生日⁉　マジかよ。あんた、今日が誕生日なのか？」

アンジェラも、呆然として微《かす》かに頷《うなず》く。

「ええ、そうよ。……でも、何故あなたが、そんなことを知っているの？」

するとデューイは、丈の長い上着のポケットから、マーブル紙で綺麗《きれい》にラッピングされた小さな紙箱を出し、アンジェラに差し出した。

「お祝いの品を、お預かりしております。……ヴェロニカ・ドジソン様より」

アンジェラは何も言えずに息を呑《の》み、驚きの声を上げたのはエミールのほうだった。信じられないという顔でデューイを見る。

「どういうこと？　君、ヴェロニカさんと知り合いだったのかい？」

デューイは、笑顔のままでかぶりを振る。

「知り合いではなく、顧客だね。店の常連さんの紹介で、ただ一度だけ、お越し頂いたんだ。……亡くなる前日の夕方に。仕事に戻らなくてはならないとかで、とても慌ただしいお買い物だったけれど」

「えっ？」

アンジェラは目を見張り、エミールは憤慨して親友に食ってかかった。

「ちょっと、デューイ！　僕にはそんなこと、一言も教えてくれなかったじゃないか！」

だがデューイは、さらりと幼なじみの抗議を受け流す。

「だって、事件には直接関係がなさそうだったし、顧客の個人情報を店主がペラペラ喋《しゃべ》るようでは、信用にかかわるからね」

「ぐっ……」

そんな二人のやり取りなど耳に入らない様子で、アンジェラは震える手で箱を受け取った。

「夕方ってことは……オーディションの結果発表の後……私とケンカ別れした後だわ。チョップハウスに戻る前に、こんなところに寄っていたのね、姉さんは」

そんな彼女を優しく見守りながら、デューイは言った。

「お姉様のその日の姿は、よく覚えています。つらいことがあったのか、とても悲しい顔でのお買い物でしたが、それでもたいへんに美しい方でした」

「……開けても？」

「勿論《もちろん》。それはあなたのものですから」

デューイが頷くと、アンジェラは震える手で、何度もリボンを解き損ねながら、忙《せわ》しく包みを解いた。中からは、ロイヤルブルーの紙箱が現れる。

アンジェラは一つ大きく息を吐くと、思いきったように蓋《ふた》を開けた。中に入っていたのは、小さなブローチである。エミールもデリックもアンジェラの傍に行き、彼女の手のひらに載せられたそれを覗《のぞ》き込んだ。

言うまでもなくそのブローチは、デューイが丁寧に修繕した、あの楽譜のブローチである。三つの音符には、色の異なるクリスタルガラスが一つずつ、きちんと嵌《は》め込まれている。

「かわいい……」

思わず呟《つぶや》いたアンジェラに、デューイは商品の説明を始めた。

「それは百年ほど前、とある貴族階級の男性が、妻のために注文して作らせたものです。そのブローチ、とても深い意味があるんですが、おわかりになりますか？　お姉さんはブローチの意味がとても気に入って、これに決められたんですよ」

「……いいえ。教えてください。いったいどんな意味が、この楽譜に？」

するとデューイはアンジェラの隣に立ち、杖《つえ》で身体を支えながら、空いた手で、ブローチのあちこちを指さし、丁寧に説明を始めた。

「まず、楽譜にあしらわれたアイビー。これは、『永遠の愛』を表します。そして、この音符……どれがどの音かわかりますか？」

アンジェラは、こともなげに答える。

「ええ。D《レ》、E《ミ》、A《ラ》ですわ。そして一拍休止」

「ご名答。さすがですね」

「それにしても、石の色がそれぞれ違うみたいですけど、それにも何か意味が？」

デューイは微笑み、立て板に水の滑らかさで答える。

「簡単ですよ。音の名前が、宝石の頭文字なんです。ですから、Dはダイヤモンド、Eはエメラルド、そしてAはアメジスト。……もっとも、今回はご予算の関係で、宝石ではなくクリスタルガラスを入れさせていただきましたが」

「なるほど！」

エミールはポンと手を打ち、ケイはようやく種明かしをされて、目を丸くする。アンジェラは、小さく首を傾げた。

「宝石にも意味が？」

「勿論です。宝石言葉というものがあります。ダイヤは『永遠の』、エメラルドは『誠実』、アメジストは『愛情』を表しています」

「永遠の誠実と愛情……」

アンジェラは、譫言《うわごと》のようにそう呟く。デューイは、さらに三つの音符と休止符を、指先でそっとなぞった。

「そして、もう一つ、いちばん大切な意味が、ここには秘められているんですよ。お姉さんから、あなたに向けて、いちばん言いたかったことが、この楽譜に」

「何なんです？　教えてください」

アンジェラは、縋《すが》るようにデューイの端整な顔を見上げる。エミールも、固唾《かたず》を呑んで、ヴェロニカの妹へのメッセージを待つ。

デューイは、ポケットから手帳と万年筆を出すと、アンジェラに差し出した。

「さっき仰った音の名前を、書き出してみてください」

「音を……？」

ふしぎそうにしながらも、アンジェラは手帳の片隅に、D、E、A、と書き付ける。

「これでいいんですの？」

「いいえ、まだ一つ足りないでしょう？　休止符をお忘れですよ」

「休止符は、『レスト』でいいんですか？　じゃあ……R、E、S、T」

「よくできました。続けて読んでごらんなさい」

「D、E、A、R、E、S、T……あ……っ！」

その短い単語を口の中で呟いた瞬間、アンジェラの両目から、大粒の涙が零《こぼ》れた。落ちた雫《しずく》が、ブローチの上で弾《はじ》ける。

音符と休止符は、dearest（最愛の人）という言葉を暗示していたのだ。デューイは、幼い子供に言い聞かせるように、ゆっくりと告げた。

「これを贈りたい人と仲違《なかたが》いしてしまって、誕生日までに仲直りできるかどうかわからない。でも、言葉を尽くすより、このブローチが想いを伝えてくれる気がする。お姉様は、そう仰っていましたよ。ですから僕も、お姉様の気持ちがあなたにちゃんと伝わるように、出来るだけ本来の姿に近い状態に修繕して、今日、お渡しすることにしたんです」

「ヴェロニカ……姉さん……」

掠《かす》れ声で姉の名を呼び、アンジェラはブローチを抱き締め、激しく嗚咽《おえつ》する。

デリックは、アンジェラに歩み寄り、震える背中を優しく撫《な》でた。

「よかったな、アンジェラ。お姉さんは、ケンカ別れした後だって、あんたに腹を立てちゃいなかったんだ。それどころか、あんたが大好きだって想いをどうにか伝えたくて、このブローチを誕生日プレゼントに用意したんだろう」

しかしアンジェラは、いやいやをするように激しく首を振った。嗚咽の合間に、震える声でデリックの言葉を否定する。

『だけど……姉さんは、死ぬ直前に言ったんでしょう?『ああ、どうしてなの、アンジェラ』って。きっと姉さんは、姉さんの受けたショックや悲しみをわかってあげられなかった私を恨んだままで……」

「そうじゃねえよ。そのブローチが、そうじゃねえってハッキリ言ってくれてるだろうが。素直に、耳を傾けろ」

「……………」

それでもかぶりを振るアンジェラの耳元で、デリックは低く囁《ささや》く。

「詰《なじ》られようと、平手打ちされようと、あんたは最愛の人、誰よりも大事な妹だったんだ。姉さんは、あんたのもとへ帰る途中に命を落とした。最後に言った言葉は、きっと、『ああ、どうして、あなたに会って、仲直りできなかったの、アンジェラ』……そういう意味だったんだと、俺は思うぜ」

「僕も、そう思うよ。優しい人だったんだろ、君のお姉さん。そんな人が、君を恨んで死んだりはしないよ」

エミールも、そっと言葉を添える。ただ子供のように泣くアンジェラの肩を叩《たた》き、デリックはいつもの明るい声で言った。

「あんたは、最期の瞬間まで姉さんに愛されてたんだよ。だから、これからは二人分の夢を抱えて、前に進んでいかなきゃ。……こんな風に、凹《へこ》んで痩《や》せ細ってる場合じゃねえだろ。あんたらしくもねえ」

そんな励ましの言葉に、アンジェラはグイと涙を拭《ふ》き、深呼吸した。まだしゃくり上げながらも、ブローチを見つめ、亡き姉に誓うようにしっかりした声でこう言った。

「私……やるわ。コーディリア役。姉さんが摑《つか》んだ役だもの。私が守る。そして……姉さんを傷つけた演出家に、参りましたと言わせるようなお芝居をしてみせる」

「それでこそ、俺を傷ものにした女だよ」

「……もう。よしてよ、その話は」

デリックはニヤリと笑い、アンジェラは泣き笑いの表情になる。

デューイは、ケイと視線を交わし、にっこりしてこう言った。

「そんなわけで、ささやかですがお誕生日をお祝いすべく、お茶とケーキをご用意しました。よろしければ皆さん、我が家の居間へどうぞ」

＊　　＊

その夜、デリックとエミールは、デューイの家で夕食を共にした。

アンジェラを立ち直らせるためのサプライズ成功を祝って皆で祝杯を挙げ、デューイとケイ心づくしのやや火を通しすぎたローストポークと、かなり茹《ゆ》ですぎた野菜たちに舌鼓を打った後、居間の壁掛け時計が九時を打ったのを合図に、子供であるケイは、先に休むことになった。

「よし、今夜は特別に、お兄さんの弟さんが寝かしつけてやろう」

よくわからない自分の立ち位置をアピールしつつ、デリックはケイと共に、彼の部屋へ行った。

もともと客間だったその部屋には、兄弟の父親が選んだオークの重厚な家具と、デューイの絵が何点か飾られている。子供部屋にしては大人っぽすぎるが、ケイには不思議と似つかわしい。

並んでベッドに腰掛け、やや緊張気味の少年の顔を見て、デリックは小さく肩を竦《すく》めて問いかけた。

「あのな。お前、喋《しゃべ》れないこと、気にしてっか？」
予想外の質問だったのだろう。ケイはしばらく考え、そしてこっくり頷《うなず》いた。すると
デリックは、「大丈夫《う ま》だ」と言ってニッと笑った。
「兵士にも、上手く喋れなくなった奴はたくさんいる。俺も帰国してしばらくは、ちょ
っとした吃音《きつおん》が出て参ったよ。お前だけじゃない。心配すんな。声帯がなくなったわけ
じゃねえんだ、いつか声は戻る。必要なのは、時間だけだ」
いつもの軽い口調でそう言ったデリックだが、その眼鏡の奥の双眸《そうぼう》はいつになく真面
目で、しかも戸惑いに揺れていた。
「でさ。お前、本当に戦争の話とか、聞きたいのか？　平気か？」
肩をそびやかしたデリックがそう訊《たず》ねると、ケイは愛用の手帳を出した。そこにサラ
サラとペンを走らせる。デリックは、子供にしてはやけに綺麗《きれい》な文字を傍らから読んだ。
『僕のお父さんは、ベルギーの前線で、突撃、をして、死んだそうです』
デリックは、ギョッとした。突撃という言葉に、まだ生々しい戦場での記憶が甦《よみがえ》る。
ケイは、デリックの顔が強張《こわば》ったのに気付かないまま、文章を綴《つづ》り続ける。
『お父さんは、苦しんだでしょうか。僕もお母さんもいないところで、うんと痛い、怖
い思いをして死んだんでしょうか』
書き終えて、ケイは顔を上げた。澄んだ黒い瞳《ひとみ》で、デリックの顔を……左の額から頬
に達する大きな傷痕《きずあと》をじっと見つめる。

しばらく沈黙していたデリックは、眼鏡を外し、まっすぐに少年を見つめた。

「俺は、お前に嘘はつきたくない。お前だって、本当のことを知りたいんだよな？」

絞り出すようなデリックの声に、ケイは深く頷く。デリックは、小さく頷き返し、むしろ淡々とした口調で言った。

「突撃ってのは、自軍の塹壕《ざんごう》から飛び出して、敵軍の塹壕に向かって全速力で走って行くことだ。当然、敵は俺たちに攻め込まれちゃ困るから、必死で大砲やら機関銃やらライフル銃やらをぶっ放してくる。……兵士は、雨みたいに降り注ぐ銃弾の中を、ひたすら走るんだ。そこで何が起こるかは、わかるな？」

ケイは、手帳に「撃たれる」と小さな字で書いた。デリックは頷く。

「そうだ。ヘルメットで頭だけ守ったって、どうしようもねえ。大砲に吹っ飛ばされりゃ、次の瞬間には、人間の身体なんてバラバラだ。土煙と硝煙でけぶった空気の中、まるで影絵でも見るみたいに、仲間の姿が宙を飛び、地面に叩きつけられる。……お前の親父さんも、きっとそんな中、銃弾に倒れたんだろう」

「…………」

ケイの華奢《きゃしゃ》な手が、ギュッとペンを握り締める。デリックは、ケイの小さな肩に腕を回し、自分のほうへ引き寄せた。ケイは、素直にデリックに身を寄せる。

「俺のこの顔も、大砲の弾の欠片《かけら》でやられたんだ。正直、どえらく痛かった。何日も泣き叫ぶ程度にはな。だから、戦場で命を落としたお前の親父さんが、まったく苦しまなかっただろうなんてことは、とても言えない」

　青ざめた顔で、それでも気丈に頷いて耳を傾け続ける少年に、デリックは口の端で一瞬だけ笑った。いや、笑ったように見えたが、それは口元が痙攣《けいれん》したせいかもしれない。

「何が起こったかもわからないうちに、バラバラになったかもしれん。あるいは、数秒か数十秒、家族に別れを告げる暇《いとま》くらいはあったかもしれん。あるいは、何日も苦しみ抜いて死んだかもしれん。どっちにしても、ろくな死に方じゃねえ」

　言葉を発することができないケイに、デリックは、少し語気を強めてこう言った。

「だが、俺たちはみんな、大事な人たちのために戦ったんだ。死ぬことは、勿論《もちろん》怖かった。でも、たとえ自分は死んでも、国にいる誰かが、命を繋《つな》いでくれる。そう信じて最後まで踏ん張ったんだ。……だからな、ケイ。俺だって、まだ戦争の怖さを引きずってる情けない男だ。偉そうなことは、とても言えねえ。けど……」

　大きな目を潤ませて、けれど必死で泣かないように自分を見つめ続けている少年の頭を不自由な右手で撫で、デリックはしんみりと笑った。

「親父さんが命懸けで守った人生を、お前はやっぱり、死にものぐるいで生きろ。これから先だって、何があるかわかんねえ。また戦争になるかもしれないしな。でも、どうなったって、必死で勉強して、必死で遊んで、これ以上ないくらい、人生を楽しめ。俺がお前の親父だったら、そう願う。きっと兄貴も、同じ想いでお前を引き取ったんだ。……わかるか？」

ケイは、真剣な顔で、深く頷く。

「よし。わかったら、もっと我が儘《まま》になれ。いい子でいようなんて、思わなくていいんだからな？　あと、兄貴はああ見えて偏屈で頑固でややこしい男だから、お前がしっかり面倒を見てやってくれ。頼むぜ？」

ケイはキラキラした目で、もう一度、さっきと同じくらい大きく頷く。

「よし。あ、兄貴に対する評価は、二人だけの秘密な？　絶対ばらすなよ？」

デリックはウインクしてそう言うと、悪い顔で笑って左の拳《こぶし》を突き出す。ひとまわり小さな自分の拳をこつんと当てて、ケイも悪戯《いたずら》っぽく笑ったのだった。

ケイを寝かしつけて居間に戻ると、エミールはソファーで寝入ってしまっていた。デューイは、唇に人差し指を当てて「静かに」とヒソヒソ声で言った。

「大丈夫だって。そいつの寝付きの良さ、昔から異常だったろ。今も変わらねえよ」

デリックは、ぞんざいにそう言い、兄と斜めに向かい合う場所にある椅子に腰を下ろした。敢《あ》えて顔の傷痕を見せる位置だ。

しかしデューイは、躊躇《ためら》わず弟の顔を見つめた。デリックは、ちょっと意外そうに笑う。

「お、俺の顔見ても、凹まなくなったんだ？」

「お前が、そうしなくていいと言ってくれたからね」

静かに微笑んで、デューイはそう言った。デリックは軽く眉《まゆ》を上げた。

「そんじゃ、葛藤《かっとう》とやらも片付いたのか？」

「それはまだだよ。この手でもう一度絵筆を持ちたい、持ってもいいと思えるようになるには、きっとまだ時間がかかる。けれど……ケイや、お前やエミールを見ていると、わたしだけがこの心地のいい殻に閉じこもり、再び外へ踏み出すことを恐れているのは恥ずかしい、そう思うようになった」

「ほー。そりゃ、いい心がけじゃねえの」

「だから、デリック。お前に頼みがあるのだけれど」

「何だよ？」

「今度、わたしとケイを連れ出してくれないか？」

「は？」

目を剝《む》く弟に、兄は綺麗に笑ってこう言った。

「ケイをどこかへ遊びに連れていってやりたいが、あまりにも長く引きこもっていたせいで、遊び方をすっかり忘れ果ててしまった。だから、お前に引率してほしいんだよ」

デリックは、呆《あき》れて思わず猫背になった。

「何だよ、それ。何だって俺が貴重な休みを潰《つぶ》して、ガキとオッサンを連れ回さなきゃいけねえんだ」

「それは、わたしがお前の兄で、ケイが私の養い子だから」

「え、何。俺に素敵な家族ごっこに加われと？」

「そうだよ。ごっこではなく、実際に家族だからね」

涼しい顔で言い放った兄を、デリックは信じられないというように凝視して口を開いた。

「ああ、この数年でうっかり忘れてた。あんた、そういうベタなこと平気で言う奴だった。ついでに、やんわり厚かましい奴だった」

「いささか理不尽な評価だと思うけれど、とにかく納得してくれたのかな？」

「なんだよ、ロンドン動物園とか、大英博物館とか、美術館とか、移動遊園地とか、そういうんでいいのか？」

「あとは、雰囲気のいいティールームがついてくれれば申し分ない」

まったく遠慮のない兄のリクエストに、デリックはいかにも渋々、承諾の言葉を口にする。

「……へいへい。しゃーねえ、兄貴の社会復帰と、ケイのロンドン見物に手を貸してやるとすっか」

「ありがとう」

デューイは弟の顔を……戦争が刻んだ深い傷痕を見ながら、短いが心のこもった感謝の言葉を口にした。

照れ臭そうに鼻の下を擦《こす》ったデリックは、立ち上がりざまに、さりげなく呟《つぶや》いた。

「仕方がねえよな。お互い、せっかく生きてるんだし……かかわらなきゃ馬鹿だ」

それを聞いて、デューイはハッとした。

戦地で命を落としたケイの父親、そして、ヴェロニカ・ドジソンのことが、デューイの、そしておそらくはデリックの脳裏にも過《よ》ぎったのだ。

命を落とした人々ですら、愛する者たちに想いを残すことができる。まして、自分たちは生きているのだ。

気持ちを伝えること、相手に触れること、新しい思い出を作ること。

望みさえすれば、ほんの小さな勇気を持ちさえすれば出来るそうしたことから、逃げていてはいけない。躊躇っていてはいけない。

そんな強い想いを共に胸に抱き、長らく戦争に分かたれていた兄弟は、ごく自然に互いの手のひらを打ち合わせた。

そして、傍らで、さっきから必死の狸寝入りを続けている小柄な幼なじみの姿に、同時に噴き出したのだった……。

Special Short Story

一緒に出掛けよう

ヴェロニカ・ドジソン殺害事件が解決して、ひと月あまり。

自室の出窓から通りを見下ろし、ケイ・アークライトは小さな溜《た》め息をついた。

ロンドンでは珍しく空が青く、昼過ぎの日差しはうららかで、道行く人々の顔も、みな晴れ晴れと明るい。

(外へ出掛けたいなあ……)

ケイは思わず、心の中でそう呟《つぶや》いた。

生まれ育ったケント州の大きな屋敷には、広い庭があった。いや、庭というより、見渡す限りのすべての土地が、「敷地内」だったというべきだろう。

見事に手入れされた庭園があれば、屋敷で消費される野菜ほぼすべてを育てている農園もあり、羊たちのための牧草地も、ゆったりと流れる川すらもあった。

家庭教師の授業が終わると、ケイは毎日庭に出て、咲き乱れる花を眺めたり、木からリンゴをもいで味わったり、大きな楡《にれ》の木の下で本を読んだり、昼寝をしたりした。

屋敷内には他に子供はおらず、たまにいとこたちが訪ねて来たところで、日本人の血を引くケイとはあからさまに距離を空け、決して打ち解けてはくれなかった。

苛《いじ》められるのではなく、ただ礼儀正しく容赦なく遠ざけられる悲しみと寂しさを、ケイは幼い頃から味わってきたのだ。

孤独はいつも全身にまとわりついていたが、豊かな自然に囲まれ、優しい両親に見守られ、決して不幸ではなかった。

しかし、そんな生活は、父親の死で一変した。

母親と共に屋敷を追われた日のやるせなさ、そして、日本に帰る母親に駅のホームで別れを告げ、大きなトランクを提げてロンドン行きの列車に乗り込んだときの心細さを思い出し、少年は思わず目を伏せる。

デューイと二人の生活には、かなり慣れてきた。

けれど、この街に慣れたとは、未《いま》だに言えない。

生まれ故郷での日々と今の生活との違いはあまりにも大きくて、少年は時折、どうしようもなく戸惑ってしまう。

田舎の抜けるように青い空やなだらかに続く丘、それに木々が生い茂る広い森は、大都市ロンドンにはない。

いつもスモッグでドンヨリした灰色の空、建ち並ぶ灰色の家々、ガラガラとうるさい音を立てる馬車や、クラクションを鳴らしまくる自動車、日当たりが悪くて狭い裏庭に申し訳程度に生い茂る、何だかわからない低木……。

足を延ばして、市内に何ヶ所かある大きな公園に行けば、そこだけは豊かな緑が楽しめ、池もある。リスや水鳥にパン屑《くず》をやったりもできる。

だが、そうした公園に行くには地下鉄に乗る必要があり、声を失った子供がひとりで行けるような場所ではない。拐《かどわ》かされても、彼には悲鳴を上げて助けを求めることすらできないのだ。

　かといって、足の不自由なデューイに散策をせがむのも気が引ける。声が出せない状態では、地元の学校に編入することもままならない。

　結局、自宅学習を終えた後も、こうして家に閉じこもることになってしまう。

　幸い、二軒向こうに古書店があり、毎週一冊ずつ、デューイがケイの好きな本を買ってくれる。

　古本だし、高価なものは望めないが、これまで「子供にはふさわしくない」と与えられなかった大人向けの小説をあれこれ買ってもらえて、それはケイにとって大きな喜びとなった。

「物語を読むのに、早すぎるなんてことはないよ。難しすぎてわからなければ、何年か経ってから、もう一度読み返せばいいだけだ」

　デューイはそう言って、時には自分の好きな作品を勧めてくれたりもする。

　今のところ、ケイの一番のお気に入りは、シャーロット・ブロンテの「ジェーン・エア」である。

　孤児であり、決して美人ではない主人公ジェーンが、家庭教師として雇われた名家の当主と恋に落ち、様々な困難や苦悩に翻弄《ほんろう》されながらも、最後には愛を成就する。そんな、ドラマチックで力強い物語である。

ケイは孤児ではないが、父を失い、母と生き別れとなった自分の身の上を、どこかでジェーンに重ねているのかもしれない。

苦しみ、怒り、迷い、悲しみながらも、人生の節目において、みずからの意志で道を選んでいくジェーンに、ケイは強い尊敬と憧《あこが》れの念を抱いていた。

今は幼く、財力も知力も足りない、声すら失ったままのひ弱な自分だが、一生懸命勉強し、必ず声も取り戻して、いつかは自分の足でしっかり生きてみたい。

母国へひとり去って行った母親とも、再会を果たしたい。

そして今、自分を庇護《ひご》してくれているデューイにも恩返しができるような大人になりたい。

（でも、今は家から出るのもおぼつかないんだけどね）

何だか憂鬱《ゆううつ》な気持ちになって、ケイは窓枠にもたれかかった。

今日は、デューイが朝から出掛けている。顧客のお屋敷に出向いて、彼らが売りたい骨董《こっとう》品の査定をするのだそうだ。

戦争で当主や子息たちを失い、家運が傾いて、所有地や財産を処分しなくてはならない名家は少なくないらしい。戦争が終わった後も、みんながそれぞれの立場で、生きるための戦いを続けているのだ。

（僕は、どこからどんな風に、僕の戦いを始めればいいいんだろう）

ケイが思いを巡らせたそのとき、階下で呼び鈴が鳴った。

（あれ、臨時休業を知らないお客さんかな）

デューイからは、「誰が来ても無視していいよ」と言われていたが、せめて「すみませんが、本日は臨時休業です。またお願いします」とメモ書きを見せ、再訪を促す程度の手伝いはしたい。

（うん、そうだよね。怪しそうな人なら、扉を開けなければいいんだから）

そう考えて、ケイは部屋を出て、階段を駆け下りた。

とりあえず、店に入る扉を薄く開け、入り口の様子を窺《うかが》ったケイは、すぐに安堵《あんど》の表情になった。

扉に張り付くようにして中の様子を窺っているのは、デューイの弟、デリックだったのである。

大急ぎで解錠し、扉を開けたケイに、洒落《しゃれ》たスーツに中折れ帽という恰好《かっこう》のデリックは、「よう、景気はどうだい、兄弟《ブラザー》？」と言って、陸軍式の崩れた敬礼をしてみせた。

ケイは、「今日はどうしたんですか？」と問う代わりに、首を傾げてみせる。

店の中に数歩入って来て、デリックはこう言った。

「デューイから、今日はお前がひとりで留守番だって聞いてたんでな。こんなジメジメした場所にひとりでいたら、黴《かび》が生えちまうぞ。ちょいと出ようぜ」

ちょうど出掛けたいと思っていたところなので、まさに渡りに船だ。ケイは頷《うなず》くと階段を駆け上がり、すぐに上着を羽織って戻ってきた。

どうやら、地下鉄に乗るらしい。駅に向かって歩きながら、ケイは手帳を出し、足を留めずに器用にメッセージを書き付けた。

『お仕事は？』

それを見るなり、デリックは傷痕《きずあと》のせいで引き攣《つ》れた笑みを浮かべた。

「サボった」

「⁉」

表情だけで雄弁に驚きと非難を伝えるケイに、デリックはますます笑みを深くする。

「嘘だよ、こないだから休日返上だったんでな。上司が休みをくれたんだ。で、ゆっくり寝てから、お前を迎えに来た」

本当の事情を聞いてホッとしたケイは、今度は唇の動きで「どこへ？」と問いを重ねた。

「そりゃ、行ってからのお楽しみだ。でもまあ、悪いとこじゃねえよ、たぶん」

どうやらデリックは、到着するまで行き先を秘密にしておきたいらしい。

『楽しみです』

そう走り書きしたメモを見せると、ケイは早く行こうというように、歩くスピードを上げた。

地下鉄を乗り換え、カムデン・タウン駅で降りたデリックが足を向けたのは、リージェント・パークだった。ロンドンにある大きな公園の一つである。

彼の目的地は、公園内にあるロンドン動物園だった。

それに気付くと、ケイは目を輝かせた。父親から噂を聞いてはいたし、いつか行きたいと思っていた場所だったのだ。

ケイの子供らしい笑顔を見て、デリックも、少年の興奮を感じとったのだろう。眼鏡の奥の緑色の目を和ませた。

「ガキの頃に来たきりだけど、平日は空《す》いてていいな。さ、日なたぼっこがてら、のんびり歩こうぜ」

ケイは大きく頷き、デリックと共に歩き出した。

豊かな自然の中で育ったケイだが、外国から来た珍しい動物を見るのは、生まれて初めてだ。

猿山にいる尻尾《しっぽ》の長い猿たちのユーモラスな動きに見とれたり、小さな馬車を引くリャマのフワフワした毛や長い睫毛《まつげ》に縁どられた大きな目に魅入ったり、まるで人間のような仕草を見せるゴリラに驚いたり、象の大きさに目を見張ったり、オウム館で色とりどりのオウムを肩にとまらせてもらって、緊張でカチカチになったり。

何より、ケイが心奪われて動かなくなったのは、キリン舎の前だった。

煉瓦《れんが》造りの、まるで普通の家のような建物だが、扉だけが異様に大きく、そこから首の長いキリンが、ニュッと顔を突き出しているのである。

『絵本や図鑑でキリンを見たことはあります。でも、本物はこんなに大きいなんて』

興奮しきった様子でそう手帳に書き付けるケイと、のんびり何かの葉を食《は》むキリンを交互に見て、手すりに腕を掛けたデリックは、面白そうに笑った。

「造型の不思議って奴だよな。生きるためには、あの姿がいいらしいが」

『そうなんですか？　生きるためって？』

子供らしい単純な質問に、デリックは明快に答える。

「あいつらは、ああやって高木の葉っぱを食うんだ。だから、より高い場所にある葉を食える奴、すなわち仲間より首が長い奴が生き残る。それが何十代、何百代も重なって、今、あいつらの首はあんなに長いんだ」

『じゃあ、昔はキリンの首は短かったんですか？　生きるために、変わった？』

不思議そうに問いかけるケイに、デリックは自分を指さした。

「少なくとも、ダーウィンはそう言ってるらしいぜ。……っていうか、人間もそうだろ。人間はもっと素早く、置かれた環境によって変わる。戦場に置かれりゃ人を殺し、平和なロンドンに戻りゃ、殺人事件の捜査の片棒を担いでる俺みたいにな」

「…………」

どう反応していいかわからず困ってしまったケイの口元を伸びきらない右の人差し指で示し、デリックは真面目な顔でこう続けた。

「お前だってそうだ。親父さんが戦死してから、色々きついことがあったろう。けど、兄貴の家に、このロンドンに来たことで、お前の人生は変わるんだ。必ず変わる。お前のなくした声も、きっと戻ってくる」

それを望んではいるものの、本当にまた喋《しゃべ》れる日が来るかどうか、自信が持てない。顔全体でそう訴えるケイの両肩に、デリックは大きな手のひらを置いた。不安げに揺れる少年の瞳《ひとみ》を、近くでジッと覗《のぞ》き込む。

「けど、そのためには、さっきみたいに家ん中に閉じこもってちゃ駄目だ。色んな場所に行って、色んな物を見て、色んな人に会え。新しい環境を、全身で味わえ。デューイの動かねえ足を、お前が引っ込み思案でい続ける言い訳にするな」

「！」

ケイは、ギョッとして身を震わせた。「図星だろ」と、デリックは悪戯《いたずら》っぽく笑う。

「責めてるんじゃねえよ。けど、デューイのほうは、お前をあちこち連れていってやれないことを気にしてる。それは兄貴にはどうしようもないことだからさ。あんま、悩ませないでやってくれ。そのために、俺とエミールがいるんだろ？」

ケイは、不安と気合いが入り交じった視線を、目の前の伊達男《だておとこ》に向ける。至近距離で、形のいい唇が大きな笑みを形作った。

「義務感からじゃねえよ？　今日、試しにお前を連れ出してみて、俺も予想外なほど楽しいんだ。ガキの頃の思い出を辿《たど》るみたいでさ。だから、また出掛けよう。いつでも職場に電話してこい。兄貴の養い子なら、俺の甥《おい》っ子みたいなもんだからな」

本当に？　と、唇を小さく動かして、まだ少し疑わしげな上目遣いで、ケイは「本当に嫌々でも迷惑でもないのか？」と念を押す。

デリックは、やはり笑顔のまま頷いた。

「我が儘《まま》になれって、前に言ったろ？　行きたいとこ、見たいもの、食いたいもの、全部、兄貴か俺に言えよ。無理ならそう言うし、叶《かな》えられるもんなら、全力で叶えてやる。……まあ、近場ならたまには兄貴も混ぜてやって、一緒にあちこち行こうぜ」

力強く言われて、少年はようやく笑みを浮かべ、こっくり頷いた。「よし」と頷き返して、デリックはケイから手を離す。

「どうせなら、お互いアイデアを出し合って、このロンドンを、兄貴の家を、最高に面白い『環境』にしてやろう。そうすることで、俺たち全員が変われる気がする。あのキリンみたいに、首が伸びるかどうかは知らねえけどな」

最後のひと言は、真面目になりすぎた照れ隠しのようにおどけて言うと、デリックはケイに手を差し出した。

「さて、そろそろキリンに別れを告げて帰ろう。あんまり遅くなると、兄貴がまずい晩飯を作っちまうだろ。どうせ無理矢理食わされるなら、お前の味付けのほうがいい」

暗に「夕食まで共にするつもりだ」と打ち明けられて、久々に賑《にぎ》やかな食卓を思い浮かべ、少年は屈託のない笑顔になった。そして、唇の動きで「任せてください」と請け合うと、心優しい「叔父さん」の手を取った……。

本書は二〇一二年十二月に小社より刊行された単行本を、加筆修正の上、書きおろしを加え、文庫化したものです。

この作品はフィクションです。実在の人物、団体等とは一切関係ありません。

ローウェル骨董店《こっとうてん》の事件簿《じけんぼ》

椹野道流《ふしのみちる》

平成28年 1月25日　初版発行

発行者●郡司 聡

発行●株式会社KADOKAWA
〒102-8177　東京都千代田区富士見2-13-3
電話 03-3238-8521（カスタマーサポート）
http://www.kadokawa.co.jp/

角川文庫 19568

印刷所●株式会社暁印刷　製本所●株式会社ビルディング・ブックセンター

表紙画●和田三造

ISBN978-4-04-103362-3　C0193

角川文庫発刊に際して

角川源義

第二次世界大戦の敗北は、軍事力の敗北であった以上に、私たちの若い文化力の敗退であった。私たちの文化が戦争に対して如何に無力であり、単なるあだ花に過ぎなかったかを、私たちは身を以て体験し痛感した。西洋近代文化の摂取にとって、明治以後八十年の歳月は決して短かすぎたとは言えない。にもかかわらず、近代文化の伝統を確立し、自由な批判と柔軟な良識に富む文化層として自らを形成することに私たちは失敗して来た。そしてこれは、各層への文化の普及滲透を任務とする出版人の責任でもあった。

一九四五年以来、私たちは再び振出しに戻り、第一歩から踏み出すことを余儀なくされた。これは大きな不幸ではあるが、反面、これまでの混沌・未熟・歪曲の中にあった我が国の文化に秩序と確たる基礎を齎らすためには絶好の機会でもある。角川書店は、このような祖国の文化的危機にあたり、微力をも顧みず再建の礎石たるべき抱負と決意とをもって出発したが、ここに創立以来の念願を果すべく角川文庫を発刊する。これまで刊行されたあらゆる全集叢書文庫類の長所と短所とを検討し、古今東西の不朽の典籍を、良心的編集のもとに、廉価に、そして書架にふさわしい美本として、多くのひとびとに提供しようとする。しかし私たちは徒らに百科全書的な知識のジレッタントを作ることを目的とせず、あくまで祖国の文化に秩序と再建への道を示し、この文庫を角川書店の栄ある事業として、今後永久に継続発展せしめ、学芸と教養との殿堂として大成せんことを期したい。多くの読書子の愛情ある忠言と支持とによって、この希望と抱負とを完遂せしめられんことを願う。

一九四九年五月三日

ISBN 978-4-04-102056-2